KB002795

거짓이거나 ✦ 사랑이거나

2

거짓이거나 사랑이거나 2

ⓒ이윤미 2021

초판1쇄 인쇄	2021년 1월 19일
초판1쇄 발행	2021년 1월 26일

지은이	이윤미

펴낸이	박대일
편집	이문영 · 박지해 · 임유리 · 신지연 · 이지영
마케팅	임유미 · 손태석
디자인	박현주

펴낸곳	파란미디어
출판등록	2004년 9월 14일 제313−2004−00214호

주소	03992 서울시 마포구 동교로23길 14 국제빌딩 6층
전화	02.3141.5589 영업부 070.4616.2012 편집부
팩스	02.3141.5590
전자우편	paranbook@gmail.com
카페	http://cafe.naver.com/paranmedia
페이스북	http://www.facebook.com/paranbook

ISBN	978−89−6371−856−9(04810)
	978−89−6371−854−5(전2권)

거짓이거나 ✦ 사랑이거나

이윤미 장편소설

a lie or a love

vol.
2

파란

차
례

불안요소

✦

해성이 눈을 떴을 때 이수는 병원에 출근하고 없었다.

그녀의 머리카락을 넘겨 주며 아무 생각 말고 푹 자 두라고 했던 말이 어렴풋이 생각났다.

정말로 종일 정신없이 자 버렸다.

몸이 좋지 않아 쉬겠다고 사무소에 어제 말해 둔 것이 천만 다행이었다.

[냉장고 열어 보면 이것저것 있으니까 일어나면 챙겨 먹어. 오후 8시 에는 집에 돌아올 테니 가지 마. 같이 있고 싶어.]

식탁 위에는 이수가 휘갈겨 쓴 쪽지가 덩그러니 놓여 있었다. 냉장고에서 즉석 밥을 꺼내 간단하게 배를 채우고, 커피 믹스를 타 마시자 어느새 시간이 오후 6시였다.

"……정말 팔자 늘어졌다, 주해성."

식탁 앞에 멍하니 앉아 읊조린 해성은 갑자기 낮게 웃음을 흘렸다.

처음으로 남자에게 몸을 열었고 그 남자의 집에서 밤을 보냈다. 남자의 체온이나 무게감이 손에 잡힐 듯 선명했다. 잊을 만하면 어제의 일이 떠올라 얼굴이 화끈거렸다.

"후우, 그만 생각하자. 아오."

해성은 고개를 좌우로 절레절레 흔들고 자리에서 일어났다.

커피 마신 컵을 씻어 놓고 물기를 막 닦을 때였다. 현관문에서 도어 록 열리는 소리가 들렸다.

이수가 돌아올 시간은 아니었다.

해성은 주방에서 나와 현관문 앞에 섰고 곧 문이 열렸다.

"……으어?"

스스럼없이 들어오던 낯선 남자가 그녀를 보고 눈을 치켜떴다. 해성 역시 어떻게 해야 할지 몰라 눈만 끔뻑였다. 비밀번호를 알고 들어온 걸 보니 이수와는 가까운 사이일 터였다.

"……누구세요?"

"누구세요?"

세로줄 무늬의 남빛 슈트를 멋있게 빼입은 남자는 페도라를 벗으며 그녀를 위아래로 훑었다.

"여기…… 이수 집인데……? 누구세요?"

남자가 뒤돌아 나가서 집 호수를 확인하고는 다시 들어와 물었다.

"그쪽은 누구신데요?"

해성 역시 당황스러웠다.

이수는 본인 입으로 혈혈단신이라고 했다. 저 남자가 가족일 리는 없었다.

"아, 혹시 이수가 요즘 만나는 그 아가씨?"

남자가 갑자기 손뼉을 맞부딪쳤다.

"안녕하세요. 난 서정모라고 해요. 이수…… 그러니까 뭐라고 해야 하나. 아! 친형 같은 사람이에요. 오랜 시간 알고 지낸. 내 얘기 들은 적 없어요?"

처음 듣는 소리였다.

정모가 현관 위로 성큼 올라왔다. 해성은 고개를 저었다.

"우와, 이거 섭섭한데. 내 얘기를 하나도 안 했어요? 이수랑 나랑 되게 막역한 사이인데. 정말 내 얘기 들은 적 없어요? 그럴 리가 없는데."

호들갑스러운 남자였다.

"저기, 이수 씨한테 연락은 하고 오신 거예요?"

"수술 들어갔는지 전화 안 받기에 메시지 남겨 놓고 왔죠. 간만에 저녁이나 같이할까 하고."

"어떻게 아신다고요?"

"그 자식하고 이십 대를 함께 보냈죠. 서로 의지하면서요. 볼 거 안 볼 거 다 본 사이랄까."

정모는 재킷도 벗어 각을 잡아 소파에 걸쳐 두었다.

"아! 그리고 내 동생이 이수랑 같은 과 의사였어요. 지금은 죽었지만, 그래서 더 막역한 사이죠. 이수랑 내 사이에 내 동생이 있어서."

"동생……이요?"

"네. 일 년 전에 뺑소니 사고로. 얼마 전에도 기일이었고요."

해성의 머릿속에 떠오르는 날이 있었다. 그날 그녀는 이수의 전화를 받고 서울 근교의 한 납골당으로 갔었다. 친동생 같았던 동생의 기일이라고 했다.

"……아, 그……!"

"거봐, 얘기한 적 있죠?"

정모가 소파에 앉다가 다시 한번 유쾌하게 박수를 쳤다.

어쩐지 이수 말속에서 유추했던 사람과는 다른 이미지였다. 조금 더 중후하고 무게 있을 줄 알았는데 재미있는 사람이었다.

띠리디리딕! 다시 한번 도어 록 소리가 들렸다.

문이 벌컥 열렸고 급하게 뛰어든 것은 이수였다. 일을 하다가 온 것인지 하얀 가운 차림에 숨까지 헐떡이고 있었다.

"어? 왔냐?"

정모가 손을 들어 인사했다.

"어떻게 된 거야? 여기까지는 무슨 일로 왔어?"

"저번에 너 왔을 때 제대로 얘기도 못 했잖아. 저녁이나 같이 할까 하고. 할 얘기도 있고……?"

정모가 그녀를 힐끔 보곤 자리에서 일어났다.

"마침 잘됐네. 나도 요즘 너 만나는 아가씨 궁금했는데. 마침 저녁 시간이고, 같이 식사라도 하자. 어때요?"

"저요?"

갑자기 제게 돌아온 화살에 해성은 이수를 보았다.

갑작스러운 자리 제안에 경황이 없었다. 이수가 친하게 지내는 형이라니 알아 두면 좋긴 하겠지만.

"식사는 다음에 해. 너무 갑작스럽다."

상황을 정리한 건 이수였다.

"해성아, 잠깐만 있어. 형 보내고 올게."

이수는 정모의 팔을 잡았다.

"아, 잠깐만! 내 재킷! 옷은 입어야지!"

"밖에 더워. 무슨 재킷이야."

"이 베스트에는 이 재킷을 입어야 한다고! 둘이 짝꿍이라고!"

"알겠어, 빨리해!"

이수는 각을 살려 재킷을 입은 정모를 데리고 밖으로 나가 버렸다.

"뭐야……?"

이수의 지인을 따로 본 적은 없지만 정모를 보니 약간 의외라는 생각이 들었다.

다음에 보면 조금 더 잘 대처하자는 생각에 정모의 얼굴을 다시 한번 머릿속에 집어넣은 해성은 소파로 가 앉았다.

🛵

수술실에서 나와 휴대폰을 확인하니 정모로부터 부재중 전화가 세 통 와 있었다.

집으로 가겠다는 문자를 보자마자 집으로 내달렸다. 앞뒤 정황을 모두 알고 있는 정모가 실수를 할 리는 없지만, 해성과 정모를 만나게 할 필요는 없었다.

일말의 불안 요소도 만들고 싶지 않았다. 그러나 이미 상황은 벌어졌다.

"갑자기 여기는 왜 왔어?"

"저번에 만났을 때 네가 좀 심란해 보였어야지. 궁금해서 왔는데 운 좋게 주해성을 봤네?"

정모를 끌고 나오다시피 한 이수는 초조함에 마른 입술을 축였다. 다시 한번 집을 돌아보는 정모가 이렇게 답답하고 짜증난 적은 없었다.

다행히 해성과 정모 간에 많은 이야기가 오간 것 같지는 않았지만 어쩐지 입 안이 바짝바짝 말랐다.

"확실히 엄마 얼굴이 있긴 하다? 사진보다 예쁘게 생기기도 했고. 그런데 왜 주인 없는 집에 쟤 혼자 빈집 지키는데? 혹시 갈 데까지 간 거냐?"

"할 얘기 없으니까 그냥 가. 앞으로는 여기 오지 말고."

정모를 태워 보낼 엘리베이터 버튼을 누른 이수는 목소리를 낮췄다.

"할 얘기가 없다니? 그때는 중요한 일로 나가는 사람 찝찝하게 세상 걱정은 다 제가 지고 있는 것처럼."

"해결했어. 그러니까 필요 없어."

이수는 도착한 엘리베이터 안으로 얼른 정모를 밀어 넣었다.

그러나 정모가 닫히려는 문을 다시 손으로 잡았다.

"어떻게 해결했는데?"

"내 마음 가는 대로 하려고."

"그게 무슨 소리야, 사기를 마음 가는 대로 치냐?"

"누가 무슨 사기를 친다고 그래?"

이수는 뒤를 힐끔 보았다. 여기서 입씨름할 시간 없다.

"하! 사람은 본성 못 버린다. 네가 아무리 고상한 의사 노릇을 해도 뼛속 깊이 넌 비열한 사기꾼이야. 사기는 시퍼런 이성과 빛나는 지성으로 치는 거라며. 거기서 왜 마음이 튀어나와?"

제대로 말해 줄 때까지 이 철딱서니 없는 인간이 갈 것 같지가 않았다. 어차피 정모도 알아야 했다. 이수는 한숨을 쉬었다.

"그 시퍼런 이성 버리려고."

"허? 버려? 네가?"

이수는 못내 약이 올라 정모가 목숨처럼 아끼는 페도라를 우그러뜨렸다.

"내가 주해성을 많이 좋아하더라고. 됐냐? 이제 좀 가라!"

정적이 흘렀다. 정모는 얼빠진 얼굴이었다.

"……미쳤냐?"

뒤늦게 정신을 차린 정모가 바락바락 소리를 질렀다.

"야! 엄마랑 똑같이 생겼어! 어떻게 그 얼굴을 보고 그런 감정을 가질 수 있냐! 이 미친 새……!"

"진짜…… 입을 꿰매 버리고 싶다. 이 화상덩어리."

엘리베이터 문이 완전히 닫히는가 싶었다.

"야! 진짜 미친 거 아니야! 너 머리가 어떻게 된 거 아니냐고!"

돌아섰던 이수는 얼굴을 구겼다. 엘리베이터 문이 징하게도 다시 열렸다.

"현이수! 다시 생각해! 너 진짜 미쳤!"

"왜 이렇게 시끄럽게…… 사람들 다 나오겠어요!"

이수도, 원봉도 굳었다. 갑자기 복도 안쪽에서 나온 해성 때문이었다. 이수는 가까스로 입꼬리를 끌어 올렸다.

"이게 소파에 떨어져 있더라고요. 정모 씨…… 거 맞아요?"

해성은 정모에게 손안의 물건을 내보였다. 휴대폰이었다. 재킷을 소파에 걸쳐 둘 때 떨어진 모양이었다.

"……참 친절하시네! 제 거, 그거 제 거 맞네요! 어떻게 아셨지? 하하하!"

얼굴 좀 펴! 저 발 연기!

이수는 목뒤를 잡으며 속으로 욕을 퍼부었다. 휴대폰을 받아 드는 정모의 얼굴이 마네킹 저리 가라 딱딱하고 어색했다.

"혹시 두 분…… 싸우신 거예요?"

이수와 정모는 서로 얼굴을 보았다.

"아니, 막 소리를 지르길래. 혹시 해서요. 이수 씨가 뭐 잘못했다거나……?"

이수는 얼른 정모와 해성의 사이로 끼었다. 폭탄 같은 정모의 입을 믿을 수 없어서였다.

"아니야. 그냥 약간의 의견 차이……? 어쨌든 형은 갈 거야."

"그러지 말고, 저녁때니까 식사 같이하고 가세요."

등 뒤, 손으로 정모에게 빨리 가라고 손짓을 파닥파닥하던 이수다. 순간 얼굴을 일그러뜨렸다.

"찬은 별로 없지만 찌개 간단하게 끓여 먹으려고 하는데."

해성이 엘리베이터에 탄 정모에게 말했다.

"아니야. 해성아, 저 형, 약속 있대."

"약속 있으세요? 그럼 제가 괜히……."

"아니, 없는데요!"

정모가 엘리베이터에서 내렸다. 돌아본 이수는 귀신도 무서워 도망갈 얼굴이었다. 하지만 정모는 본체만체했다.

"찌개는 뭐 끓일 건데요?"

"재료가 없어서 된장찌개나 끓일까 했는데. 뭐 드시고 싶은 거 있으세요? 밑에 편의점 있으니까 간단한 거면 사 와도……."

"아뇨! 저 된장찌개 좋아합니다. 없어서 못 먹죠! 된장찌개만 놔도 제가 밥 두 그릇은 뚝딱 먹어요."

우렁찬 정모의 목청에 해성이 멋쩍게 고개를 끄덕였다. 이수는 해성의 뒤를 따라 들어가려는 정모의 목깃을 잡아챘다.

"지금 뭐 하자는 거야?"

"뭐긴, 복수지!"

한껏 낮추어 으르렁거리는 말에 정모는 보란 듯이 새침하게 대꾸했다.

"복수라니 무슨 소리야?"

"내 목숨 같은 페도라 말이야!"

이수는 정모의 손에 들린 구겨진 페도라를 황당하게 보았다.

정모의 약점이 페도라인 줄은 알았지만 이렇게 역이용당할 줄은 몰랐다.

이미 물은 엎질러졌다. 제발이지 식사를 하는 동안 정모가 쓸데없는 말을 하지 않길 바랐다.

다행히 식사 내내 별다른 이벤트는 벌어지지 않았다. 이수는 얼마 남지 않은 식사에 가슴을 쓸어내리며 밥을 한술 더 떴다.

"그런데 정모 씨는 이수 씨랑 언제부터 알았어요?"

해성의 갑작스러운 질문에 이수는 정모를 슬쩍 째려보았다. 대답 잘 하라는 무언의 압박이었다.

"어…… 10년은 훌쩍 넘었죠. 이수가 스무 살 때 처음 만났으니까 14년? 그 정도 됐겠네요."

씨익 웃은 정모가 손가락을 꼽아 가며 성실하게 대답했다.

"그렇게 오래되었어요? 그러면 이수 씨에 대해 모르는 게 없겠네요?"

"그럼요! 모르는 거 없죠. 당연히 없죠. 어디서 태어났는지, 의대는 어떻게 들어갔는지, 뭐 하고 살았는지……. 모르는 게 너무 없죠."

"어, 그러고 보니 이수 씨가 어디서 자랐는지 들은 적이 없네. 고향이 어디예요?"

해성이 갑자기 옆에 앉은 그를 향해 물었다. 열심히 정모에게 눈빛을 쏘아 보내던 이수는 흠칫했다.

"내…… 고향?"

"응. 할머니랑 같이 살았다던데요."

"아, 거기……. 거기가 어디였냐면 시골이었어. 들어도 모를 걸. 상길리라고."

이수는 애써 침착함을 찾았다. 아무렇지 않게 대답하기 위해 무던하게 애를 써야 했다.

"그렇게 오래전부터 아셨으면 그것도 아시겠네요?"

해성의 질문은 다시 정모에게 돌아갔다.

"옛날에…… 그게 12년 전이니까 이수 씨가 스물두어 살 때 쯤이겠다. 그때도 잘 알고 지내셨어요?"

"그럼요. 당연히 그랬죠."

"그때랑 지금 이 사람, 너무 다르지 않아요? 제가 옛날 그때, 이수 씨를 본 적 있거든요? 처음에 이수 씨가 내가 그때 그 사람 이다, 했을 때 얼마나 놀랐게요. 아무리 봐도 전혀 다른데 같은 사람이라니까."

이수는 큼큼, 목을 가다듬었다. 해성을 스토킹할 때, 병원에 데려다줬던 일을 말하는 것 같았다. 그 일은 정모도 모르는 일이었다.

"……그때, 본 적이 있었다고요?"

그 시기를 대략 가늠한 정모도 의아한 얼굴로 이수를 보았다.

이수는 의자 등받이에 기대며 슬쩍 고개를 가로저었다. 눈치 코치 없는 서정모가 제발 분위기를 맞춰 주기를 바랐다.

"네. 제가 중3이었는데, 그때 본 이 사람 진짜 무서웠거든요. 엄청난 인상파에 눈은 이렇게 뜨고 성질에 성질을 아주……!"

자신의 눈을 사납게 만들어 보인 해성은 고개를 가로저었다.

"분명 그때, 이수가 많이 거칠긴 했죠. 얘가 의대 합격하면서 서울에 올라왔는데 도움받을 데가 한 군데도 없잖아요. 대학 등록금 대랴, 자기 생활비 벌랴 엄청나게 몸을 굴렸어요."

"몸을 굴려요?"

"일을 많이 했다고. 별의별 더러운 꼴 다 봤지. 어휴, 무서워서 나도 처음엔 옆에도 못 갔어요. 왜, 사람은 살아온 게 얼굴에 다 드러난다고 하잖아요."

"진짜로 고생 많이 했구나……."

이수는 입 모양으로 정모에게 '그만해'라고 했다. 옛날 일을 주저리주저리 늘어놓다가 혹여 실수로라도 헛소리를 할까 조마조마했다.

"같이 지내면서 재미있었던 에피소드 같은 건 없었어요?"

"에피소드요……? 그게……."

정모가 뒤통수를 긁적였다. 이수는 해성의 뒤에서 눈을 부라렸다.

에피소드라 봤자, 죄다 사기 치면서 목숨이 간당간당했던 것들뿐이라 말하기도 뭐했고, 하면 안 됐다.

"이거, 갑자기 말하려니까 영……. 아, 해성 씨가 흥미 있어 할 만한 얘기는 하나 있네요!"

이리저리 눈을 굴리던 정모가 의자를 당겨 몸을 앞으로 숙였다. 아일랜드 식탁이라 밑이 막혀 있어 발로 찰 수도 없다. 답답해 죽겠는 건 이수뿐이었다.

"이수랑 나랑 공통점이 하나 있거든요. 엄마가 없는 거. 그런데 같이 엄마라고 부를 만한 사람이 생겼었어요."

"네? 엄마……요?"

해성으로서는 한 번도 들은 적이 없는 얘기였다.

"형, 이제 슬슬 가 봐야 하지 않아?"

참다못한 이수가 끼어들었지만 정모는 아랑곳하지 않았다.

"입양됐거나 그런 얘기는 아니고, 엄마처럼 따르던 사람이었어요. 엄청 예뻤고 똑똑했죠. 어려웠던 시절에 많이 의지가 됐고, 많은 걸 가르쳐 주기도 했어요. 이수가 엄마 덕분에 의대 졸업하고 의사 된 거거든요. 참…… 즐거웠는데."

아주 고운 추억을 곱씹듯 아련하게 말한 정모가 어깨를 으쓱였다.

"엔딩은 슬픈 이야기예요. 결국 사이가 돌이킬 수 없을 만큼 멀어졌거든요."

"왜요? 어떻게 만났는데요?"

"나는 원래 소문으로 알던 사람이었고, 이수는…… 영안실이었지? 거기서 엄마 만났지?"

해성이 놀란 얼굴로 이수를 돌아보았다. 내내 험악하게 정모를 쏘아보던 이수는 얼른 표정을 바꾸며 그림처럼 웃었다.

"이수가 그때, 돈 번다고 영안실에서 시체 닦는 아르바이트를 했었어요. 거기서 만났잖아. 엄마."

"……누가 돌아가셨나 봐요. 흔한 장소는 아니네요?"

"맞아요. 돌아가셨죠."

이수는 자리에서 벌떡 일어났다. 해성과 정모의 시선이 그에게로 향했다.

"아…… 오래 앉아 있었더니 허리가 아파서. 형, 진짜 가야 할 시간 아니야? 바쁠 텐데?"

"안 바쁜데?"

일부러 저러는 게 분명했다. 이수는 식탁을 돌아 의자를 끌어내 정모를 일으켰다.

"진짜 왜 이래? 다 망치려고 작정했어?"

"너 생각해서 이러는 거 아니야. 진짜 미친 거 아니야? 좋아할 사람이 따로 있지, 어디 쟤를 좋아해……!"

정모의 어깨를 감싸 거실로 데려간 이수는 목소리를 한껏 낮춰 복화술을 했다. 정모 역시 마찬가지였다.

"바쁘세요?"

"어! 바빠. 바쁘대. 갈 거야. 그래, 가자. 내가 배웅할게, 형."

이수는 정모의 어깨를 탁탁 치며 현관으로 데려갔다. 해성도 서둘러 그들 뒤를 따라 나왔다.

"만나서 반가웠어요. 조심히 가세요. 다음엔 이수 씨 친구들 얘기도 좀 해 주시고요."

"하핫, 친구요? 의사 친구들, 아니면 옛날에 신나게 같이 놀던 친구들이요? 아악!"

이수는 정모의 옆구리를 잡아 비틀었다. 해성이 깜짝 놀라

이수를 보았다.

"아, 형, 미안. 옆구리에 벌레가……. 날이 더워서 그런가? 벌레가 참 많다."

정모를 떠밀어 밖으로 몰아낸 이수는 현관문을 닫았다. 그리곤 정모를 죽일 듯이 쏘아보았다.

"정신 차리라고, 인마!"

이수는 소리를 내지르려다가 꾹 참았다. 정모의 팔을 잡고 주차장으로 내려왔다.

폭력을 싫어하는 그답지 않게 지금은 정모의 저 방정맞은 입을 시원하게 때려 주고 싶었다.

"너 쟤랑 끝까지 갈 거 아니잖아. 엄마만 해결하면 끝날 일인데 지금 뭐 하자는 거야? 뭘 버려? 야, 사기꾼한테 이성을 버리면 뭐가 남는데? 똥줄 좀 타니까 정신이 들어? 너 이렇게 허우적거리라고 내가 그렇게 생 쇼를 하면서 쟤를 찾고, 그 친척 오빠 데리고 있고 한 게……!"

"끝까지 가면?"

"뭐?"

"내가, 쟤랑 끝까지 간다면?"

정모가 기가 막힌 얼굴로 그를 보았다. 기가 막힌 건 그였다. 이 상황이 미친 듯이 쪼였다.

정모는 그에게 친형이나 마찬가지인 사람이었다. 해성과 함께할 거라면 정모도 당연히 잘 알아 가야 했다.

하지만 상황이 이러니, 둘을 마주하게 만드는 게 세상 공포스러운 일이 되어 버렸다. 그가 친 덫에 스스로 갇히고야 만 것이다.

"야, 현이수. 쟤, 주희정 딸이야. 너랑 나 죽이고 싶어 안달 난 주희정 딸!"

"엄마도 알아. 내가 해성이란 어떤 사이인지. 경고했어. 그러니까…… 형까지 이러지 마."

주먹을 꽉 쥔 정모가 애꿎은 주차장 벽을 주먹으로 내리쳤다.

"너…… 거짓으로 시작한 관계가 끝까지 갈 수 있을 거 같냐? 사기는 사기인 거야. 너한테 진심이 어디 있어. 끝이 좋을 것 같아?"

"처음으로 만들어 보려고. 모르게 하면 되잖아. 내 선에서 해결하면."

"잘 생각해. 우리가 사기 쳐서 한 번이라도 끝이 좋았던 적 있는지. 반드시 어느 한쪽은 망가지고 말았다고!"

"형, 내가 언제 한다고 해서 안 됐던 거 있어?"

"……그놈의 잘난 척은."

이수는 피식 웃으며 숨을 크게 몰아쉬었다. 정모가 돌아서며 페도라를 벗고 뒷머리를 벅벅 긁었다. 어떻게 해야 할지 모르는 모양이었다.

"형. 그러니까 내 여자한테 다시는 그런 도박 같은 말은 하지 마. 내가 무서워서 형한테 소개시키겠냐?"

"나 같은 걸, 소개시킬 생각은 있었고?"

"당연하지. 형이 나한테 어떤 존재인데. 그럼 가. 해성이 기다려서 올라간다."

정모를 충분히 납득시켰다 생각한 이수는 몸을 돌렸다.

정모는 이수의 모습이 사라질 때까지 지켜보다가 차에 오르며, 명한에게 전화를 걸었다.

"……저런 이수, 나 진짜 처음 본다. 알긴 알았지만 저 정도일 줄은 몰랐네."

— 왜, 눈이 뒤집혔냐? 나도 보고 싶네. 여자에 미친 현이수 말이야. 큭큭큭! 어쨌든 불시에 들이닥친 건 성공했네. 눈치챈 것 같지는 않고?

"주해성한테 들킬까 봐 정신이 팔려서 나는 안중에도 없던데?"

전화를 마친 후에도 정모는 한동안 주차장에서 출발하지 않았다.

갑자기 웃음을 터트렸다.

자신이 생각해도 이수의 집에서 자신은 남우 주연상감의 연기를 펼쳤다. 그 당황하던 꼴이란.

"하하하하하하하! 진짜…… 재밌네. 재밌어……."

눈물까지 찔끔 흘리며 웃던 정모의 얼굴에 서서히 표정이 없어졌다.

"내가 할게. 거기 앉아서 쉬어."

설거지를 하려는 해성 대신 이수가 싱크대 앞에 섰다. 고무

장갑을 끼고 물을 틀었다.

"너무 급하게 가신 거 아니에요? 커피라도 대접했어야 했는데."

"아니야. 그 형, 커피 싫어해. 카페인 알레르기 있어."

"어, 진짜요?"

알 게 뭐냐.

마음대로 정모의 체질을 바꾸어 버린 이수는 건성으로 고개를 끄덕였다.

방금 같은 아찔한 상황은 다시는 만들고 싶지 않았다.

"그런데 아까도 느꼈는데 이수 씨는 은근히 비밀이 많은 것 같아요."

그릇을 뽀득뽀득하게 닦아 내던 이수의 손이 순간 멈췄다.

"그래서 말인데 하나 부탁하고 싶어요. 우리는 서로 비밀 같은 건 안 만들었으면 좋겠어요."

이수는 수도를 잠그고 해성을 돌아보았다. 그녀는 식탁 앞에 앉아 손 위에 턱을 괴고 있었다.

"내가 엄마 얘기했죠? 난…… 거짓말이 제일 싫어요."

"거짓말이 싫어?"

"그럼 거짓말을 좋아하는 사람도 있어요?"

별 웃긴 소리를 다 듣는다는 듯 해성이 웃었다. 싱크대를 잡은 손에 힘이 바짝 들어갔다.

"하얀 거짓말이라는 것도 있잖아. 상대를 위한 선의의 거짓말."

"선의라고 해도, 받아들이는 사람이 그렇게 생각하지 않으면 꽝인 것 같은데요?"

"……그래?"

"차라리 상처받는 게 나아요. 어찌 됐든 거짓말을 하는 것 자체가 떳떳하지 못하다는 소리니까."

자리에서 일어난 해성이 그에게 다가왔다.

"그러니까 대답해 봐요. 그 엄마라는 분이랑은 왜 틀어졌어요? 많이 따랐다면서요. 정모 씨 말 들어 보면 이것저것 가르쳐 주기도 했나 보던데."

"그냥…… 일이 좀 있었어."

"비밀이에요?"

해성의 눈에는 그에 대한 걱정이 담겨 있었다. 이수는 입 안이 바짝 말랐다. 거짓말이 제일 싫다는 해성에게 해 왔던 말은 모두 거짓말이었고, 거짓말이 될 것이었다.

"비밀까지는 아니고. 그렇게 궁금해?"

이수는 해성의 눈을 피하며 다시 돌아섰다. 수도를 틀고 설거지를 마저 했다.

"이수 씨에 대한 거니까요. 생각해 보니까 난 이수 씨에 대해 잘 모르더라고요. 어렸을 때와 지금 빼고는. 이수 씨는 나에 대해 많은 걸 기억하고 알고 있는데도 말이에요."

"그랬었나?"

"그랬어요. 그러니까 작정하고 비밀 만들자는 거 아니면 말해 봐요. 아니면 저번에 농구 게임으로 딴 소원권 두 개, 여기서 하나 쓸 거예요."

"그걸 겨우 이런 데 쓰겠다고?"

"그만큼 이수 씨에 대해 아는 게 나한테는 중요하다는 거죠."

마지막 그릇을 엎어 놓자 해성이 그의 팔을 잡고 얼굴을 들이밀었다. 생글생글 웃는 얼굴이 늘 그랬듯 무척 예뻤다.

"틀어졌던 이유…… 별거 아닌데. 소원권은 아껴 둬. 더 절박할 때 써."

고무장갑을 벗고 싱크대에 허리를 기대고 섰다. 해성도 그의 옆에 나란히 섰다.

"……엄마라는 사람이 건드리면 안 될 걸 건드렸거든. 누구나 들추어 보고 싶지 않은 기억 하나쯤은 있잖아. 그걸 찾아서 내 앞에 갖다 놨어. 난 화가 났어. 아주 많이."

해성이 조용히 그의 손을 잡았다. 따뜻한 온기가 차가운 그의 손을 데워 주었다.

"지금도 화가 났어요?"

"지금?"

이수는 해성을 내려다보았다. 정모의 말이 맞았다. 해성은 희정을 쏙 빼닮았다.

하지만 희정처럼 삐뚤어지지 않았고, 이기적이지도 않았으며, 사람을 돈으로 보지도 않았다. 해성은 처음 봤을 때부터 그냥 주해성이었다.

"지금은…… 아니."

이런 해성을 희정이 낳았다. 그 사실은 하늘이 뒤집어져도 바꿀 수 없었다.

"지금은 마음에 사랑이 가득 찼지."

이수는 해성을 그와 싱크대 사이에 가두었다. 해성이 그를 올려다보았다. 위에서 봐도, 옆에서 봐도, 아래에서 봐도 예쁘기 짝이 없었다. 그의 손을 데우고, 심장을 덥히고, 머리를 감성적으로 메우는 여자는 해성이 유일했다.

"주해성이라고 있어. 그 여자로 가득 찼어. 걷다가, 뛰다가, 굴러다니다가 아주 난리야. 눈을 못 떼."

"푸흣, 그만해요. 닭살 돋아."

"많이 닭살 돋았어?"

"어우, 어마어마해요. 이미…… 이수 씨가 날 얼마나 생각하는지는 많이 느껴지니까 매번 그렇게 말 안 해도 돼요."

"하지만 내가 이렇게 호들갑을 떨어야 네가 웃잖아. 항상 웃게 하고 싶어. 그런 갸륵한 마음을 알기나 할는지."

배시시 웃은 해성이 까치발을 들었다. 그의 볼을 당겨 볼에 입을 맞추었다. 그가 눈을 치켜뜨자 눈꼬리를 둥글게 접으며 입술에도 입을 맞췄다.

"알아요. 요즘처럼 웃어 본 적 없어요."

이수는 그대로 해성의 목을 받치고 입술을 내렸다. 해성이 그의 목에 손을 감았다.

부드러운 입술은 몇 번을 머금어도 부족했다. 조금 더 깊이 해성의 숨을 탐했다.

처음은 부드럽게, 다음은 달콤하게, 결국엔 욕심내서 격렬하게.

"음, 이수…… 씨. 설마……?"

끈질기게 달라붙는 이수로부터 겨우 놓인 해성이 붉어진 얼굴로 숨을 몰아쉬었다.

"……일하고 오니까 벌써 밤이야. 어두워. 깜깜해. 여긴 우리 둘뿐이고."

그의 손은 이미 해성의 등허리를 어루만지고 있었다. 부드러운 살결이 달콤하게 그를 유혹했다.

"야한 거 하고 싶어."

대놓고 부리는 욕심에 해성은 애꿎은 입술만 깨물었다. 이수는 해성을 번쩍 안았다. 키가 커진 해성이 그의 허리에 다리를 감고 허겁지겁 안았다.

"종일 뭐 했어?"

그녀의 턱에 입을 맞추며 방으로 걸음을 옮겼다. 그의 목을 고쳐 안은 해성이 장난스럽게 이마에 입을 맞췄다.

"잤어요. 일어나서 밥 먹고 조금 멍 때리니까 저녁이던데요."

"바람직한 하루였네?"

"게으른 하루였죠."

"때로는 그렇게 쉬는 시간도 필요해."

입가에 여러 번, 입을 맞추었다. 해성이 그의 뒷머리를 부드럽게 쓸었다. 웃으며 내려다보는 눈길엔 애정이 넘실거렸다.

확인하고 나니 마음이 풍선처럼 부풀었다. 그리고 빠듯하게 조여 아프기도 했다.

해성의 옷을 벗기고 그도 옷을 벗었다. 매일 그가 누워 자는 침대 위에 천치같이 예쁜 여자가 이불로 몸을 가리고 앉아 있었다.

이수는 이불을 걷어 내고 해성이 전해 주는 온기를 탐냈다. 마음을, 애정을 욕심냈다. 어제 그랬던 것처럼 부드러웠고, 달콤했다. 그의 모든 것이 뜨거워졌다. 이수는 다급하게 움직였다. 어제처럼 여유를 부릴 새 따윈 없었다.

"너무 밝히는 거…… 하아, 아니에요?"

허리를 비틀며 해성이 흐느꼈다. 이수는 가늘게 뻗은 목을 살짝 깨물었다.

"아예 몰랐다면 계속 몰랐겠지만, 이미 알아 버렸어. 몰랐던 때로 돌아가는 건 불가능해."

환하게 드러난 몸이 부끄러운지 해성이 자꾸만 이불 속으로 숨으려 들었다. 숨고 찾아내고, 숨고 찾아내는 장난이 반복되었다.

"꺄하하하하하!"

해성의 웃음이 터졌다. 그가 그녀의 몸을 간질이기 시작했기 때문이다. 도망가는 걸 그만둔 해성이 그의 아래로 굴러왔다. 이수는 혼을 내듯 해성의 코를 깨물었다. 얼굴을 찡그린 해성이 다시 한번 바르작댔다.

"자꾸 자극하지 마. 힘들어."

하얀 이마에 입을 맞췄다. 해성이 숨을 몰아쉬었다. 이수는 다시 한번 입을 맞췄다. 입술을 간질이는 뜨거운 숨은 이미 홧홧하게 달아올라 있었다. 저도 모르게 입술을 탐하는 움직임이 격렬해졌다.

"나중에 더 많이 얘기해 줘요. 이수 씨에 대해서."

입술로 목선을 더듬어 내려가던 이수는 해성의 얼굴을 보았다.

"……그럴게."

한번 시작한 거짓말은 멈출 수 없었다. 거짓말은 또 다른 거짓말을 연이어 만들어 냈다.

하지만 이 사랑은 한 치의 거짓도 없는 진심이었다.

"사랑해."

간절한 고백에 화답하듯, 아무것도 모르는 해성이 그를 힘껏 껴안았다.

꿈

희정은 마주 앉은 이 원장의 잔에 술을 따라 주었다.

"민국 병원 외에도 입찰 후보에 오른 병원은 다섯 군데예요. 제가 왜 원장님께만 따로 연락을 드렸겠습니까. 사석이니까 선배님이라고 편하게 불러도 되죠?"

약간 취기가 오른 이 원장은 호탕하게 고개를 끄덕였다.

"그럼요! 당연하죠, 강 후배님. 사실 우리 민국 병원이 그동안은 환자 목숨 살리는 데만 급급해서 많이 크진 못했습니다. 아시지요?"

"물론입니다. 하지만 다른 부서에서 미는 병원도 만만치가 않아서 제가 몇 가지 방법을 좀 생각해 봤습니다."

이 원장이 몸을 앞으로 살짝 숙였다.

"방법이라면……?"

"의료 자원봉사팀을 꾸려 보내 보시는 건 어떠십니까?"

그녀의 말에 이 원장이 눈을 치켜떴다.

"우리 그룹은 세계적인 글로벌 기업입니다, 선배님. 한 해 수입만 해도 우리나라 국민 대다수를 먹여 살리고도 남죠. 돈보다는 다른 게 필요할 때죠. 이를테면, 홍익인간의 이념이랄까요."

"호오?"

이 원장이 구미가 동하는지 입에 넣으려던 안주를 다시 내려놓았다.

"얼마나 양심적인 기업이냐, 사회를 위해 이바지하는 기업이냐. 이미지가 중요한 때입니다. 그런데 함께 손잡고 나갈 병원이 해외에, 그것도 모두가 기피하는 위험한 지역에 의료 자원봉사단을 파견해 왔다고 하면? 그건 그룹으로서도 환대할 이미지 전략입니다."

희정은 이 원장의 탐욕스러운 눈을 응시했다. 계산기를 두드리는 듯 눈을 이리저리 굴리던 이 원장이 곧 테이블을 탕! 강하게 내리쳤다.

"이거야 내 속에 들어갔다 나오셨나! 안 그래도 의료 자원봉사팀을 한번 꾸려 볼까 했었습니다. 이건 한 사람의 의사로서 내 의지입니다. 강 후배 말 때문은 아니에요.”

희정은 이 원장이 준 술을 마시고 눈썹을 내리깔았다. 미끼를 던졌으니, 그 미끼에 뀈 고기를 고를 차례다.

“이건 그냥 드리는 말씀입니다만, 팀을 꾸리게 되면 병원 홍보 효과를 위해서라도 마스크가 되는 친구가 좋을 것 같습니다. 예를 들면 전에 그 외과에서 본 친구라든가. 전문의였죠?”

“마스크……? 아아, 현이수 선생? 그렇죠! 그 친구가 참 잘생기긴 했지. 실력도 좋아. 그 나이에 단번에 전문의까지 따기가 쉽지 않아요.”

“똑똑한 친구인가 봐요.”

“우리 병원은 실력 좋은 의사가 많습니다. 금싸라기가 괜히 금싸라기겠어요.”

“저도 당연히 그렇게 생각합니다.”

“다음엔 그 친구도 동석시킬까? 보기보다 붙임성도 좋고 재미있는 친구라서 강 후배도 좋아할 거예요.”

말을 잇던 이 원장이 테이블 아래 있던 케이크 상자를 앞으로 슬쩍 밀었다. 그것을 힐끔 내려다본 희정은 짙게 웃었다.

“케이크가 맛있어 보이네요. 좋은 케이크를 받은 답례를 저도 해야겠지요?”

희정은 케이크 상자를 제 옆으로 당겨 놓고 벨을 울려 종업원을 불렀다.

“주문해 둔 동정춘 주세요.”

“동정춘?”

"포도나무 한 그루에 한 잔의 와인만 나온다는 샤토 디켐과 견줄 수 있는 전통주입니다. 과실 향이 독특하고 고급스러워 선배님께 잘 어울리는 술이 아닐까 싶어 준비했습니다."

가뜩이나 풀어져 있던 이 원장의 기분은 이제 하늘을 날아갈 기세였다.

사랑받는 일

✦

'강 전무가 자네가 여간 마음에 든 게 아닌 모양이야. 언제 시간 맞춰서 식사나 같이하지.'

이 원장의 말에 비웃음이 터질 뻔한 걸 겨우 참았다. 구렁이 담 넘어가듯 화제를 돌려 면담을 마무리했다.

원장실을 나서는 그의 얼굴은 한파보다 더 차게 얼어 있었다. 강 전무로 신분을 위장한 희정이 병원 수출 사업의 일환으로 해외 자원봉사의료팀을 제안했고, 그를 포함시키면 좋겠다는 의사를 비쳤다고 했다. 그 속셈이 너무 훤해서 김이 다 샐 지경이었다.

원장실은 14층이었다. 엘리베이터 문이 열리자 탑승하려던 이수는 안에 타고 있는 사람을 보고 발을 멈췄다.

"양반은 못 되시겠네요."

"내 욕 하고 있었니?"

희정이 한쪽 입꼬리를 우아하게 비틀며 웃었다.

"시간 괜찮으시면 얘기 좀 하시죠."

"시간? 없는데?"

"그럼 여기서 하고요. 지금 치는 사기가 내가 대상인지, 병원이 대상인지 좀 헷갈려서 소재지 좀 분명히 했으면 하네."

"겸사겸사라고 생각해. 큰집에서 나온 지 얼마 안 돼서 엄마가 빈털터리거든."

희정이 목소리를 낮게 깔고 속삭이듯 말했다. 이수는 엘리베이터에 올라 닫힘 버튼을 눌렀다.

"지금 뭐 하는 거죠, 현이수 선생님? 원장님이랑 점심 같이 하기로 해서 시간이 없는데요."

내리지 못한 희정이 사무적으로 항의했다.

"우리 원장님이랑 연애해요? 불륜인데. 간통죄가 없어졌다고는 해도 도덕적인 지탄은 감당하기 힘드실 텐데요. 병원이 보다시피 눈도 많고 입도 많아서."

"오해예요. 이 원장님이랑 난 학교 선후배 사이예요."

"언제부터 그렇게 되셨는데요?"

"어제부터요."

이수는 웃음을 삼키곤 엘리베이터 전면에 있는 빨간색 멈춤 버튼을 눌렀다.

"엄마, 나 바쁜 사람이니까 짧고 굵게 하죠. 무슨 속셈이에요?"

"속셈은 무슨. 갓 출소한 사기꾼이 할 게 뭐가 있겠니."

타인의 눈 없이 둘만 남게 되자 희정이 태도를 바꿨다. 사회적 지위가 있는 강성연 전무에서 베테랑 사기꾼 주희정이 되었다. 눈빛이, 말투가 도저히 한 사람이라고는 생각할 수 없었다.

"우리 병원이 병원 수출에 한 발 담근다는 것 같은데. 이거 짜고 치는 판이라고 원장한테 다 말하면 어쩌려고 이래요?"

"네가? 그러자면 하나부터 열까지 다 설명해야 할 텐데, 괜찮겠어?"

희정은 여전히 우아함을 잃지 않고 차분했다.

"못 할 건 뭐겠어요."

"하긴. 인생 전반이 거짓말인데 얼버무리는 게 어렵지는 않겠다. 그래도 의사 된 건 거짓말은 아니잖니? 쉽게 놓을 거야?"

"그거야 제 사정이고요. 날 멀리 보내 버리면 주해성한테서 떨어질 것 같았어요?"

"내가 아는 넌 가까스로 얻은 이 일, 포기 못 해."

희정은 그가 십여 년에 걸쳐 합법적으로 손에 넣은 의사라는 직업을 포기하지 못할 거라고 생각했다.

"너무 단언하지 마세요. 사람 맘은 모르는 거더라고요. 이젠 나도 나라는 놈을 잘 모르겠어."

"걱정 마. 내가 널 잘 알잖니. 너한테 가치 있는 것들의 순위를 매긴다면 사람이 바로 제일 아래야. 넌 그것밖에 안 돼."

"내가 없어지면 주해성, 아파. 내가 아는 엄마는 그 애한테 절대 상처 못 줘요."

"맞아. 그러니까 조용히 널 치워 버리려고. 그 수밖에 없겠더라."

희정이 빨간 버튼을 다시 눌렀다. 이수는 희정보다 먼저 성형외과가 있는 3층을 눌렀다. 엘리베이터가 내려가기 시작했다.

"사람은 변해요."

"살아 보니까 본성은 안 변하더라고."

이수는 입꼬리를 끌어 올렸다. 그렇다. 본성은 변하지 않는다. 하지만 죽어 있던 마음이 살아 숨 쉬는 기적은 있을 수 있다. 그에게 심장이 뛰는 기적이 일어났듯이.

"건투를 빌어요. 엄마."

희정이 화답하듯 입매를 단정하게 휘었다.

로비로 서성이던 해성은 서둘러 몸을 숨겼다.

"그 이야기는 길어질 것 같으니 따로 날을 잡죠. 회사에 들어가 봐야 해서요."

귓가에 울리는 희정의 목소리가 천둥처럼 들렸다. 고개만 살짝 내밀어 자신이 방금 본 것을 다시 확인했다.

차분하면서도 격식 갖춘 미소를 짓고 있는 것은 희정이었다. 해성은 주먹을 꽉 움켜쥐었다. 윤희가 갈아입을 속옷을 부탁해서 민국 병원에 잠시 들렀다. 이수를 보고 갈까 어쩔까 망설이는 중이었다.

지이이이잉.

휴대폰이 진동했다.

혹시 병원이야? 너 닮은 사람 본 것 같아.

해성은 주변을 두리번거렸다. 희정은 이미 로비에 보이지 않았다.

여기야. 3층.

다시 한번 휴대폰이 진동했고 해성은 위를 올려다봤다. 3층 에스컬레이터 옆에서 이수가 웃으며 손을 흔들고 있었다.

그녀에게 오려는 듯 몸을 움직이던 이수가 갑자기 뒤를 돌아봤다. 다른 의사가 이수에게 뭔가를 말했고 이수는 그 의사를 데리고 반대 방향으로 움직였다.

미안해. 일이 좀 생겼어. 이따가 연락할게.

바로 문자가 왔다. 해성은 휴대폰을 확인하고 주머니에 넣었다. 다행이다 싶었다. 지금 상태로 이수를 보았다간 제대로 웃을 수 없을 것 같았다. 웃는 얼굴이 제일 예쁘다는 남자에게 그런 얼굴만 보여 주고 싶었다.

해성은 그대로 바이크를 세워 둔 주차장으로 향했다. 헬멧을 들고 머리에 쓰려 했다. 그러나 쓰지 못했다. 희정의 잔상이 지워지지를 않았다.

손에 힘이 빠져 헬멧이 바닥에 굴러떨어졌다. 바이크를 짚고 고개를 숙였다.

아마 그대로 희정을 지나쳤어도 훌쩍 커 버린 그녀를 알아보지 못했을 테다. 그럼에도 불구하고 희정을 본 순간 숨어 버렸다.

"후우. 진정하자. 진정해, 주해성······!"

희정이 출소를 했대도 자신의 인생에서는 이미 죽은 사람이었다. 인제 와서 엮이고 싶지 않았다. 어린 그녀를 버렸던 이유 따위도 궁금하지 않았다. 버렸고, 버려졌다. 그게 다였다.

"왜 자꾸 내 앞에······ 나타나는 거야······!"

해성이 잇새로 짓씹었다. 그녀가 로비에 있을 때, 이수는 3층에서 아래를 내려다보고 있었다. 한 공간이었다. 그 생각만으로도 온몸이 사시나무 떨듯 떨렸다.

이수에게 엄마가 살아 있다는 이야기를 했지만, 자세하게 말한 건 아니었다.

"······ 분명히······ 원장님! 맞아, 원장님이라고 했어. 그러면······!"

해성은 고개를 들었다. 바닥에 팽개쳐진 헬멧은 까마득하게 잊고 로비를 가로질러 밖으로 뛰어나갔다.

시간이 약간 흐른 뒤였으나, 인사가 길어졌는지 막 검은 차에 오르려는 희정이 멀리 보였다. 해성은 옆에 있던 입간판 뒤에 숨어서 휴대폰 카메라를 켰다. 희정의 얼굴을 확대해 사진을 찍었다.

"확인해야 돼······."

이곳은 이수와 윤희의 직장이었다. 그러니까 희정이 어째서, 무슨 이유로 이 병원을 드나드는 건지 알아 둬야 했다. 평범한 이유는 아닐 거라는 예감이 강하게 들었다. 주희정은 다름 아닌 사기꾼이니까.

"혹시, 이분 아세요?"

해성은 로비에 있는 인포메이션 데스크로 가 물었다. 불쑥 들이밀어진 사진에 당황한 직원이 그녀를 보았다.

"제가, 그러니까 낯이 익어서요. 예전에 신세 진 분 같은데 맞으면 꼭 좀 인사드리고 싶어서요."

다급하니 입에서 거짓말이 술술 나왔다. 의심의 눈초리도 잠시였다.

"……Z 그룹 전무님이신데……."

사진을 확인한 직원이 조심스럽게 말했다.

"왜 자꾸 이 병원을 드나드는 거예요?"

"네?"

직원의 얼굴에 경계심이 짙게 깔렸다. 해성은 아차 싶었다. 아니에요라는 말을 하고 돌아섰다. 이런 것까지 물어보는 건 오버였다.

해성은 잠시 고민하다 윤희가 있을 소화기 내과로 향하며 전화를 했다. 재차 불려 나온 윤희가 피곤한 얼굴로 늘어지게 하품을 했다. 그 얼굴에 대고 사진을 들이밀었다.

"이 사람, Z 그룹 전무라는 사람 알아?"

깜짝 놀란 윤희가 상체를 뒤로 빼다가 눈썹을 치켜올렸다.

"……화제의 인물이네? 알지, 그럼."

"화제의 인물?"

"어. Z 그룹 해외 사업 개발부 전무인데 이 여자 때문에 요새 병원이 들썩들썩해."

뜬금없이 튀어나온 직함에 해성은 황당해졌다.

"강성연이랬나? 하여튼 폭풍의 핵이야. 같은 여자가 봐도 참 멋있는 여자란 말이야."

멋있다니. 지나가는 개가 웃겠다. 이 여자는 주희정이라는 이름의 사기꾼일 뿐이었다.

"……이, 전무라는 사람이 왜 병원에는."

"우리 원장, 야망이 넘치는 사람이거든. Z 그룹이 하는 병원 수출 사업에 뛰어든다더라고. 병원만 입찰되면 딸려 올 명예랑 부가 어마어마하다지. 난리야, 아주. 이 원장 눈이 벌게져서는 그 강 전무라는 여자한테 어찌나 굽신대는지."

한 가지는 분명히 알겠다. 희정이 또 다른 사기를 치기 위해 이 병원에 접근했다는 것.

돈을 위해 누군가의 인생을 망치려고 한다는 것.

"왜 하필이면……!"

"어? 뭐라고?"

윤희가 되물었지만 해성은 가 보겠다고 말한 뒤 돌아섰다.

이 병원은 그녀가 사랑하는 사람들의 터전이었다. 그걸 한때나마 엄마였던 사람이 망가뜨리려 하고 있다. 그렇게 둘 순 없었다. 무슨 수를 쓰더라도.

🛵

요 며칠 해성이 이상했다.

'요즘 사무소 일이 대목인 시즌이라 많이 바빠요.'

'심부름도 대목이 있어?'

'그럼요. 원래 이 시기가 바빠요. 바쁘면 좋지. 돈 많이 벌고.'

그 말을 곧이곧대로 믿기에는 그가 꽤나 순진하지 못했다.

"거봐. 요즘 이상하다니까."

수술이 길어져 밤 12시가 넘은 늦은 퇴근길, 엘리베이터 앞에 서 있는 해성을 본 건 우연이었다.

이수는 어딘지 멍한 해성을 물끄러미 바라봤다.

저러고 서 있은 지가 8분이 넘었다. 저대로 두면 밤새 서 있을 것 같았다.

"이제 들어와? 많이 늦었네."

그가 다가가자 해성이 움찔하며 돌아보았다.

"밤 12시가 지났어. 진짜 사무소가 대목이긴 한가 보네."

해성이 허리에 차고 있던 백을 더듬어 휴대폰을 꺼내 시간을 확인했다. 자신도 당황스러웠는지 입을 벙긋거렸다.

"바이크는 어쩌고 여기 서 있어?"

졸음운전을 할까 택시를 타고 온 이수였다. 들어올 때 맨션 앞 도보 위에 서 있는 해성의 바이크를 보았다. 평소라면 지하 주차장에 세웠을 텐데 밖에 있기에 의아했다.

"요즘 무슨 일 있어?"

"아뇨. 나 바이크 좀 다시 세워 놓고 올게요."

해성이 곧바로 뛰듯이 로비를 나갔다. 이수는 정신없어 보

이는 해성을 물끄러미 보다 엘리베이터를 누르고 지하로 내려
갔다.

지하 주차장은 4층까지 있었지만 해성은 항상 지하 1층 C 구
역에 바이크를 세운다. 이수는 내려가서 해성을 기다렸다.

"늦어지면 늦어진다고 문자 정도는 남겨 줬으면 하는 바람이
있네."

주차를 마친 해성이 다가오자 이수가 말했다.

"세상이 하도 험해서 눈 뜨고도 코가 베이잖아. 내가 사랑하
는 사람에 대한 걱정은 당연한 거고."

"아…… 미안해요, 이렇게 늦어진 줄 몰랐어요."

"내일도 늦을 것 같아? 그 회사는 언제 쉬어? 요 며칠 통 쉬
는 날도 없고, 밤늦게까지 일하고 노동 착취 아니야? 데이트다
운 데이트 한 게 대체 언젠지 모르겠어."

"어…… 아직 5일밖에 안 됐는데요?"

그 딴에는 투정 섞인 가벼운 농담이었지만 해성은 진지하게
날짜를 꼽아 본다. 그 모습이 자못 귀엽게 느껴지는 건 그뿐이
었으면 좋겠다. 이수는 해성의 머리칼을 손가락 사이로 훑어 내
리며 웃었다.

"오래됐잖아."

"그래도 거의 매일 보긴 했던 것 같은데……?"

"아주 잠깐씩은 봤지. 그런데 난 그거 갖고 안 돼. 누구는 되
는지 몰라도."

섭섭한 마음을 담아 귓불을 만지작거렸다. 해성이 피식 웃고

는 그를 이끌어 엘리베이터를 탔다.

"그런 뜻이 아니라요. 이수 씨도 오늘 늦게 끝났나 봐요."

"이제 나한테 좀 관심이 생겼어? 며칠 내 멍하게 다니더니."

"내가요?"

"응. 그보다 내일도 늦을 것 같아? 난 내일 응급만 없으면 일찍 끝나는데."

"어…… 내일은, 내일도 늦게까지 심부름 예약이 있어요."

해성이 그의 눈을 피하며 중얼거렸다. 무슨 일 있냐는 물음이 다시 한번 목구멍 밖으로 비집고 나오려 했으나 가까스로 내리눌렀다. 짐작 가는 부분이 없는 게 아니었다.

"잘 자요."

현관문을 열기 전, 해성이 인사를 건넸다. 이수는 조용히 웃어 주었다. 그리고 반듯한 이마에 입술을 누르고 그녀를 가볍게 안았다.

"난 늘 여기 있어, 주해성."

그의 품 안에서 자지러지게 울며 엄마의 존재를 고백한 날 이후로 해성이 이상했다.

마지노선이라고 생각했던 해성의 견고한 벽이 모두 무너졌다. 그러나 속에 꾹꾹 눌러 담아 두는 게 버릇인 여자는 여전히 아무 말도 하지 않았다. 재촉할 마음은 없었다. 기다리는 것 또한 배려라는 다른 형태의 이름임을 알고 있다.

"네가 얘기하고 싶을 때, 난 늘 여기 있을게. 그런데 하나 약속하자."

다시 한번 이마에, 코끝에, 볼에 입술을 가볍게 누른 이수는 짓궂은 미소를 물었다.

"늦으면 늦는다고, 몇 시엔 도착한다고, 어디에 있다고 말해 줘. 내가 수술을 들어가서 바로 답장을 못 하는 날이라도."

"알았어요. 그럴게요."

해성이 들어가고 조심히 닫히는 문 앞에 서서 이수는 손을 올려 가만히 문에 가져다 댔다.

6시간이라는 장시간의 수술 때문에 피로가 머리부터 발끝까지 그를 집어삼키고 있었다. 그럼에도 불구하고 해성을 생각하는 걸 멈출 수가 없었다.

"많이 힘드니……?"

희정의 존재만으로도 저렇게 흐트러졌다. 그 앞에 희정을 드러내는 일은 못 한다. 죽어도 할 수 없다.

자신은 애초에 양심 같은 건 없는 놈이니까 이대로 진실은 저 너머에 숨겨 둔 채 해성을 사랑할 수 있었다. 행복할 수 있었다. 그러니까 희정만 배제하면 된다.

애초에 누가 알았을까. 그가 사냥해야 할 먹이와 이렇게 될 줄은.

해성을 상처 주는 것들로부터 무작정 그녀를 보호하고 싶었다. 그게 무엇이라도 말이다.

"형, 포트폴리오 하나 만들자."

이수는 집으로 돌아와 정모에게 전화를 했다. 대번에 지금이 몇 시인 줄 아냐는 욕설이 쏟아졌지만 흘려들었다.

말은 그렇게 해도 정모는 늘 그를 위해 밤낮없이 움직여 주었다. 그가 믿을 수 있는 몇 안 되는 사람 중 하나였다.

"그냥 주해성만 쥐고 있으면 될 줄 알았는데 아니야. 내 마음이 바뀌었으니까 계획도 바뀌어야지."

어느새 자신의 안위만이 목적이었던 그의 행보가 오로지 해성이 다치지 않기 위한 길을 찾고 있다.

사랑이 사람을 참 우습게 만든다. 더불어 필사적으로 만들기도 했다. 타인을 위해 절박해지는 기분이란 게 생각보다 나쁘지는 않았다.

🛵

해성은 로비 구석에 앉아 있었다. 캡 모자를 얼굴이 다 가려질 만큼 깊이 눌러쓰고 포대 자루같이 큰 후드로 체형마저 가렸다.

벌써 일주일째였다. 시간이 날 때마다 병원을 찾아와 이렇게 로비 구석에 앉아 엘리베이터를 노려보았다. 희정을 찾기 위해서였다.

그녀가 희정에 대해 갖고 있는 정보란 'Z 그룹 해외 사업 개발부 전무 강성연'뿐이었다.

"아……!"

엘리베이터를 주시하던 해성은 얼른 모자 캡을 내려 얼굴을 더 깊이 숨겼다. 희정이었다.

로즈와인색의 바지 정장을 늘씬하게 소화한 희정이 단정한 걸음걸이로 로비를 가로질러 밖으로 향하고 있었다.

해성은 자리에서 일어나 거리를 두고 희정의 뒤를 쫓았다. 가서 뭘 어쩌자는 계획 같은 건 없었지만 일단 소재지라도 알아 두려 했다.

병원 밖으로 나온 희정은 택시 정류장 앞에 섰다. 뭔가를 기다리는 듯 보였다. 얼마 지나지 않아 검은 세단이 미끄러지듯 들어와 섰다.

"어, 저 사람은……?"

낯익은 얼굴에 눈을 치켜떴다. 세단의 조수석 유리창이 내려가며 한 남자가 얼굴을 내밀었는데 낯이 익었다.

희정을 태운 차는 그대로 미끄러지듯이 병원을 빠져나갔고 해성 역시 쫓아가려 했다. 휴대폰만 울리지 않았더라면.

센터 소장으로부터 온 전화였다. 해성은 아랫입술을 꽉 문 채 희정이 떠나고 난 빈자리를 쏘아보았다.

"아씨……! 쫓아갔어야 했는데!"

신경질적으로 한숨을 내쉬던 해성은 갑자기 고개를 번쩍 들었다. 조수석에 앉아 있던 남자가 누군지 생각이 났다.

일전에 그녀에게 심부름 의뢰를 했던 사람이었다. 음료나 한잔하고 가라며 무례한 말로 그녀를 자극했었다.

해성은 바로 사무소로 돌아가 소장이 관리하는 고객 파일을 뒤졌다. 바로 찾을 수 있었다. '824 캐피탈'이라는 곳에서 '이명한'이라는 사람으로부터의 의뢰였다.

해성은 메모지에 주소를 휘갈겨 쓰곤 바로 사무소를 나갔다. 그리고 그녀가 도착한 곳은 심부름 일을 하면서도 올 일이 별로 없는 지역의 후미진 골목가였다.

특별히 사람이 살지 않는 것도 아닌데 음산하고 흉흉한 기운을 풍겼다. 제대로 손질하지 않은 간판이며 외벽이 뜯어진 오래된 건물들이 즐비하기 때문일지도 몰랐다.

"오긴 왔는데……."

헬멧을 벗어 손잡이에 걸어 둔 해성은 자신이 들어갈 건물을 보았다. 입구에는 쓰레기봉투가 난잡하게 뜯어져 입을 벌리고 있었고 퀴퀴한 냄새도 진동했다.

"후우."

지하로 내려가자 녹슨 철문에 824 캐피탈이라는 파란색 플라스틱 명패가 모서리가 깨진 채 붙어 있었다. 해성은 문을 탕탕, 두드렸다. 안은 조용했다. 몇 번 더 두드렸지만 묵묵부답이었다.

따다다단! 따다다단!

예약한 심부름 시간을 알리는 알람이 울렸다. 해성은 일단 발길을 돌렸다. 일단 위치는 알았으니 다시 찾아오면 될 일이었다.

막 헬멧을 쓰려는데 또 휴대폰이 울렸다. 이번엔 이수 전화였다.

— 늦어도 괜찮으니까 이따가 언제 끝나?

"아…… 글쎄요. 10시는 돼야 할 것 같은데."

— 딱 좋네. 이따가 시간 좀 내줘.

"왜요?"

— 만나 보면 알아. 10시다. 알았지?

해성은 고개를 갸웃거렸다. 진료 시작해야 한다고 전화를 끊는 통에 더 물어볼 수도 없었다.

해성은 이내 바이크를 타고 출발했다. 아무리 할 일이 많아도 가장 우선해야 할 것은 생업이었다. 어떻게 하루가 지나갔는지 모르겠다. 이리저리 일을 뛰다 보니 밤 10시가 가까워졌다.

해성은 바이크를 주차장에 세우고 헬멧을 벗었다. 가을 초입이었지만 아직 날이 더워 온몸이 끈적거렸다. 얼른 들어가서 씻고 싶은 생각이 굴뚝이었다.

"정말 딱 10시네."

옷을 털며 돌아서던 해성은 소리 나는 곳으로 고개를 돌렸다. 차체에 기대서 팔짱을 끼고 있던 이수가 해사하게 웃었다.

"10시. 내가 예약했잖아."

"……아, 그게, 멀리 갈 거예요? 오늘 일이 진짜 많았거든요. 조금 피곤한……!"

"응. 알아. 그 피로 싹 날려 줄게. 틀림없이 좋아할 거야."

이수는 그녀를 차로 이끌어 조수석에 태웠다. 정말로 눈꺼풀이 무거웠다.

"어디 가는 건데요. 이쪽으로 가면 고속도로잖아요. 이수 씨 내일 쉬어요? 난 내일 일하……. 읍!"

"눈 좀 붙여. 시간 조금 걸리니까. 그리고 걱정 마. 내일 출근은 시켜 줄게.”

그녀의 입을 손으로 막은 이수가 꿍꿍이 어린 얼굴로 빙글거렸다.

“한숨 자. 피곤해 보여.”

“운전하는 사람 옆에서 자는 건 매너……가 하암……!”

입이 찢어지게 하품을 하자, 이수가 그녀의 눈가를 손으로 덮어 주었다. 그의 손을 떼려 했지만 요지부동이었다.

그러다 어느 순간에 잠이 들었는지 모르겠다. 가볍게 어깨를 흔드는 손길에 해성은 눈을 떴다. 고속도로 휴게소 주차장이었다.

“아……. 나 잤어요……?”

자신이 하고도 참 멍청한 질문이라는 생각이 들었다. 해성은 손으로 얼굴을 문지르며 주변을 둘러보았다.

“여기가 어디예요?”

눈앞에 전단 하나가 불쑥 튀어나왔다. 이수가 내민 것이었다.

“별빛…… 축제……?”

“전에 보고 싶어 했잖아. 기억나서. 보통 별빛 축제는 겨울에 많이 하는데 여기는 일 년 내내 한다니까. 요즘 생각이 많고 넋이 나가 있는 주해성한테 기분 전환이 좀 될까 하고.”

이수가 손가락으로 어딘가를 가리켰다.

그의 손끝에 반짝이는 불빛들이 보였다. 전망대처럼 높이 솟은 타워도 보였다.

해성은 차에서 내려 까치발을 하고 그 방향을 보았다. 주변의 지형지물 때문에 바로 보이진 않았지만 오색찬란한 색감이 화려하게 하늘을 수놓았다.

"선물이야."

그녀가 돌아보자 뒤에 와서 선 이수가 웃었다. 정말 그의 말대로 피로가 싹 날아갔다.

희정에 대한 생각으로 머리가 가득 찼었다. 연인인 만큼 이수를 제대로 배려했어야 했는데 그러지 못했다. 소홀했다. 하지만 이 남자는 투정을 부리는 대신, 그녀를 위한 시간을 준비했다.

"어렸을 때부터 이런 거 좋아했어요. 거리가 온통 반짝거리는 크리스마스가 특히 나한텐 축제 같았죠."

"왜 그렇게 반짝거리는 게 좋은데?"

"……행복해지니까요. 그런 걸 보고 있으면 예쁘고, 희망차고, 나도 뭔가 반짝거리는 것 같고, 다 잘될 것 같고 그런 기분이 들어서요."

"그럼 이제 저런 건 필요 없겠다. 내가 있으니까. 괜히 데리고 왔다."

이수의 능청스러운 말에 해성은 밉지 않게 눈을 흘기며 웃었다. 이수가 그녀의 손을 잡고서 입구로 성큼성큼 걸었다.

"……우와…… 너무 예뻐요……!"

해성은 손으로 입을 가렸다. 세상이 온통 반짝거렸다. 밖은 아직 더운데, 이곳만 크리스마스였고, 환상의 세계였다.

해성은 이수의 손을 꽉 붙잡았다. 그의 말대로 선물 같았다. 시간이 늦어서 생각보다 사람도 없었다.

"감동만 하다가 한 발자국도 못 걷겠어. 보니까 여기, 생각보다 넓어서 다 돌아 보는 데 한 시간은 걸린대."

해성은 이수에게 끌려서 걸었다. 동그란 구체 등으로 넓게 펼쳐진 꽃밭, 달 속에서 절구를 찧는 토끼, 높은 나무에 달린 쏟아지는 전구들, 파도를 타듯 시시각각 변하는 불빛들 사이를 꿈길을 걷는 기분으로 거닐었다.

"해성아, 저기 서 볼래? 사진 찍어 줄게."

이수가 조화가 담긴 자전거를 가리켰다. 그 자전거 뒤를 하얀 토끼 몇 마리가 쫓아가고 있는 포토 존이었다. 그 작은 토끼 몇 마리조차 몸에서 은은한 하얀 빛이 뿜어져 나왔다.

"어색해서……."

머뭇거리는 사이, 다른 커플이 가서 사진을 찍었다. 여자가 자전거에 올라타 환하게 웃으며 V를 그렸다.

"내가 먼저 해?"

커플이 돌아가자 어색해하는 그녀를 위해 이수가 먼저 움직였다. 자전거 위에 다리를 꼬고 앉아 요염하게 턱을 치켜들었다. 해성은 웃음을 참으며 사진을 찍었다.

"이제 네 차례야. 어려울 거 없어."

해성은 쭈뼛거리며 자전거로 다가갔다. 살면서 사진이라고는 학교에서 찍는 사진 말고는 별로 찍어 본 적이 없다. 특히 어디를 놀러 가서 사진을 남기는 일은 더욱이.

정말 일만 하고 살았다. 열심히 살았다. 자전거 핸들을 잡고 앉은 해성은 실소를 흘렸다.

"이쪽 봐야지! 증명사진처럼 찍어도 좋으니까 나 봐 봐."

해성은 고개를 들고 이수를 보았다. 이수가 얼굴 가득 웃으며 그녀를 보고 있었다.

이 남자를 만나고 몰랐던 감정, 몰랐던 마음, 부려 본 적 없던 욕심을 부리고 있다.

"이렇게 해 볼까요?"

그녀의 사진을 예쁘게 찍으려고 허리를 꺾어 이리저리 렌즈를 들이대는 이수가 사랑스러웠다. 그가 다가오는 만큼 그녀도 용기를 냈다. 해성은 뒤돌아 앉았다가 웃으며 고개만 돌아보았다. 입술을 쭉 내밀어 섹시해 보이려고 노력했다.

"너무 귀여운 거 아니냐? 주해성."

이수가 웃음을 터트리며 좋아했다. 해성은 몸을 틀어 이수를 보았다. 그가 웃는 모습이 좋았다. 그도 그녀의 웃는 모습을 좋아했다.

해성은 볼을 동그랗게 말고 환하게 웃었다. 팔을 하늘을 향해 쭉 펴고 V를 그려 보았다. 찰칵 소리가 연이어 들려왔다.

"더 해요? 사진 찍는 것도 보통이 아니구나!"

못해도 50장은 찍지 않았을까.

"안 예쁜 게 없어. 다 인화해서 벽에 붙여 놓을까 봐."

그녀의 손을 잡아끌며 하는 말에 가슴이 철렁 내려앉았다. 그러고도 남을 남자라는 생각이 들었기 때문이다.

"그건 좀…… 무섭지 않을까요?"

"왜? 너는 내 사진으로 벽을 도배하고 싶지 않아?"

"……그 정도는 아니에요."

해성이 얼굴을 찌푸리며 대답했다. 농담일 게 뻔했지만 등줄기에 소름이 돋는 제안이었다.

"……기분은 좀 나아졌어?"

다채롭게 변화하는 빛 터널을 지나 파란색 빛이 반딧불이처럼 빛나는 나무 사이를 걷는 중이었다.

"덕분에요. 고마워요."

이수가 자리에 서서 그녀의 얼굴을 감싸 들었다. 속을 들여다보듯 이쪽저쪽 깊게 훑던 이수가 만족스러운 듯 웃었다.

"조금 피곤해 보이기는 해도, 다른 생각을 하는 것처럼 보이지는 않네."

"지금은 이수 씨 생각만 하고 있어요."

"무슨 생각?"

"어떻게 이런 멋진 남자가 내 옆에 있을까. 이 사람이 아니었으면 어떻게 됐을까. 이 사람 때문에 참 행복하구나. 내가 전생에 나라라도 구했던 건가. 그런 거요."

"갑자기 왜 그래? 내가 아는 주해성은 닭살 돋아서 이런 말할 여자가 아닌데."

"여기는…… 현실 같지가 않으니까 잠깐 미쳐 봤어요."

"미쳐야 나오는 소리야?"

"아마도요."

못 말린다는 듯 그가 그녀의 볼을 아프지 않게 꼬집었다. 해성은 그녀를 가만히 내려다보는 이수를 일렁이는 기분으로 응시했다.

그에 대한 고마움으로 가슴이 먹먹하게 젖었다. 비밀은 없었으면 좋겠다고 한 건 자신이었다. 그런데 무슨 일 있냐고 묻는 그에게 일을 핑계로 입을 다물어 버렸다.

"사실은…… 엄마가요."

해성은 제 볼을 감싼 이수의 손 위에 자신의 손을 겹쳐 꽉 잡았다. 이수는 차분히 그녀의 말을 기다렸다.

"엄마가 사기꾼이에요. 얼마 전에…… 출소한 걸 길에서 봤어요. 그래서 마음이 좀 그랬어요. 나 많이 우울해 보였어요?"

이수는 대답 대신 그녀를 끌어안았다.

"……엄마 보고 싶어?"

"아니요. 다시 보기 싫어요."

말도 안 되는 질문이었다. 머리 위에서 이수의 짙은 한숨이 들려왔다.

"드디어 얘기했네."

"이수 씨는…… 사실은 내 엄마가 사기꾼이라도, 그런 나여도 괜찮아요?"

"무슨 상관이야. 너는 넌데. 왜 쓸데없이 그런 생각을 해?"

이수의 손이 그녀의 이마를 아프게 튕겼다. 해성이 살짝 인상을 찌푸리자 그 자리에 입을 가볍게 맞추었다.

"너면 됐지. 다른 게 무슨 상관이야. 지금 내 마음이…… 거짓 한 터럭도 없는 진심인데. 이렇게나…… 네가 좋은데."

볼을 어루만지는 손이 더없이 부드러웠다. 해성은 그의 손안에서 담뿍 웃었다.

"사랑받는다는 거, 되게 행복하네요."

해성은 주변을 두리번거렸다. 사람이 없는 걸 확인하고 까치발을 했다. 이수의 목을 당겨 내리고 매끈한 볼에 마음을 가득 담아 입을 맞췄다.

"오늘 고마워요."

볼이 아플 정도로 웃음이 나왔다. 한껏 당겨 올라간 웃는 얼굴은 모두 이수가 준 것이었다.

"나도 생각해 봐야겠어요. 내가 뭘 해야 이수 씨가 좋아할지. 매번 받기만 한 것 같아."

그녀가 앞서가며 말하자 뒤에서 이수가 대답했다.

"그냥…… 내가 그런 것처럼, 너도 날 놓지 마. 그 어떤 상황, 어떤 순간에도 말이야."

"알겠어요!"

해성은 쉽게 대답했다. 그녀가 이수를 먼저 놓을 리, 절대 없다.

문안으로 들어선 해성은 눈앞에 펼쳐진 광경에 주춤했다.

"여기다 사인을 하면 돼요. 그런데 뒤는 책임 못 져. 갚을 능력 없으면 돈은 안 빌리는 게 나은데. 정말 괜찮겠어, 아저씨?"

"……아, 예! 저는 이 돈 꼭 필요해요! 이번에 대박만 나면 돈 갚을 수 있습니다! 내가 꼭 날짜 안에 갚을게. 갚을 수 있어요!"

뼈밖에 없는 마른 남자와 명한이 마주 앉아 가운데 하얀 종이를 두고 있었다.

"여기 사인하면 나중에 어떻게 되는지 알아요?"

"어차피 이번에 망하면 죽은 목숨입니다!"

해성은 목구멍으로 침을 꼴깍 삼켰다. 20평쯤 되는 공간에는 덩치 큰 장정만 넷이 있었다. 겁을 집어먹지 않으려 해도 그럴 수가 없는 광경이었다.

"그럼 서명하시고. 돈은 꼬박꼬박 갚읍시다. 알겠죠?"

깡마른 남자가 미친 듯이 고개를 끄덕였다. 다급하게 하얀 종이에 사인을 하고, 명한이 내민 검은 가방을 품에 끌어안고 자리에서 벌떡 일어나 나가 버렸다.

"오늘은 손님이 풍년이네. 다음 손님?"

서류를 챙겨 정리한 명한이 고개를 돌렸다.

"이명……한 씨?"

"……어라? 어디서 많이 본 얼굴이네?"

명한이 그녀를 위아래로 훑다가 곧 알아보고 씨익 웃었다.

"아가씨도 돈 빌리러 왔어? 한번 본 얼굴이라고 이자 더 싸게 쳐주고 그러진 않을 건데?"

"난 그게 아니라."

"각오는 하고 온 거야? 얼마나 필요한데? 그 전에 이거부터 읽고 결정해. 계약서야."

명한이 누런 이를 드러내며 그녀에게 하얀 종이를 펄럭였다.

당장 돌아서 나가고 싶었다. 이런 곳은 처음 와 봤다. 원봉이 그 많은 사고를 치고 다녔어도 이런 데까지 손댄 적은 없었다. 새삼 원봉이 고마울 지경이었다.

"나, 난 돈 때문에 온 게 아니에요……!"

해성은 당장이라도 돌아 나가고 싶은 욕구를 오기로 억눌렀다.

"물어볼 게 있어서요. 주희정이라는 여자, 알아요?"

목구멍에 힘을 바짝 주고 말하자 명한이 그녀를 한참을 물끄러미 보다 되물었다.

"알면?"

"주희정이라는 여자, 어떻게 알아요? 같이 일해요?"

"내가 왜 아가씨 물음에 일일이 답을 해 줘야 하지? 이유를 모르겠네?"

불량스러운 태도로 어깨를 으쓱인 명한이 비웃음을 흘리며 담배를 물었다.

"제가 알아야 해서요. 주희정, 어디 있는지 아세요?"

"귓구멍 없어? 내가 왜 말해 줘야 하냐니까? 분위기 파악이 안되나. 아님 겁대가리가 없는 건가. 이거 참 경우 없는 경우네?"

뒷걸음질 치고 싶은 걸 겨우 참았다. 겁이 났다. 오기로 버텼다.

"원하는 게 있으면 말해요."

"뭐? 장기라도 내놓게? 신체 포기 각서 쓸 거야? 여기선 그런 것만 취급해."

남자가 풍기는 분위기, 이곳에서 벌어져 왔던 일들이 보지 않아도 선명하게 그려졌다. 이런 곳이 희정이 사는 세상이었다.

"……아니, 시, 심부름해 드릴게요!"

해성은 급하게 뱉었다. 그녀가 할 수 있는 거라곤 심부름뿐이었다. 저 남자가 원하는 걸 들어 준다고 했다가 무슨 낭패를 볼지 몰랐다.

"심부름? 그게 뭐든지?"

"……내가 할 수 있는 거라면요."

목을 조르는 것 같은 정적이 이어졌다. 여기서도 거절한다면 더 이상 그녀가 걸 수 있는 건 없었다. 가진 건 몸뿐인데 몸이라도 성해야 입에 풀칠은 하고 살아가지 않겠나.

게다가 이제 그녀는 자신만 생각하면 안 됐다. 온 마음을 내어 준 남자의 얼굴이 그녀의 머릿속을 가득 메웠다.

"뭐든지라……. 재밌는데? 아가씨 배포가 내 스타일이야."

명한이 결론을 내렸는지 그녀로부터 시선을 거두었다.

오랜만이에요

✦

824 캐피탈을 나온 후, 뒤도 돌아보지 않고 바이크를 몰았다. 다리가 후들댔다. 한강변에 쪼그려 앉아 넋을 놓고 있던 해성은 문득 주머니에서 찢어진 종이를 꺼냈다.

[포시즌 호텔 3002호 스위트룸]

"……팔자가 늘어졌네."

포시즌 호텔은 서울에서도 유명한 고급 호텔이었다. 일반 룸에 하루 묵는 데만도 족히 50만 원 이상은 드는 곳이다. 하기야 얼마나 많은 사람들의 등을 쳐 먹고 배 속을 채웠겠나.

'검찰, 고미술품 위조, 경매한 브로커 검거하는 쾌거!'
'프랭크 애버그네일의 한국판, 사기꾼 검거! 피해액만 123억!'
'유령 옥션 회사 대표 주 모 씨, 사기 혐의로 구속 기소!'

7년 전, 경찰서에 연행되어 온 희정을 본 후, 찾아보았던 몇 개의 헤드라인이 머릿속에 떠올랐다. 손에 쥔 종이를 와락 움켜쥐었다.

"내 구역에서는 절대 안 돼……."

인제 와서 희정이 어떻게 살든 알 바 아니었다. 아주 많이 사랑했던 그 얼굴에, 그리웠던 그 음성에 흔들리지 않을 것이다.

"포시즌……."

해성은 다시 바이크에 올라 포시즌 호텔로 향했다. 호텔 입구가 잘 보이는 방향에 비치된 소파에 자리를 잡고 앉았다. 기다림이 시작됐다.

희정은 대한민국을 떠들썩하게 한 고미술품 위조 사기의 주범이지만, 그 얼굴을 기억하는 사람은 드물었다. 7년이나 지난 바에야 더했다. 그것이 그녀가 출소 직후 이렇게 활개 치고 다닐 수 있는 이유였다.

"하, 정신이 하나도 없네."

민국 병원의 이 원장을 상대하는 동시에 실제로 Z 그룹 병원 입찰 건에 민국 병원 서류를 적당히 꾸려 이름을 올렸다. 쏟아지는 뉴스에는 입찰에 올라간 민국 병원의 이름도 당연히 거론되었다. 이 원장의 의심은 피한 셈이다.

물론 민국 병원이 입찰될 일은 없었다. 그녀가 아무리 깡이

세도 Z 그룹을 상대로 사기 칠 생각을 하는 머저리는 아니었다.

설계대로라면 이번 판에서 결국 피를 보는 것은 민국 병원의 이 원장과 이수뿐이다. 희정은 흐트러짐 없는 자세로 호텔 로비로 들어섰다.

그러나 얼마 가지 못해 자리에 우뚝 섰다. 반사적으로 손에 들고 있던 클러치 백으로 얼굴을 가렸다.

"저게…… 지금 뭐……?"

클러치 백을 구명줄처럼 움켜쥔 손이 바들바들 떨렸다. 자신이 조금 전에 본 것을 다시 한번 상기했다. 잘못 본 것이길 바랐다. 그 아이, 해성이었다.

희정은 그대로 뒷걸음질 치다가 몸을 돌렸다. 가까스로 호텔 정문으로 도망치듯 나왔다. 해성이 어렸을 때 죽은 엄마의 얼굴을 기억할 거라는 보장은 없다. 오히려 당당하게 행동했어야 했나. 희정은 그녀답지 않게 갈팡질팡했다. 등줄기엔 식은땀이 흘렀다. 로비 안쪽을 다시 보니, 해성이 앉아 있던 자리는 비어 있었다. 안도하려는 찰나였다.

"뭐 하나 했어요."

불길한 예감이 발밑을 진득하게 휘어 감았다.

"오랜만이에요."

고저 없는 무미건조한 음성이 그녀의 고막을 때린다. 희정은 고개를 돌렸다.

"엄마."

발밑이 아득해졌다. 세월이 흘러 어느새 그녀와 눈높이가 같아진 해성이 그녀를 보고 있었다.

🛵

갑자기 나타나서 다짜고짜 엄마라고 부르는 젊은 여자가 있다면, Z 그룹 해외 사업 개발부 전무 강성연은 어떻게 했을까. 지금 희정은 강성연으로서 존재해야 했다.

"당황스럽네요. 갑자기 엄마라니."

희정은 차분한 신색을 유지하려 했다. 다행인 건 십 수 년간의 사기 경험 덕분에 그녀의 연기가 꽤 그럴듯해 보일 거라는 사실이다.

"일단 앉아 있어요. 옷 갈아입고 올게요."

희정은 해성을 응접실 소파에 앉혀 놓고 침실로 들어왔다. 무너지듯 화장대를 짚었다. 아무런 생각도 나지 않았다. 해성의 흔들림 없는 눈빛으로 봤을 때 모든 걸 알고 왔을 가능성이 높았다.

"하, 진정해. 주희정. 진정해…… 진정하라고."

고개를 들어 거울을 보았다. 얼굴이 하얗게 질린 여자가 불안한 눈을 하고 있었다.

'너 같은 엄마는 없는 것만도 못해! 애 인생 망칠래? 그딴 식으로 살아서 네가 애 인생에 무슨 도움이 되는데? 남의 등쳐 먹으면서 가져온 돈? 애가 대체 뭘 배우겠어!'

'이런 다 쓰러져 가는 집에서 엄마가 해성이한테 뭘 해 줄 수 있

는데! 그래도 난, 애가 하고 싶은 거, 먹고 싶은 거, 입고 싶은 거
해 줄 능력 돼!'

'능력 없어도 나는 애 창피하게 안 해. 교도소 밥 먹듯이 들락거
리는 엄마 있느니 차라리 죽었다 그러는 게 나아. 해성이한테 범죄
자 딸이라는 꼬리표 붙여 주고 싶어?'

희정은 자조적으로 웃었다. 엄마 말이 맞았다. 자신은 해성
에게 해악이었다. 좋은 엄마 노릇은 애초에 글러 먹었다. 못 될
바에야, 끝까지 못된 게 나았다. 이런 엄마는 없느니만 못하다.

"하던 대로 해. 그렇게 하자……."

희정은 홈웨어로 갈아입고 문을 열었다.

"커피라도 한잔할래요?"

"아뇨."

"……아가씨가 무슨 착각을 한 것 같아요. 엄마가 날 많이 닮
았나 봐요."

해성의 맞은 자리에 앉은 희정은 격식 있게 미소 지었다.

"착각이요?"

"난 강성연이라고 해요. 엄마 이름이 뭐라고 했죠?"

"주희연이요. 아니, 지금은 주희정이라는 이름을 쓰고요."

해성이 조용히 눈을 맞추며 담담하게 말했다.

"난 아가씨 엄마가 아니에요. 어디가 부족해 보이지도 않는
데 아무한테나 엄마라고 하면 안 되죠. 무슨 영문인지는 모르
겠지만 아가씨가 찾는 엄마, 꼭 찾길 바라요."

치밀어 오르는 감정을 꾹 내리누른 희정은 자리에서 일어나려고 했다. 이제 그만 나가 달라는 무언의 압박이었다.

"할머니가 고등학교 2학년 때 돌아가셨어요."

해성이 그녀를 빤히 응시했다. 그 눈은, 마치 그녀에게 벌이라도 주는 것 같았다.

"아르바이트를 이것저것 하기 시작했어요. 근데 부모가 없다 보니 이상한 일만 생기면 제일 먼저 의심받더라고요. 돈이 없어지거나, 물건이 사라지거나, 고객한테 컴플레인이 들어오거나 성희롱도 예사였죠. 돌봐 줄 울타리가 없는 어린애만큼 쉬운 게 어디 있겠어요."

희정은 굳어지려는 얼굴을 가까스로 폈다. 사람들의 편협한 시선과 매몰찬 인정을 그녀도 겪었기에 잘 알고 있었다.

"그날도 그런 날들 중 하나였어요. 아르바이트하던 편의점에서 돈이 5만 원 정도 비었어요. 당연히 도둑으로 몰렸고 사장님이 버릇을 고쳐 준다고 경찰서에 끌고 갔어요. 거기서 봤어요. 죽은 줄 알았던 사람이 멀쩡히 살아 있다는 걸요."

눈꺼풀이 파르르 떨렸다.

"주희정. 사기 전과 12범. 찾아보니까 되게 화려한 이력을 가졌더라고요. 그때 알았어요. 아, 저 여자는 사람들을 속이고 벼룩의 간을 빼먹는 것도 모자라 자기 자식한테도 사기를 치는구나. 그것도 죽었다고."

해성이 눈꺼풀을 아래로 내린 채 말꼬리를 흐렸다. 실소를 흘렸다.

"딸자식이 얼마나 귀찮고 짐짝 같았으면 그랬을까……."

희정은 굳었다. 손끝이 차가워졌다. 피가 통하지 않는 것 같았다. 머릿속이 웅웅 울렸다. 온몸의 피란 피는 다 빠져나가는 것 같았다.

"민국 병원에서 봤어요. 출소했나 보다 했어요. 평생 사기 치면서 남의 등쳐 먹고 살아온 사람이 갑자기 새사람이 됐다고는 생각하지 않아요. 상관할 마음도 없어요. 그런데 민국 병원이요, 내 인생에서 가장 소중한 사람들이 있는 곳이에요. 왜 거길 드나드는지는 몰라도 사라졌으면 좋겠어요. 그 말 하려고 왔어요."

아무런 반응도 하지 못하는 희정을 물끄러미 보던 해성은 자리에서 일어나 몸을 돌렸다.

"끝까지 난 주희연이 아니다, 잡아떼도 상관은 없는데요, 난 녹록지 않게 살아서 무서운 게 별로 없어요. 내 삶을 망치려고 든다면 가만히 있진 않을 거예요. 이건 경고예요."

룸 문이 닫히는 소리가 들렸다. 희정은 숨이 제대로 쉬어지지가 않았다. 입술 안쪽을 짓씹었다.

다 알고 있었단다. 옛날부터, 아주 오래전부터 쭉 알고 있었단다. 경찰서에서 봤다면, 양 손목에 수갑을 차고 연행된 자신을 봤다는 말이다.

"하, 말도…… 말도 안 돼……!"

얼굴이 일그러졌다. 온몸이 사시나무 떨듯 떨렸다. 쓰고 있던 가면이 산산이 깨져 나갔다. 내내 도도하게 내리뜨고 있던 눈에서 순식간에 물이 차올라 후두둑 떨어져 내렸다.

"그럴 순 없어……!"

옳은 길은 아니었지만 잘못 살았다고 생각하지는 않았었다. 이 거지 같은 세상에서 살기 위해 그녀가 가장 잘할 수 있는 길을 선택한 것이었다.

"어떻게……! 어떻게!"

희정은 이를 악문 채 끅끅거렸다. 심장이 에어 왔다. 숨이 쉬어지지가 않았다. 가슴이 부서져 나갔다. 잘게 으깨지고 가루가 되어 끝도 없이 부스러졌다. 그렇게 재가 되어 사라질 것만 같았다.

다음 날, 희정은 밤새 자지 못해 피곤한 미간을 문지르며 병원으로 향했다. 이미 일은 시작됐고 팀원들에게 약속한 배당금을 위해서라도 그만둘 수 없었다.

"애초에…… 나쁜 년이었으면 끝까지 나쁜 년이어야지. 일관성 있게."

그녀가 엄마로서 할 수 있는 일은 현이수라는 벌레를 해성이의 인생에서 영원히 아웃시키는 것뿐이다. 어떤 수단을 써서라도.

병원에 도착하자 이 원장이 병원 로비까지 나와 그녀를 극진하게 맞았다.

"어서 오세요, 후배님. 오늘은 내가 긴히 의논을 드릴 게 좀 있어서 오시라고 했습니다."

"의료팀 해외 파견 때문이라고 하셨죠? 저도 부서 내에서 도움을 좀 받았어요. 선배님께 좋은 자료가 될 것 같아서요."

희정이 넘긴 자료 안에는 의료팀을 해외에 보내게 될 경우 필요한 제반 사항과 체류 비용, 의료 기기 등의 숫자들이 빼곡하게 적혀 있는 파일이 들어 있었다.

확실한 건 감히 병원장 주제에 마음껏 운용할 수 있는 금액은 아니란 것이다.

"하……."

역시나 파일을 넘겨 본 이 원장의 입에서 탄식이 흘러나왔다.

"낙찰까지 얼마 남지 않았으니 서두르는 게 심사에 좋을 겁니다. 저도 힘닿는 데까지는 노력해 보겠지만 워낙 경쟁 병원들이 쟁쟁해서요."

이 원장은 이사회의 반대가 만만치 않다는 이야기를 이어 갔다.

"원장님. 제 지인 중에 사란 지구에서 일을 진행했던 관계자가 있어요. 원하시면 소개해 드릴게요. 어려우신 입장 당연히 이해합니다. 그래도 신중히 생각하세요. 이번만 잘 넘기면 손에 쥘 수 있는 것 역시 무한한 가치들을요."

이 원장은 가진 그릇에 비해 야심이 큰 인물이었다. 결국 그녀의 말대로 움직일 것이다. 희정은 입매를 부드럽게 휘었다.

이수와 점심 약속이 있었다. 병원 로비에서 얼마간 기다리니 익숙한 목소리가 들렸다.

"점심은 한정식 어떠세요? 논현 쪽에 괜찮은 집이 있어요."

해성은 고개를 들어 두리번거렸다. 이 원장을 보며 미소 짓고 있던 희정과 그녀의 눈이 마주쳤으나 잠시였다.

해성은 희정이 움직이는 동선을 따라 눈을 돌렸다. 경고했는데도 불구하고 여전히 병원을 드나든다는 사실에 가슴 아래서부터 까끌까끌한 모래가 먹먹하게 차오르는 것 같았다.

"해성아, 오래 기다렸어?"

속을 메우는 막막한 감정을 삼키는데 어느새 나타난 이수가 물었다.

"미안, 수술이 생각보다 길어져서. 화났어? 아니면 무슨 일 있었어?"

그녀의 좋지 않은 표정을 본 이수가 조심스레 물었다. 섬세한 남자였다. 해성은 가만히 고개를 저었다.

"말하기 힘들면 안 해도 돼."

차마 엄마가 이 병원에서 뭔가 일을 벌이고 있다고 말할 수가 없었다. 곱씹을수록 참담했다. 꼭 자신이 사기꾼이라도 된 기분이었다.

"먹고 싶은 거 있어? 오랜만에 병원 앞에 백반집 갈까?"

"아, 거기 맛있었는데……."

이수와 함께 먹었던 첫 밥이었다. 해성이 가라앉는 기분에서 헤어 나오려 맞장구를 치자 그가 그녀의 머리칼을 부드럽게 쓰다듬곤 손을 맞잡았다.

"아침 내내 수술하고 배고파 죽겠는데, 첫 끼를 사랑하는 사람하고 먹을 생각 하니까 참 행복하다."

"소박하네요."

"주해성은 안 그런가 봐? 애정이 부족해. 원래 행복은 소소한 데서 오는 거잖아."

"나도 같이 먹고 싶으니까 일하다가 여기까지 온 거잖아요."

이수는 웃음을 빼물었다. 해성이 마음을 표현하는 일이 점점 자연스러워지고 있었다. 역시 인간은 학습의 동물이다.

이수는 해성과 병원을 나왔다. 사실 아까 해성이 무엇을 보고 경직되었는지 모르지 않았다. 해성이 보고 있는 자리에는 이 원장과 희정이 있었다.

제 엄마를 알아봤다. 애써 얼버무리는 모습이 안쓰러웠다. 한 번의 마주침만으로도 이 여자의 무른 마음은 베이고 찢겼을 것이다. 그게 마음이 쓰였다.

희정은 알고 있을까. 자신이 목숨처럼 아끼고 보호하려 했던 딸이 모든 것을 알고 있다는 사실을.

고개를 돌리던 이수는 한 방향을 바라보았다. 검은 벤츠에 탄 희정이 창문을 내리고 그와 해성을 보고 있었다. 눈이 마주쳤다. 이수는 그가 할 수 있는 한 가장 산뜻한 얼굴로 웃었다.

그는 진심으로 이대로 희정이 물러나, 해성이 그에 관한 진실을 영영 모르길 바랐다. 그래서 이 여자가 온전하게 그의 품 안에서 행복하기를 바랐다.

"유진이 네가 배역 하나 더 맡아야겠다. 이 원장이 보따리를 풀 생각이야. 병원 돈을 건드리든 자기 주머니를 털든 이번 건으로 20억이 걸어 들어오는 거야. 아니, 너 하기에 따라서 10억이 될 수도, 30억이 될 수도 있겠다."

"아, 어깨가 너무 무거워지는데?"

유진이 너스레를 떨었다. 펑퍼짐한 하얀 블라우스에 검은 바지 정장 차림의 그녀는 사회 초년생의 어수룩한 티가 팍팍 났다. 현재 Z 그룹 해외 개발 사업부의 실존하는 강성연 전무 비서실에 인턴사원으로 잠입해 병원 입찰 목록에 민국 병원 서류를 몰래 끼워 넣은 것도 유진이었다.

"그런데 20억을 무슨 수로 뽑아내? 아직 내 혓바닥이 신의 경지까진 아니어서 엄마만큼 할 자신은 없는데."

"이것저것 필요하다고 리스트 만들어서 뽑아낸 정산서. 그걸로 잘 주물러 봐. 사기꾼은 주둥이 빼면 시체잖아? 너한테 그 정도 역량 있어."

희정의 말에, 유진이 새 캐릭터 좀 만들어 봐야겠다며 밖으로 나갔다. 희정은 다시 화이트보드를 보았다. 빠진 게 없는지 신중하게 체크했다.

"……그건 그렇고 엄마 딸 찾아오지 않았어요?"

희정이 명한을 돌아보았다.

"너 나 감시하니?"

"엄마 모시고 다니는 게 누군데. 내 밑에 있는 애야. 내가 모르겠어? 애초에 그 애가 엄마 존재를 알까 봐 몸 사린 건데, 이제 생각이 좀 바뀌었을까 해서. 다 알고 찾아온 것 같은데."

"이미 일이 잘 굴러가고 있는데 굳이 그럴 필요는 없을 것 같다."

와인 셀러 앞으로 간 희정은 와인 하나를 꺼내 라벨을 찬찬히 훑었다.

"상황이 이렇게까지 됐어도, 더 큰 상처 주는 건 싫은가 봐요? 사랑인가?"

정모도 거들었다.

"흰소리한다. 변했나 싶었더니 아직도 그런 감상 갖고 사니?"

희정은 비웃음을 삼키며 와인 셀러 안에서 또 다른 와인을 꺼내 들었다.

"와인이 죄다 쓰레기야. 빈티지가 하나같이……. 너희들 돈 없니?"

마음에 드는 와인이 없었다. 와인을 오픈하기 위해 오프너를 쓸 시간조차 아까웠다.

"여기서 엄마 모정 무시할 놈 없어요. 그렇게 말 돌리지 않아도 돼. 이해해요. 하나밖에 없는 가족인데. 목숨 같은 딸. 자꾸 거론되는 거 싫으면 그냥 싫다고 해요. 말 돌리지 말고."

페도라를 머리에 눌러쓴 정모가 자리에서 일어났다.

"그런데 엄마도 알죠? 사람 뜻대로 되는 일은 그다지 없더라고요."

정모는 밖으로 나왔고 명한이 그를 따라 나와 어깨에 팔을 얹었다.

"정모야, 나 대어 잡았다."

"대어?"

"난 원래 물건 떼다만 주지, 갖다 붙이는 건 안 하잖냐. 그런데 이번엔 직접 갖다 붙이는 것까지 해 보려고. 앞으로의 창창한 미래를 위해서. 언제까지나 뒷골목에서 썩을 수는 없잖냐. 나도 슬슬 종목 바꿔서 고급스러운 일 좀 해야지."

고급이라니. 명한과 퍽이나 어울리지 않는 말이었다. 정모는 페도라 챙을 손끝으로 쓸었다. 그도 이제 움직일 때였다.

⚬

해성은 헬멧을 벗고 병원 건물을 올려다보았다. 손에 쥔 노란 서류 봉투를 손에 꽉 거머쥐었다. 짧은 시간이나마 그녀가 희정에 대해 모은 자료였다.

7년 전 옥션 유령 회사 건이 터지면서 함께 폭로되었던 과거 희정의 사기 행각들.

간단했다. 병원장에게 봉투를 들이밀고 정신 바짝 차리라고 말하면 됐다. 그다음 수순이야 빨랐다. 자기가 사기당할 거라고는 생각하지 못했을 병원장은 광분해서 경찰에 신고를 할 테고 경찰은 출소하자마자 어마어마한 일을 벌인 사기꾼을 검거할 것이다. 그러니까 이제 문안으로 들어가면 된다. 그러나 생각과는 달리 다리가 마음대로 움직이지를 않았다.

"아, 죄송합니다."

멍하니 회전문 앞에 서 있던 탓이리라. 안으로 들어가던 사람과 부딪치는 바람에 손에 들고 있던 서류 봉투가 떨어지면서 내용물이 쏟아졌다. 상대가 서둘러 몸을 굽혀 종이를 쓸어 모았고 해성 역시 종이를 주웠다.

"주해성 씨?"

흩어진 종이를 한 장, 한 장 겹쳐 손에 쥐던 해성은 고개를 들었다. 벽돌색의 슈트를 화려하게 빼입은 남자였다.

"저 서정모예요. 이수 형이요."

남자가 웃으며 그녀를 향해 손을 내밀어 악수를 청했다.

"이렇게도 마주치네요. 이수 만나러 왔나 봐요? 나도 이수 보러 왔는데."

해성은 정모가 주워 건넨 서류를 봉투 안에 다시 넣으며 고개를 저었다.

"아뇨. 저는 일 때문에 왔어요. 이제 가려고요. 저는 그럼 이만 일이 있어서……."

"그래요? 다음에 이수랑 셋이 밥이라도 같이 먹어요. 내가 이수 얘기 많이 해 줄게. 궁금한 거 다 물어봐요. 팬티 개수까지 다 말해 줄 수 있으니까."

"예. 안녕히 계세요."

건성으로 대꾸한 해성은 얼른 돌아섰다. 이미 원장실로 가이 서류 봉투를 던져 주겠다는 생각은 까마득하게 잊어버렸다.

🛵

호텔 로비에서 그녀를 본 희정은 지난번처럼 도망가는 대신, 우아한 미소를 지어 보였다.

"할 말이 있어서 왔겠지? 내가 곧 또 일이 있어서 올라갈 시간이 안 돼. 여기서 할래?"

철면피라는 말의 정의는 다시 등재되어야 한다. 주희정으로.

"이건 마지막 경고예요."

해성은 자신이 들고 있던 서류 봉투를 열고 그 안에 들어 있는 수십 장의 종이들 중 한 장을 꺼내 희정에게 내밀었다. 스크랩된 희정의 과거 기사였다.

"이 안에 든 건 다 이런 거예요. 그러니까 내 인생에서 사라져 줘요. 가까스로 손에 넣은 내 행복은 망가뜨리지 말고요."

희정은 해성이 내민 종이를 내리뜬 눈으로 힐끔 보곤 피식 웃었다.

"그 행복이 뭔데. 널 낳아 준 엄마에게 이럴 정도로 중요한 거니?"

"내가 가장 어려울 때 손 내밀어 준 유일한 친구가 거기 있고, 내가 처음으로 욕심내서 잡은 사람이 거기 있어요. 내가 유일하게 가진 것들이에요. 엄마라고 했어요? 이제야 인정해요? 엄마가 뭔데요? 대체 그게 무슨 의미예요? 엄청 고결하고 아름다운 말인 줄 알았던 때도 분명 있어요. 그런데 이만큼 살고 보니 허울뿐인 이름은 필요 없더라고요. 낳아 줬다고 다 엄마는 아니에요."

"네가 아무리 그래도 나 나름대로 엄마 노릇은 했어!"

등을 돌리던 해성이 다시 희정을 돌아보았다. 어이가 없는 얼굴이었다.

"엄마 노릇이요?"

"매달 통장에 입금되던 돈 말하는 거야. 그 돈으로 엄마랑 네가 먹고산……!"

"그런 지저분한 돈, 단 한 푼도 쓴 적 없어요. 아니, 할머니 살아 계실 땐 몰라도 모든 걸 알고 나서는 단 한 푼도 쓴 적 없어요."

"뭐? 그럼 그 돈은 다……?"

희정이 맥이 풀린 얼굴로 되물었다.

"나보다 더 어려운 사람들한테 기부했어요. 그런 걸로 생색내지 마요. 살면서 난 엄마한테 신세 진 적 없으니까."

해성은 등을 돌렸다. 이렇게까지 하는 희정에게 정나미가 떨어졌다.

"……내가 물러나기 싫다면?"

희정의 목소리가 약간 떨린 듯 들린 것은 자신의 착각이리라.

"마지막 경고라고 했어요. 내 말을 무시한다면 왔던 곳으로 다시 돌아가게 되겠죠."

해성은 이를 사리물었다. 그녀도 사람이었다. 이렇게 틀어져 버렸지만 아주 먼 옛날에는 분명히 좋았던 기억도 있었다. 오랜 출장 끝에 돌아온 엄마가 그녀를 물고 빨았던 기억이나, 할머니 몰래 용돈을 쥐여 주며 맛있는 거 사 먹으라며 찡긋거리던 눈이나, 아플 때 머리맡에 앉아서 물수건으로 몸을 닦아 줬던 기억이나.

해성은 희정을 뒤로하고 호텔 로비를 가로질렀다. 회전문을 나와 호흡을 골랐다. 또 멍청한 눈시울이 시큰거렸다.

"어이."

울 가치도 없는 일이다.

"모른 척하기야?"

그녀 앞에 커다란 그림자에 고개를 들자 낯익은 얼굴이 보였다. 명한이었다.

"그렇게 찾아 헤매던 주희정 만나러 왔나 봐? 나도 주희정 보러 왔는데."

"아…… 네. 그럼."

이 남자와 희정이 무슨 관계인지 알 수 없었고 알고 싶지도 않았다. 안다고 해서 좋은 것만은 아니란 걸 이미 7년 전에 뼈저리게 체감했다.

"섭섭하다. 그래도 서로 약속까지 한 사이에. 조만간 연락할게. 무시하지는 말자고!"

해성은 움츠러들려는 등을 애써 꼿꼿하게 폈다. 뒤에 남은 명한은 멀어지는 로비로 들어갔다. 다소 지친 기색의 희정이 로비 소파에 앉아 있었다.

"이거 한바탕했나 보네. 늦게 와서 아쉽다. 좋은 구경을 놓쳤네."

희정이 그를 차갑게 올려다보았지만 명한은 입이 근질거려서 가만히 있을 수가 없었다.

"기왕 이렇게 된 거 그냥 다 까발려. 절절해서 못 봐 주겠네. 우리 엄마 눈에서 피눈물이 다 날 때가 있어. 내 평생에 이런 희귀한 구경을 할 줄이야."

명한은 이 한편의 촌극에 자신을 조연으로 출연시켜 준 정모가 새삼 고마워지려 했다.

집에 돌아온 해성은 쓰러지듯 소파에 앉았다. 극심한 피로감이 덮쳐 왔다.

희정은 그녀를 17살에 낳았다. 어린 나이였다. 그래서 버렸을까. 그냥 버리기는 미안하니까 죽었다고 사기를 친 거였을까.

멍하니 서류 봉투를 내려다보다가 봉투를 끌어와 내용물을 꺼냈다.

"많이도…… 했네……."

사기를 당한 사람은 인생이 망가진다. 그녀는 원봉과 살면서 크고 작은 사기의 결과물이 얼마나 고통스럽고 무서운 것인지 체감해 왔다. 그런데 희정은 사기를 직업으로 삼아 왔다.

해성은 인쇄한 기사들을 신경질적으로 다시 서류 봉투에 넣으려 했다. 그런데 손에 느껴지는 이물감 때문에 행동을 멈췄다. 사진이었다. 이런 건 서류 봉투에 넣은 기억이 없다.

해성은 의아한 얼굴로 종이 사이에 낀 사진을 빼 들었다.

"뭐야……? 이런 게 왜……?"

나무 테이블 앞에 수 명의 사람들이 모여 찍은 사진이었다. 낯익은 얼굴들이 보였다. 사진 속에 있는 사람 중 한 명은 이수 같았다. 아니, 앳된 이수였다.

"이건…… 이수 씨……?"

그녀가 어렸을 때 만난 이수보다는 조금 밝고, 지금의 이수보다는 살짝 어두웠다. 그리고 그 옆에는 정모를 포함한 낯익은 사람이 연달아 보였다.

"이게 뭐야……?"

희정의 소재지를 알려 준 명한과 머리가 긴 희정이 턱 아래 손을 괸 채 웃고 있다.

"이수 씨가 어떻게……?"

그가, 엄마를 아나? 어떻게?

머리가 제대로 돌아가지 않았다. 눈앞에 들고 있는 사진이, 관계가 이해되질 않았다.

이 사진은 대체 어디서 난 거지?

이게 왜 여기 있지? 그러니까 이 사람들은 대체 무슨 사이인 거지?

사진을 잡고 있는 손끝이 핏기를 잃었다.

🛵

해성이 벨을 누르기가 무섭게 이수의 집 현관문이 열렸다.

"어? 연락도 없이 깜짝 방문이야? 좋은데?"

자려는 참이었는지 하얀 티셔츠에 검은색 잠옷 바지를 입은 이수가 환하게 웃었다. 해성은 손에 쥐고 있는 술과 과자가 든 비닐봉지를 앞으로 내밀었다.

"……맥주, 한잔할래요?"

해성은 심란한 속내를 억누르고 이수의 집 안으로 들어갔다. 물어보면 된다. 섣불리 속단하지 말자.

"오늘 별일은 없었어? 어떤 심부름 했어?"

그녀의 손에서 봉투를 넘겨받은 이수가 내용물을 아일랜드 식탁 위에 늘어놓았다.

"안 그래도 전화하려고 했는데 통했네. 너 요즘 진짜 눈코 뜰 새 없이 바쁜 것 같아. 그 사무소, 일을 너무 많이 시키는 거 아니야?"

그의 말이 머릿속에 들어오지 않았다. 해성은 손가락을 초조하게 얽었다. 가슴 안쪽이 불안하게 일렁였다. 아까 본 사진이 머릿속에 눌어붙었다.

"요새 살이 좀 빠진 것도 같고?"

딴 캔 맥주를 그녀 앞에 놓은 이수가 몸을 숙여 얼굴을 가까이 댔다.

"밥은 잘 먹고 다니는 거지?"

"어제도 점심 같이 먹었잖아요."

"어제 점심을 같이 먹은 거지, 어제저녁이나 오늘 아침, 오늘 점심, 오늘 저녁을 내가 챙겨 주진 못했잖아."

"……유난이야. 그런 걸 어떻게 일일이 다 챙겨요."

"내 여자에 관해선 당연한 거 아닌가?"

"……오늘은 다른 얘기를 좀 하자고요. 이수 씨 얘기요."

이수가 그녀의 맞은 자리에 편하게 걸터앉았다.

"내 얘기? 궁금한 거라도 있어?"

그가 맥주를 한 모금 머금었다. 해성도 맥주를 목구멍으로 넘기곤 고개를 끄덕였다.

"어렸을 때, 할머니랑 살았고 돌아가셨댔죠? 그 후로는 시설에 있었고요. 의사는…… 어떻게 될 생각을 했어요?"

"갑자기 그런 건 왜 물어?"

"아니, 이수 씨 생각하다 보니까 갑자기 궁금하더라고요. 혼자 힘으로 자수성가한 거잖아요. 참 대단하다 싶어서."

"그렇지. 지금까지 누누이 말했지만 내가 좀 대단하긴 해."

아무래도 그녀는 배우 체질이 아닌 모양이었다. 자꾸 태도가 어색해졌다. 다행히 이수는 개의치 않았다.

"음, 어디서부터 말해야 하나. 지금은 사람 도리는 하고 살지만 어렸을 때는 나 엄청 못됐었어. 특히 시설에서. 누가 내 밥 뺏어 가기라도 하면 밤에 다리라도 부러뜨려야 직성이 풀렸고 수학여행 가고 싶은데 돈은 또 없어서, 그러면 안 되지만 다른 애 돈 뺏은 적도 있고."

그가 잇는 말에 해성은 눈을 치켜떴다.

"나, 네 생각만큼 좋은 놈은 아니야."

"좋은 놈이라고 생각한 적 없어요."

"하, 단호하긴. 아무튼 적어도 내가 사랑하는 여자한테는 좋은 놈이고 싶어서 지금 꽤 노력하는 중이라고."

"……의대는 등록금도 많이 들고 과정도 길잖아요. ……빚도, 어마어마하겠네요?"

"빚더미에 앉아 있는데 속이고 있는 걸까 봐 걱정돼? 그런 걱정은 넣어 둬도 돼. 빚은 없어. 정말 열심히 살았거든. 앞뒤 안 가리고 그냥 열심히 살았어. 세상이 너무 야박하다 보니까 닥치는 대로 살지 않으면 내가 죽을 것 같더라고."

"닥치는 대로라면……?"

"이거 꼭 청문회 같은데? 취조당하는 것 같기도 하고. 뭐 말 그대로 닥치는 대로 뭐든 했어. 시체 닦는 아르바이트도 했었어."

"네?"

생소한 아르바이트에 해성이 저도 모르게 몸을 곧추세우자 이수가 비스듬히 앉아 손 위에 턱을 괴곤 그린 듯 웃었다.

"담력 기르는 데 좋아. 결과적으로는 의대생으로서 도움도 많이 됐고 좋은 인연도, 많이 만났고."

"왜 의사가 되고 싶었어요?"

"글쎄. 솔직하게는 잘살고 싶어서?"

이야기하는 사이 맥주 캔 하나를 다 비웠다. 이수가 새 캔을 따고 그녀의 것도 따 주었다. 그리고 문득 눈꼬리를 접으며 부드럽게 웃었다.

"이런 거 좋다. 퇴근 후에 같이 마주 앉아서 술 마시며 진솔한 얘기하는 거. 사랑받는 기분 들어. 알코올 덕분인지 원래 예쁜데 더 예뻐 보이기도 하고."

그녀를 물끄러미 보는 눈빛에서 따스함이 일렁였다. 따라서 그녀도 일렁였다. 그녀 역시 이 눈빛 하나에 가슴이 빠듯하게 차올랐다. 마음이 남실거렸다. 이 남자가 너무 좋아서 그냥 시간이 멈췄으면 좋겠다는 생각마저 들었다. 이런 순간은 문득, 자주 그렇게 그녀를 찾아왔다.

"알코올한테 고맙다고 해야겠네. 아무튼 그래서요? 계속 해 봐요."

해성이 멋쩍어서 눈을 피하며 대꾸하자 이수가 낮게 소리 내서 웃었다.

"조금 속물적인 이유인데. 머리가 좀 크니까 현실이 보였달까. 다들 의사라면 선생님, 선생님 하면서 추켜세워 주고, 잘난 줄 알고 존중해 주잖아. 전문의 따고 나면 병원 옮겨 다니면서 연봉도 한껏 높일 수 있고, 돈 좀 모으면 내 병원 차려서 먹고살 걱정 안 해도 되고."

"……현실적인 이유네요."

"어렸을 땐 더 순수한 이유였지. 그때도 꿈은 의사였거든. 할머니가 돌아가셨을 때, 난 할머니가 그냥 주무시는 줄 알았어. 노인네가 몇 날을 잠만 자니까 그냥 어디가 아픈가 보다 했지, 죽은 줄 몰랐거든. 그래서 적어도 내가 죽을 땐 어디가 어떻게 아픈지 알아야 억울하지 않을 것 같아서 의사가 되고 싶었어. 태어나고 싶어서 태어난 것도 아닌데 죽을 때마저 영문을 모르면 너무 불합리하잖아."

"그렇게 말하지 마요. 태어나고 싶어 태어난 게 아니라뇨."

해성은 맥주를 마시고 인상을 구겼다.

"태어나는 데 선택권이 없잖아. 죽는 데는 선택권이 있어도."

이 남자는 한없이 밝은 것 같은데 가끔 보면 무척이나 염세적이었다.

"난 이수 씨가 태어나서 감사한 사람이에요. 그러니까 그딴 말은 하지 마요. 듣기 싫어요."

그녀가 짜증스럽게 말하자 이수가 웃었다.

"그런 말 처음 들어 본다."

"뭐가요."

속에서 뭔가 확 치받쳐 맥주를 다 마셔 버린 해성은 빈 캔을 식탁 위에 신경질적으로 내려놓았다.

"태어나서 감사하다는 말. 고맙다는 말."

"그래서 감동이라도 했어요?"

이수는 그녀의 턱을 잡아 올려서는 가볍게 입을 맞췄다.

"응. 나쁜 놈이라거나, 새끼라거나 그런 말을 더 많이 듣고 살아서. 내가 굉장히 중요하고 대단한 사람이 된 것 같잖아."

그가 그녀의 입술 위에서 속살거렸다.

"넌 참 이상한 애야, 주해성."

"뭐가요."

"넌 내가 좋은 사람이고 싶게 해. 넌 날 꽤 괜찮은 놈이라고 생각하게끔 해 줘. 처음부터 그랬어."

이수가 다시 가볍게 입술을 부딪쳐 왔다. 내리뜬 눈에 마음이 닿았다. 그의 눈빛에서, 몸짓에서, 온기에서 그 마음이 고스란히 부딪쳐 왔다. 혀가 깊게 섞이고 식탁을 넘어 두 몸이 따스하게 맞닿았다. 희정과 아는 사이냐고 물어보려고 찾아온 밤이었다. 그러나 머릿속이 뜨겁게 너울거리다 녹는 기분이었다. 애타게 부딪쳐 오는 숨과 부드러운 손끝에 가슴이 절절 끓었다.

"괜찮겠어?"

"……다 벗겨 놓고 매너 한번 쩌네요."

이수가 입매를 삐딱하게 끌어 올렸다. 입 끝에 대롱대롱 매달린 색기가 그녀를 유혹했다.

해성은 그의 너른 어깨를 쓰다듬고 남자의 단단한 몸을 가득 끌어안았다. 이수를 닮은 사람일 수도 있다. 혹은 이수가 희정에게 사기를 당한 적이 있을지도 몰랐다. 아, 이 가능성도 좋지 않았다.

"집중해."

이수가 그녀의 가슴 끝을 아프게 물었다. 눈이 마주쳤다. 다른 건 아무래도 상관없다는 생각이 들어 버렸다. 내일 물어보자. 의외로 별거 아닐 수도 있었다. 아마 그럴 가능성이 제일 클 것이었다.

해성은 미안한 마음을 표현하듯 그의 이마에, 볼에 입을 맞췄다.

귀를 시끄럽게 자극하는 휴대폰 소리에 겨우 눈을 뜬 해성은 몸을 일으켰다. 손에 잡히는 셔츠를 꿰어 입고 비척거리며 방을 빠져나왔다. 밤새 집요하게 시달린 탓에 몸이 노곤하고 명했다. 해성은 아일랜드 식탁 위에 방치된 휴대폰을 집었다.

"여보세요?"

— 다행이네! 받네! 해성 씨, 나예요! 알죠? 나 이수 형이요! 서정모!

"안녕하세요. 그런데 제 번호는 어떻게……?"

— 아, 해성 씨 번호는 이수한테 물어봤어요. 아무래도 어제 해성 씨가 내 물건을 주운 것 같아요. 확인 좀 해 줄래요?

"네? 물건이요?"

어제라면 병원 회전문 앞에서 마주쳤던 때를 말하는 것이리라.

— 사진이에요. 나랑 이수랑 그 외에도 다른 사람 몇이 다 같이 찍은 사진. 어제 해성 씨가 갖고 있던 서류에 섞인 것 같은데 혹시 가지고 있어요?

어리둥절하던 해성의 머릿속에 대번에 그 의문의 사진이 떠올랐다.

"아, 네. 그거 제가…… 갖고 있는데……. 이수 씨 형님 거였는지는 몰랐어요."

— 다행이에요! 필름도 없이 한 장밖에 없는 사진이라. 소중한 추억이거든요.

"아, 돌려 드릴게요. 시간 언제 되세요?"

이수에게 묻는 것보다 정모에게서 이야기를 듣는 게 더 나을지도 몰랐다.

"그리고 어제…… 왜 이것저것 얘기해 주신다고 했었죠? 이수 씨에 대해서."

— 그랬죠. 그새 질문 여러 가지 생각해 놨어요? 이수의 흑역사를 들을 수 있는 기회는 흔치 않은데, 해성 씨 오늘 땡잡았네요.

"……그러게요. 제가 갈게요."

장소와 시간을 정하고 전화를 끊었다. 방으로 가려던 해성은 문득 주변을 둘러보았다. 어떤 위화감이 그녀의 발밑을 스쳤다.

이수가 이사 온 지 석 달이 다 되어 갔다.

그런데 이 집엔 사람 사는 온기가 없다. 사진 한 장 보이지 않았고 벽면을 장식하는 건 방 안에 걸린 패브릭 액자가 다였다. 흔한 장식품 하나 진열된 게 없었다.

모든 게 지나치게 깔끔했다. 모델하우스처럼.

"이상해……."

어쩐지 기묘한 위화감을 떨쳐 낼 수가 없었다.

믿고 싶은 거짓말

✦

"이거, 이수 씨랑 이수 씨 형님, 맞죠?"

슈트에 구김이 가지 않도록 몇 번이고 자세를 고치던 정모는 해성이 내민 사진을 보고 고개를 끄덕였다.

"아, 맞아요. 이때가 이수…… 스물셋인가 그랬을 거예요. 이때도 참 잘생겼었죠. 지금은 원숙하고 여유가 있다고 하면, 이때는 뭐라고 해야 하나. 엄청 지랄 맞았었어요. 눈빛은 또 얼마나 매서운데. 아주 잘못 부딪쳤다가는 베인다니까요?"

정모와 만난 곳은 청담동의 한 카페였다.

"이게 서정모 씨죠?"

해성은 이수 뒤쪽에서 인상을 쓰고 있는 왜소한 체구의 남자를 손가락으로 짚었다.

"아, 나예요. 이때는 내가 패션 피플이 아니었거든. 고향에서 올라온 지 몇 년 안 됐을 때라. 지금 다시 보니까 눈 뜨고는 못 보겠다. 이때는 장발이 유행이었는데. 해성 씨가 보기에도 지금이 훨씬 낫죠?"

정모가 으스대듯 씩 웃었다. 해성은 그냥 어색하게 웃으며 사진을 다시 가리켰다.

"그럼 저기, 이건…… 이 사람은 혹시 주희정, 맞아요?"

"어? 그분을 어떻게 알아요?"

머릿속이 어지러워졌다. 정모가 안다면 사진을 함께 찍은 이 수도 희정을 안다는 말이 된다.

"이 사람은 이명한 씨고요?"

"어? 명한이는 또 어떻게 알아요?"

"……이명한 씨는 제가 일하는 심부름 사무소 고객이에요. 저도 이 사진 보고…… 깜짝 놀랐어요. 얼굴을 아는 사람이 많아서……."

"그래요? 확실히 희한하네. 이 사진 속에 사람을 해성 씨는 넷이나 아는 거예요? 한국 땅 좁다더니 이런 일도 다 있네. 이야."

정모가 몸을 앞으로 기울이며 웃었다. 하지만 그녀는 전혀 웃을 기분이 아니었다.

"어떻게, 아는 사이인지…… 여쭤봐도 될까요?"

입이 바짝바짝 말랐다.

"얘기를 해도 될지 모르겠네. 여기저기 떠벌리고 다닐 만한 건 아니라서."

정모가 아련한 얼굴로 사진을 들어 물끄러미 보았다.

"그런데 이게 해성 씨한테 중요한 거예요?"

해성은 고개를 끄덕였다. 알아야 했다. 사진 속 사람들은 사이가 무척이나 좋아 보였다. 이수가 희정을 알고 있다면, 이건 단지 희정이 사라지는 걸로 끝날 문제가 아닐지도 몰랐다.

"그럼 약속해 줘요. 이 얘기, 내가 해성 씨한테 했다는 거 알면 나 진짜 이수한테 죽어요. 이건 웃으면서 할 수 있는 그냥 그런 흑역사가 아니거든."

"정모 형님께 들었다고 얘기 안 할게요. 약속할게요. 부탁드려요."

망설이는 기색이 역력한 정모를, 해성은 참을성 있게 기다렸다.

"……4년 정도 팀을 짜서 같이 일했었어요. 나한테 그 4년은 정말 대단했어요. 세상이 다 내 마음대로 굴러가는 거 같았죠. 아, 걱정하지 마요. 지금은 다 지나간 일이니까."

"같이라면……?"

"떳떳한 일은 아니었죠."

사진을 챙긴 정모는 씁쓸하게 웃었다. 해성은 주먹을 꽉 움켜쥐었다.

"그러면…… 이 사진 속 사람들이 다 같이…… 비슷한 일을 했었다는 거네요……?"

설마 하는 마음에 다시 한번 확인하듯 되물었다. 아니기를 바라면서.

"맞아요. 의대를 가면 뭐 해. 돈이 없는데. 이수가 그래서 더 멋있는 놈이에요. 나쁜 짓을 해도 치고 빠질 때를 알았거든. 과거에 뭘 했든 지금은 의사로서 자기 인생 살잖아. 해성 씨가 남자는 참 잘 고른 거예요.”

정모는 입에 침이 마르도록 사랑하는 동생, 이수에 대해 칭찬했다. 하지만 그건 정모 입장이었다. 이수가 한때 사기를 쳤었단다. 그것도 희정과 함께.

정모의 목소리가 점점 멀어졌다. 눈앞이 흐려지며 먼 어떤 날의 기억이 눈앞으로 끄집어내져 왔다.

‘네 엄마가 죽었어. 그러니까 인사해. 다신 못 볼 테니까.’

할머니는 어느 날 그녀를 납골당에 데리고 갔다.

‘사고 때문에 얼굴도 못 알아보겠더라. 장례까지 치를 돈은 없어서 그 돈으로 여기다 네 엄마 뒀어. 너 보고 싶으면 언제든 와서 봐. 미안하다, 해성아.’

유골함 앞의 엄마 사진을 수십 번 들여다보고 나서야 죽음을 받아들일 수 있었다. 그렇게 초라하게 엄마를 보냈던 미안함이 성인이 될 때까지도 그녀를 쫓아다녔다.

“저기⋯⋯!”

폐부가 갑갑하게 죄어 와서 해성은 계속 무어라 떠들던 정모의 말을 끊었다.

"아이고, 괜찮아요? 얼굴이 안 좋은데⋯⋯. 이수한테 연락할까요?"

"아뇨! 저기, 제가 할 일이 좀 생각나서요. 죄송한데 먼저 일어나 볼게요."

해성은 급하게 카페를 나왔다. 몸에 밴 익숙한 동작으로 헬멧을 쓰고 바이크를 몰았다.

"말도 안 돼, 이건 정말 말도⋯⋯!"

처음에는 희정을 미워하고 원망했지만 종내에는 그런 감정조차 아까웠다. 희정이 사기꾼이라는 사실보다 죽음을 위장하고 자신과 할머니를 버렸다는 사실이 더 아팠다. 아무리 생각해도 희정이 자신을 버린 이유는 귀찮고, 버겁고, 짐스럽고, 거추장스러워서라는 말로밖에 설명이 되지 않았다.

해성은 반포대교를 내려가 바이크를 세웠다. 헬멧을 다급하게 벗고 숨을 거칠게 골랐다. 그럼에도 불구하고 가슴을 꽉 메운 갑갑함은 가시지 않았다.

"무슨 이런 우연이 있어⋯⋯? 우연이 맞긴 한 거⋯⋯지⋯⋯?"

애초에 현이수라는 남자는 그다지 착하거나 도덕적인 사람도 아니었다. 인제 와서 그가 언젠가 사기꾼이었던 적이 있었다고 한들 놀랍지는 않았다. 먹고사는 게 힘들다는 사실은 그녀도 뼈저리게 알고 있다. 잠시 잘못된 길로 빠졌을 수 있다. 머리로는 그렇게 생각했다.

"왜 하필 그 여자랑 같이⋯⋯!"

정모의 태도로 봐서는 자신이 희정의 딸인 걸 모르는 것 같았다. 그렇다면 이수도 모를 테다.

그렇다면 자신은 계속 모르는 척해야 하는 걸까, 말을 해야 하는 걸까.

뭐가 우선이 되어야 하는 것인지 판단이 서지 않았다. 울고 싶었다. 이 모든 것들이 감당하기 버거웠다.

답이 있으면 좋겠다. 명료하게 정해진 옳은 답이. 그래서 흐트러지고 섞인 것들이 바로 정리될 수 있다면 좋겠다.

"선생님! 메일 보셨어요? 정말 가시는 거예요?"

이수는 정모로부터 전달받은 포트폴리오를 보다 고개를 들었다. 레지던트 중 하나였다.

"해외 의료 자원봉사요! 명단 떴다고요!"

"하?"

"아까 회의실에서 원장님이랑 이사회랑 난리라더니 그 명단 때문이었대요!"

병원에서는 며칠 전부터 해외 의료 자원봉사 건에 관해서 이사회가 열렸다. 이수는 황망해서 눈을 깜빡거리다가 바로 메일을 열어 읽었다.

"날 떼어 내겠다더니, 그 수가 이거였어?"

희정이 잠잠하기에 미심쩍었다. 엉뚱한 이 원장을 잡고 늘어지더니 이런 꿍꿍이였다.

메일에는 이번 해외 의료 자원봉사단에 갈 각 과의 의사와 간호사들 이름이 빼곡하게 적혀 있었다. 그중 '현이수'라는 이름이 있음은 물론이다.

"⋯⋯누가 사기꾼 아니랄까 봐 일을 참 복잡하게 꼬네."

희정이 그를 정말 쉽게 봤다.

"병원이 여기뿐인 것도 아니고."

성형외과 전문의 현이수로서의 커리어는 이제부터 시작이었다. 지금까지 잠은 고사하고 정신력 하나로 버티면서 이 자리까지 올라왔다. 잠시 쉴 때도 됐다. 그만두면 그만이었다. 의외로 아쉽지는 않았다.

이수는 정모가 전해 준 포트폴리오를 다시 자신의 앞으로 가져와 펼쳤다. 희정 관련 사건 자료부터 시작해 희정이 사용했던 가짜 명함과 옛날 사진, 신분증 등이 잘 정리되어 있었다.

자신의 이익을 위해 비겁하거나 치사해지는 일은 그가 삶을 살아오는 방식에 있어 필수적인 요소였다. 이용할 수 있는 건 이용한다. 의자에 비스듬하게 앉은 이수는 손끝으로 포트폴리오 가장자리를 가볍게 두드렸다.

"그럼 나는 이제 어쩔까."

이수는 차에서 내려 가파른 비탈길을 걸어 올라갔다. 서울 시내가 한눈에 내려다보이는 낙산 공원 꼭대기였다. 높이 솟은 남산 타워, 빛의 띠를 두르듯 시내 곳곳 밝혀진 등까지 밤이 깊어 야경이 꽤 볼만했다.

"내가 기다릴 셈이었는데. 먼저 왔네."

벤치에 앉은 익숙한 뒷모습에 입꼬리가 당겨 올라갔다. 그가 옆자리에 앉자 멀리 시내를 내려다보던 해성이 미소 지었다.

"저녁은 먹었어?"

"매일 나만 보면 밥 타령이네요."

"걱정되니까. 밥은 제대로 먹고 다니는지, 아픈 데는 없는지, 오늘 기분은 어떤지, 나쁜 일은 없었는지. 어떤 일이 가장 좋았는지. 널 걱정하는 게 내 일이야."

"싱겁게 그게 뭐예요."

이수는 벤치 위에 놓인 해성의 손을 마주 잡았다. 해성은 왜인지 기분이 가라앉아 보였다.

"물어보고 싶은 게…… 있어요."

"응. 물어봐. 요 며칠 계속 궁금한 게 많네. 물어보고 싶다는 말, 닳겠다."

그가 수락하자 해성이 휴대폰을 내밀어 보였다.

"이 사람, 알아요? 아니, 알아보겠어요?"

이수는 액정 속의 화면을 보곤 저도 모르게 눈가를 살짝 떨었다.

"알아보겠냐는 말이 무슨 뜻이야……?"

"나, 소원권 쓸게요. 전에 대학로에 연극 보러 갔을 때 농구 게임 해서 내가 이겼잖아. 소원권 준댔잖아요. 그거 지금 하나

쓸게요. 솔직하게 말해 줘요. 나는 이수 씨가 과거에 무엇을 했
건, 어떻게 살았건 중요하지 않아요. 지금 내 앞에 있는 현이수
가 중요해요. 그래서 물을게요. 이 사람, 알죠……?"

순식간에 많은 생각이 그의 머릿속을 스쳐 갔다. 해성은 그
와 희정이 아는 사이라고 확신하고 있었다. 그러니까 '알아보겠
냐'는 말이 전제였다.

"안……다면? 알고 있다면……?"

이건 도박이다. 그가 조심스레 묻자 해성이 숨을 크게 들이
켰다.

"같이, 뭔가 했었어요? 솔직히 말해 줘요. 이 사람이랑……
함께했었다는 거 알고 있어요."

가슴이 철렁 내려앉았다. 생각하지 못한 시기에, 생각하지
못한 순간에, 생각하지 못한 말이 그에게 던져졌다.

"그……게."

심장이 미친 듯이 뛰었다. 설마 희정에게 들었을까. 아니, 희
정이 그랬을 리 없다.

손에 핏기가 가시며 손마디가 뻣뻣해졌다. 머리를 굴려, 현
이수.

이수는 목구멍으로 침을 삼켰다. 입이 말라 왔다. 더럭 겁이
났다. 초조함에 가슴 끝이 타들어 갔다.

"잠깐…… 알았어. 잠깐 같이 일했어. 근데 그건 어떻게……?"

이수는 우회하는 방법을 택했다. 해성이 어디까지 알고 묻는
건지 알아야 했다. 어떻게 할지 정하는 건 그다음이어도 늦지

않다. 게다가 연기는 그의 분야다.

자연스럽게 질문을 넘긴 이수는 도리어 해성을 빤히 쳐다보았다. 해성을 읽어야 했다.

"그럼 확실한 거네요. 이수 씨가 등록금 마련하고, 살려고 했던 일……이란 거요."

"……실망했어?"

해성이 쓰게 웃으며 고개를 돌렸다. 다행히 그녀는 그 이상은 모르는 것 같았다.

"그런데 이 얘기는 어떻게……?"

"비밀이에요. 지금은 내가 질문하는 시간이에요. 그래서 정말 잠깐이었던 거예요? 한 번? 두 번? 이거 소원권 쓴다고 했어요. 정확히 알고 싶어요."

"정말…… 잠깐이었어. 기억도, 잘 안 나."

희정은 그를 발견했고, 가르쳤고, 인도했다. 하지만 그는 그 사실을 덮고 거짓말을 했다. 거짓말은 또 다른 거짓말을 낳았다. 거짓으로 시작된 관계는 외줄처럼 위태로웠다. 까딱하면 낭떠러지였다. 그러나 알면서도 그만둘 수가 없다. 이 줄이 끊어지면 망가져 버릴 해성과 그의 관계를 알기에.

"이수 씨가 솔직했으니까 나도 하나 말할게요. 그 사람…… 내가 보여 준 사진 속 사람이 내 엄마예요."

"어……?"

"이수 씨 병원에서 봤어요. 그런데…… 이수 씨랑 아는 사람일 줄이야. 그것도 같이…… 일한 적이 있었다니."

정말로 어이가 없는 듯 해성이 허탈하게 웃었다.

"운명이라는 게 정말 있나 봐요. 우리, 알고 보니까 참 징하게 엮였어. 그렇다고 생각하지 않아요?"

운명이란 건 없다. 모두 그가 의도한 필연만 있을 뿐.

"본 적 없어요? 병원에 오가는 것 같던데. 내 선에서 물러나게 하고 싶었어요. 그런데 마음대로 안 돼요. 그 사람한테 난 아무 의미도 못 되거든요. 후우."

애써 밝게 얘기하려고 용을 쓰는 게 안쓰러웠다. 목구멍에 가시가 걸린 느낌이다. 따끔거렸다. 눈도, 목도, 가슴도 따끔거리지 않는 곳이 없었다.

"말하고 나니…… 속 시원하다. 솔직히 걱정했거든요. 이수 씨도…… 그 사람 피해자일까 봐. 그 사람이 아프게 한, 많은 사람 중 하나일까 봐. 그러면 내가 이수 씨를 어떻게 봐요. 미안해서."

미안한 건 나야.

이수는 해성의 볼을 손으로 감쌌다. 쓰게 구겨진 얼굴의 해성이 콧잔등을 찡그렸다.

"나야말로 걱정인데. 내 과거가…… 너한테 문제가 되지 않을지. 이런 나여도 괜찮은지."

"예전의 나였다면 문제가 됐을 거예요. 하지만 지금은 자기 인생 열심히 살잖아요. 나는 다행히 지금의 현이수를 만났고. 지금의 현이수를…… 그, 사랑하니까……."

사랑한다는 말은 들리지 않을 정도로 작았다. 하지만 만족스러웠다. 감정 표현에 인색하기 짝이 없는 여자치고는 꽤나 멋진 발언이었다.

"그리고 과거는 과거예요. 앞으로는 아니잖아요. 그때를 반성하고 있다면, 다시 돌아갈 생각 같은 거 없는 거잖아요."

"응. 절대로 돌아가고 싶지는 않아."

의미 없는 나날들이 연이어졌다. 그 속에서 유일하게 재미있고, 궁금했고, 보고 싶었던 건 주해성이었다. 중학생이었던 주해성 그리고 지금의 주해성.

"그러면 앞으로 무슨 일어나든 이수 씨 과거, 나도 함께……안고 갈 거예요. 그만큼 좋아해요. 믿을게요."

이수는 차마 해성을 보지 못하고 손을 뻗어 그녀의 손을 잡아당겼다.

그대로 해성의 허리를 끌어안아 배에 얼굴을 가져다 댔다. 잠시 굳어 있던 해성이 그의 머리를 마주 안았다.

"속일 생각은 없었어. 언젠가 때가 되면 과거도……."

나머지 말은 해성의 배 위로 뭉그러졌다. 이수는 눈을 감았다.

처음엔 살기 위해서 해성을 찾았다. 그녀를 방패로 삼으면 희정은 그를 직접적으로 건드리지 못한다는 확신이 있었다.

하지만 지금은 해성을 지키고 싶었다. 그 마음이 자꾸 거짓말을 낳았다. 놓치고 싶지 않아서, 상처 주고 싶지 않아서. 그에게서 돌아설까 봐 무서워서.

결국 최악은 그였다. 가슴이 시큰시큰했다. 아플 자격이 없는데도 불구하고.

"나는, 괜찮아요."

해성의 한숨 같은 위로가 귓가에 부서졌다. 머리칼을 쓰다듬는 손이 따뜻했다.

"지금이 중요하잖아요. 지금 당신은 나한테 충분히 좋은 사람이에요."

죄책감에 목구멍이 졸렸다.

다음 날, 이비인후과로부터 들어온 컨설팅 요청 때문에 환자를 보고 오는 길이었다. 진료실 안으로 들어서자 소독 향이 알싸해야 할 내부에서 은은한 향기가 풍겼다. 초대받지 않은 손님이 그를 기다리고 있던 탓이다.

"……선물은 잘 받았어요. 냉큼 받을 생각은 없지만."

"어째서? 나름 신경 썼는데. 중동은 가 본 적 없지 않니? 이참에 사람 사는 거 구경도 하고 좋잖아."

시원한 민트 색상의 정장을 입은 희정이 고개를 비스듬하게 기울이며 웃었다.

"그런 배려는 넣어 둬도 돼요. 그런데 우리 엄마가 타이밍은 참 기가 막히게 잘 맞춰. 이게 막 내 손에 들어온 참이라 어떻게 할까 했는데."

이수는 책상 위의 포트폴리오를 희정이 볼 수 있게 펼쳐 보였다. 희정은 잠시간 그걸 보다가 그와 눈을 마주치곤 눈꼬리를 접어 웃었다.

"왜 쓸데없는 데 시간을 낭비해. 통하지도 않을 텐데."

"통할지 안 통할지는 해 봐야 아는 거잖아요. 그런데 생각해보니 내가 방 빼면 그만인 걸 뭐 하러 소란을 피우나 싶더라고. 안 그래요? 주머니 털리는 거야 이 원장 사정이고, 병원 경영 상태 뭐 같아서 휘청거리는 거 어제오늘 일도 아니고."

"……해성이한테서 손 안 떼겠다, 그 소리네 지금?"

"그 소리예요. 여기야 관두면 되지, 뭐."

이수는 책상 위에 놓여 있는 '성형외과 전문의 현이수'라는 명패를 힐끔 보았다.

"저 이름에 생각보다 미련 없어요."

"내가 어디까지 할 수 있는지 시험해 보겠다는 거니? 옛정생각해서 교양 지키는 거 안 보여? 피를 봐야, 정말 널 어디 묻기라도 해야 이게 끝날까? 이 뒤는 나도 책임 못 지는데."

"하긴, 엄마가 직접 손 안 댔다 뿐이지. 손 안 대고 사람 죽인 게 한두 번 있는 일은 아니죠?"

"무슨 소리를 하고 싶은 건지 모르겠네?"

희정의 분위기가 차게 식었다. 미소는 여전했으나 숨에는 살기가 돌았다.

그를 쏘아보던 그녀는 곧 자리에서 일어나 등을 돌렸다.

"무슨 소리를 하고 싶은 거냐면요."

막 문고리를 잡는 희정의 등에 대고 이수는 다시금 말했다.

"엄마가 살면서 제일 잘한 일은 주해성을 낳은 거고, 그다음

잘한 일은 주해성 인생에서 사라져 준 거예요. 더 이상의 엄마 역할은 해성이도 필요로 하지 않아요."

희정이 몸을 돌려 그를 보았다.

"하나만 묻자, 이수야."

"말해요."

"그날, 7년 전 날 배신한 건 돈 때문이었니?"

이수는 서슬하게 입꼬리를 끌어올렸다. 명료하게 하자면 답은 간단했다.

"돈 때문은 아니었어요. 내가 팀을 떠난다고 했을 때, 엄마가 한 짓 때문이었죠."

"내가 한 짓?"

"날 잘 안다고 했었잖아요. 그런데 건드리면 될 거, 안 될 건 잘 몰랐었나 봐요."

처음엔 '네가 원하는 때 빠져도 된다'는 조건으로 이수를 사기판에 끌어들였다.

이수는 의대 등록금뿐만 아니라 생활을 하는 데 있어 넉넉한 돈을 갖게 되자 팀을 떠난다고 했다. 하지만 희정은 받아들일 수 없었다. 이수의 재능이 아까웠다.

"감이 안 와요?"

다음 사기판을 위해서라도 그녀는 이수가 필요했다. 그런데 가진 게 없는 놈은 아무리 탈탈 털어도 약점으로 쓰고 어를 구석이 없었다.

그렇게 이수의 뒤를 파고, 또 파다가 겨우 쓸 만한 걸 발견했다. 그리고 그녀는 그 쓸 만한 걸 이용하기로 했다. 그리고 그때, 그 일이 머릿속을 스쳐 갔다.

"날 데리고 갔잖아요. 평생 갈 일 없었을 그 변두리로. 내가 좋아할 만한 걸 발견했다면서. 그때, 엄마가 서울로 올라가고 난 뒤 연락을 받았어요. 시신을 수습할 사람이 필요하다고. 내가 그런 식의 마지막을 바랐을 것 같아요?"

그 일이 발단이었을 줄 희정은 생각도 못 했다. 왜냐면 그녀가 경찰에 검거된 것은 그 일 이후로 여섯 달이나 지났을 때였다.

"차라리 모르고 사는 게 나았죠. 우리가 가고 나서 스스로 목숨을 끊었대. 그 결과에 난 탓할 사람이 필요했어요."

똑똑!

등 뒤에서 난 노크 소리에 희정은 몸을 흠칫 떨었다.

"선생님, 오후 진료 시작하셔야 해요."

문 밖에서 간호사 음성이 들려왔다.

"1분 뒤, 들여보내 주세요."

이수는 희정에게 시선을 둔 채 건조하게 덧붙였다.

"그래도 엄마한테 딱 하나 고마운 건 있어요. 12년 전에, 내가 그 애를 알아보게 해 준 거. 나도 최근에야 안 건데 난 그때부터 그 앨 좋아한 것 같아. 첫사랑이 참 지랄 맞게 길었더라고. 그걸 이제야 알았어요, 나는."

책상 앞으로 가 앉는 이수를 보며 희정은 목구멍으로 침을 삼켰다.

"날…… 나 때문이라고? 네 엄마가 죽은 게……?"

그때, 희정은 이수의 친모를 찾아냈다. 어렸을 때 이수를 조모에게 버리고 간 후, 제 엄마가 죽었을 때도 코빼기도 보이지 않았다던 이수의 친모 말이다.

말로는 그런 여자 있으나 없으나 매한가지라고 했지만, 어떤 형태로든 누구에게나 '엄마'라는 존재는 특별할 수밖에 없다.

그녀가 찾아낸 이수의 친모는 남해의 작은 항구 부근 사창가에서 몸을 팔고 살고 있었다. 아니, 몸을 팔기도 했지만 늙었기 때문인지 손님을 받는 일보다 아가씨들 뒤치다꺼리하는 일이 더 잦았다.

'저기서 네 엄마 나오게 해 줘야지. 지금 네가 가진 돈이면 나오게 해 줄 수 있어. 엄마가 도와줄게. 그 뒤엔 또 네 학업이 걱정이긴 한데, 돈이야 또 벌면 그만이니까. 안 그래?'

한참을 가게 앞에 있으니 이수의 친모가 다가와 이수를 훑었다.

'쉬다 갈 거예요? 여기 여자는 안 받아요. 학생은 되고. 잘생긴 학생 왔다고 애들이 좋아하겠네.'

이수의 친모는 그에게 호객을 했다. 꼼짝없이 방으로 끌려갈 판인데 이수가 미동 없이 서 있길래 희정이 이수의 친모에게 말했다.

'현정아 씨?'

'……그런 여자 없는데? 미친년. 그런 사람 여기에는 없으니까 돈 낼 거 아니면 썩 꺼……!'

'이 애, 모르시겠어요? 이수예요. 현정아 씨가 어렸을 때 버리고 간 아들이요. 현이수. 훤칠하니 잘 컸죠?'

때 묻은 여자의 눈이 속절없이 흔들렸다. 이수를 보는 눈이 처참하게 무너졌다.

'그, 나……는 평생 애 낳아 본 적도 없어. 꺼져! 미친년! 초저녁 부터 일진 한번 개떡 같네! 퉤!'

"내가 아들인 걸 몰랐으면 죽지는 않았을 것 같은데."

그녀가 굳어 서 있자, 이수가 문을 열고 그녀의 등을 떠밀었 다. 문밖으로 나온 희정은 하얗게 질린 얼굴로 입을 막았다.

이수에게 제 친모가 사는 모양을 보여 주면 떠나지 않겠거니 했다. 그녀를 먼저 서울로 올려보낸 이수는 나흘 뒤에 그녀 앞 에 나타나 다음 판에 참여하겠다고 했다. 그걸로 끝난 이야기 인 줄 알았다.

"죽었……다고……?"

이수의 친모는 기구한 삶을 산 여자였다. 돈 많은 남자를 잡아 팔자 펴겠다고 이수를 버리고 도망가 처녀인 척 결혼했으나 상대는 폭력성을 감춘 망나니였다. 돈 때문에 폭행을 참고 살았으나 사업을 말아먹은 남자는 사채 빚을 갚기 위해 자기 마누라를 사채업자에게 팔아넘겼다.

그렇게 늪의 구렁텅이에 빠지게 된 이수의 친모는 전국을 떠돌다 남해의 항구에 자리 잡은 사창가까지 온 것 같았다. 처음 이수의 친모에 대한 정보를 접했을 때, 저런 여자 배 속에서 이수 같은 난 놈이 나오다니 사람 일은 참 알다가도 모를 노릇이라고 생각했었다.

이수가 제 친모에게 가진 애증을 이용할 셈이었다. 넘어간 줄 알았다. 그런데 그 배신은 이수의 복수였던 것이다. 건드리면 안 될 걸 건드린 데 대한 죗값이었다.

소름이 끼쳤다. 그녀에게 그런 앙심을 품은 놈이 진짜로 해성을 사랑할 리 없었다.

희정은 아랫입술을 짓깨물고는 걸음을 옮겼다. 해성에게 상처를 주는 한이 있어도, 다시 한번 자신이 죽일 년이 된대도 이수를 떼어 놓아야 했다.

🛵

희정은 그길로 해성이 일하는 심부름센터를 찾아갔다. 김 소장의 안내를 받아 작은 회의실에서 해성을 기다리기 시작한 지 얼마 지나지 않았을 때였다. 한 손에 헬멧을 들고 크로스 백을 맨 여자가 안으로 들어섰다.

"주해성 씨, 손님이 기다리고 계십니다."

그녀를 본 해성은 싸늘한 얼굴로 회의실로 들어왔다.

"다 그만두고 떠날 거 아니면 할 얘기 없어요. 그럼 가세요. 전 퇴근 시간이라서요."

희정은 피식 웃었다. 그녀가 낳은 딸은 자신과는 다르게 무뚝뚝하기가 나무토막 저리 가라였다. 어차피 따뜻한 환대는 바라지도 않았다. 희정은 서글퍼지려는 속내를 애써 모른 척했다.

"너, 네가 소중하다는 사람에 대해 얼마나 아니? 현이수 말이야."

돌아서서 문고리를 잡았던 해성이 그녀를 돌아보았다.

"사기꾼이었던 건 아니? 지금이야 멀쩡히 사는 척하지만 얼마나 비열하고 이기적인……!"

"이미 알고 있는 사실이에요."

덤덤한 어투에 희정은 자리에서 일어났다. 해성은 이렇게 담담해선 안 됐다. 어떻게든 떼어 내야 했다.

"이수가! 애초에 일부러 접근한 거라면, 그래도 상관없어? 나한테 앙심을 품고 너에게 접근하고 유혹한 거여도, 복수심에 너한테 그랬대도 상관없어?"

"무슨 근거로 그런 얘기를 해요?"

해성이 어이가 없는 듯 입매 끝을 비틀었다. 그녀를 보는 눈에 경멸의 빛이 스몄다.

"너희 둘이 사고로 만났지? 그게 우연 같아?"

"뒷조사했어요?"

"그래, 했어. 네가 그런 놈을 만나고 다니는데 뭐라도 해야지. 그게 엄마지!"

"엄마? 하…… 웃긴다. 인제 와서요? 내 일은 내가 알아서 해요. 그쪽한테 관여할 권리 같은 건 없어요. 과거에 무슨 짓을 했든 난 지금 그 사람 마음을 믿으니까 상관하지 마요."

"현이수한테 무슨 마음이 있어. 어느 날 지친 네 일상에 운명처럼 나타났겠지. 어려울 때마다, 곤경에 처할 때마다 나타나서 손 내밀어 줬겠지. 지친 네 마음 어루만져 줬을 테고 나만은 떠나지 않겠다 그렇게 믿음 줬겠지."

그녀가 하는 말들이 지금 당장은 현이수라는 거지 같은 새끼를 사랑하는 해성에게는 상처를 주겠지만, 더 먼 미래를 생각하면 반드시 해야 했다. 사랑은 찰나다. 어떻게든 살아진다. 경험에 따르면 그랬다.

"그게 옛날부터 이수 걔 수법이었어. 널 진짜 사랑해? 다 개 같은 말이야. 이수 걔가 해 온 짓 생각하면 절대 입에 못 담을 말이라고. 처음부터 다 계획된 거야. 그 끔찍한 자식이 나한테 복수하려고 널 찾아……!"

꾼 주희정답지 않게 정신없이 쏟아붓던 희정은 말을 멈췄다. 그녀를 쏘아보는 해성의 핏발 선 눈에 악이 차올랐기 때문이다.

"왜 복수를 하는데요? 이유가 있을 거 아니에요. 그쪽이 이수 씨한테 무슨 짓을 했길래요?"

희정이 잠시 당황한 사이 해성이 헛헛하게 웃고는 회의실을 나갔다.

"소장님, 저는 이만 퇴근하겠습니다. 수고하셨습니다."

해성은 뒤도 돌아보지 않고 사무소를 나섰다. 자기 할 말만 급하게 쏟아붓는 희정의 모습은 벼랑 끝에 몰린 것처럼 초조해 보였다.

"수법이라고……?"

진실이든 아니든 희정은 아무 말도 말았어야 했다. 이수는 그녀가 겨우 손에 쥔 행복이었다. 그가 과거 사기꾼이었대도 어차피 지나간 일이니 괜찮다고 되뇔 만큼 사랑에 눈이 멀었다. 오히려 그의 과거를 알게 되어 후회했다.

우리 인연은 정말 운명 같네요라고 바로 며칠 전에 이수에게 얘기했다. 당신의 과거를 끌어안겠다고 말했다. 그러니 저 같지도 않은 말은 들을 필요도 없었다.

"해성아!"

뒤에서 그녀를 부르는 희정의 목소리가 들렸다. 해성은 돌아보지 않았다. 건물 밖으로 나오자 길가에 세워진 낯익은 차와 이수가 보였다.

해성은 우뚝 멈춰 섰다. 그녀를 보고 환하게 웃던 이수가 그녀를 보다 막 움직이려는 찰나였다.

"내 얘기를 마저 들어……!"

희정이 그녀의 어깨를 잡았다. 그녀에게 다가오려던 이수도 멈춰 섰다.

"너도 이상하잖아! 알고 있잖아! 모르지 않을 거야! 현이수

저놈이 얼마나……! 널 이용하려고 접근했다는 걸 모르겠어?!"

"……운명이라고 했어요."

머리가 지끈거렸다. 복수였을까.

여름날, 그와 바이크 사고가 났다. 그녀가 힘들 때마다 나타나 손을 내밀었다.

의지가 되어 줬다. 그렇게 스며들었다. 그런데 그게 다 의도한 계획이었을까.

"사기꾼이었냐고 물었고, 그랬었다고 했어요. 그쪽하고 함께 일한 적 있던 거 알아요. 잠깐이었다고 했어. 하지만 지금은 아니잖아. 내가 아는 건 그게 다예요."

해성은 희정의 손을 밀어냈다. 하지만 희정도 절박했다.

"아니야!"

희정이 그녀를 돌아 앞을 막고 섰다. 이수가 보이지 않았다.

"잠깐이 아니었다고! 나랑 저 자식이 함께 다녔던 게 7년이야. 그리고 내가 저 자식 때문에 교도소 간 세월도 7년이라고! 잠깐이라고? 7년을 어떻게 잠깐이라고 하니?"

다가온 이수가 당혹스러운 기색으로 그녀를 보고 있었다.

"내가 이수를 가르쳤어! 어떻게 해야 사람 마음에 빈틈을 파고들 수 있는지! 사기 칠 수 있는지! 어떻게 해야……!"

"사람 마음에 빈틈은 파고들어도 정작 자기가 낳은 딸 속은 하나도 모르겠나 봐요. 소중한 사람이라고 했잖아요."

해성은 희정을 차갑게 쏘아보고 잇새로 짓씹었다. 희정도 그녀를 더 이상 붙잡지 않았다.

생각할 곳이 필요했다. 지금은 누구와도 이야기하고 싶지 않았다. 희정의 말이 사실일 리 없었다. 이수가 그녀에게 거짓말을 했을 리 없었다.

"해성아, 잠깐만, 어디를 가는……!"

쫓아온 이수가 그녀의 팔을 잡아 세웠다. 무작정 앞만 보고 걷던 해성은 숨을 들이켰다.

"내가, 지금부터 뭘 물어볼 건데 맞아도…… 아니라고 해요."

눈앞이 뿌옇다. 아니기를 간절하게 바라는 마음으로 이수를 응시했다.

"나한테 의도적으로 접근했어요?"

"……아니."

"엄, 아니 주희정 씨한테 억하심정 있어서 나한테 복수하는 중이에요?"

"아니."

"나한테 사랑한다고 한 거, 거짓말이었어요?"

"아니."

가장 진실이었으면 하는 말이 어째서인지 거짓처럼 들린다.

"다시 물을게. 아니라고 답해요."

바로 앞에 선 남자의 얼굴조차 제대로 보이지를 않았다. 해성은 이를 악문 채 다시 말했다.

"나한테 의도적으로 접근했어요?"

"아니."

"사기 쳤어요?"

"아니."

"내 엄마가 저 여잔 거, 처음부터 알고 있었어요?"

"아니."

눈물이 투두둑 떨어졌다. 그제야 그의 얼굴이 보였다. 이수는 그녀만큼이나 간절하고 불안한 얼굴로 서 있었다.

"해성아."

"……사진을 봤어요. 이수 씨랑 엄마랑 찍은 사진. 그래서 둘이 옛날에 같이 일했었다는 것도 알았어요. 믿고 싶었어요. 그런데 저 말이 진짜면 난 이제 어떡해요? 어떤 이유를 들어서 당신을 사랑해야 해?"

가슴이 공허했다. 순식간에 구멍이 뻥 뚫려 버렸다.

내 팔자가 그러면 그렇지.

아주 옛날에 다 끝났다고 생각했던 행복은, 현이수라는 남자로 하여금 성큼 찾아왔다.

그것은 지난 시간들을 달래 주듯 다정하고 상냥했다. 그녀의 모든 불행 뒤에 안배된 최고의 행운 같았다.

자신이 얼마나 팔자가 박복한 애인지 깜빡 잊을 정도였다. 사실 현실은 이러한데.

"이제 거짓말은 그만해요. 거짓말을 진짜로…… 진심처럼 하니까 더 믿지를 못하겠잖아."

해성은 바이크를 탔다. 이수가 뒤에서 그녀의 이름을 소리 높여 불렀지만 도망치듯 벗어났다.

일생이 어쩜 이렇게 엉망으로 꼬였을까.

어디로 가는지도 모르고 앞으로 내달리던 해성은 길가에 튀어나온 고양이에 바이크 핸들을 틀었다.

"악!"

바이크가 옆으로 미끄러졌고 해성 역시 바닥을 몇 바퀴를 구르고서야 멈췄다. 온몸이 아팠다. 저번처럼 어디가 찢어지거나 부러졌을까 싶었다.

아니, 차라리 그러는 게 나을지도 몰랐다. 심장이 부서져 내렸다. 못 견디게 아팠다.

"어머! 사고예요! 119, 119 불러야지!"

"이봐요, 아가씨! 괜찮아요? 어쩌다가 이랬대!"

"크게 다친 거 아니에요? 아가씨!"

주변이 소란스러워졌다. 해성은 손으로 얼굴을 덮었다. 다 상관없었다. 어찌 되든 아무것도 중요하지 않았다.

"괜찮아요? 일어날 수 있겠어요?"

해성은 누군가의 물음에 고개를 가로저었다.

괜찮지 않아요.

목구멍에서 쌓아 놓았던 울음이 터져 나왔다. 몸이 아픈 것보다 마음이 아파서 미칠 것 같았다.

"이 멍청아! 욕을 안 할 수가 없어! 운전을 뒤통수로 해? 왜 자꾸 사달이야? 바이크 바꿀 때 된 거 아니야? 애초에 중고로 살 때부터 마음에 안 들었어. 얼굴에 이게 뭐냐? 진짜!"

윤희의 잔소리 폭격이 이어졌다.

"그리고 바이크를 타다 굴렀으면 응급실을 가야지! 내과로 오면 어떡해. 나 다쳤으니까 약 좀 발라 줘, 하고 나타나면 내가 당황하겠어, 안 하겠어! 그나마 까진 상처가 다여서 다행이지 어디 부러지기라도 했으면!"

윤희가 얼굴이며 팔에 난 까진 상처 위에 소독솜을 문질렀다. 해성은 그저 인형처럼 가만히 있었다.

"……무슨 일 있어? 왜 넋이 나갔어?"

소독약을 다 바른 윤희가 뒤늦게 머쓱하게 물었다.

"야, 말 좀 해 봐. 무슨 일 있냐고. 혹시 또 우리 엄마 왔었어? 너한테 뭐라 하디? 아침에 전화로 대판 했었거든. 어떻게 그런 여자 밑에서 태어난 놈이랑 만나냐고 하길래, 나도 엄마를 선택할 수 있었으면 엄마한테서 안 태어났을 거라고 아주 소리를 고래고래 질렀다니까?"

윤희는 여전히 엄마와 소리 없는 전쟁 중이었다. 하지만 그녀가 아무런 반응이 없자 물끄러미 바라보았다.

"야, 너 진짜 왜 그래. 무슨 일인데. 혹시 현이수 선생님 때문에 그래?"

이수의 이름에 해성의 어깨가 움찔했다.

"안 그래도 병원 공지로 메일 받고 너한테 물어보려고 했는데……. 너무 걱정하지 마. 현 선생님도 뭔가 생각이 있겠지. 정말 그렇게 훌쩍 가 버리겠어? 여기 네가 있는데."

뭔가 짚이는 것이 있는 윤희가 덧붙였으나 해성의 머리는 콩밭에 가 있었다.

"엄마가 있어. 네 말대로 엄마를 선택해서 태어날 수 있다면 좋았을 텐데."

"⋯⋯무슨 소리야. 너 엄마 돌아가셨다고 하지 않았어?"

"나한테는 죽은 사람이야. 그런데 사실은 살아 있어."

"그게 무슨 소리. 아니, 일단 해 봐."

윤희는 가슴 앞으로 팔짱을 끼고 허리를 곧추세웠다. 누구에게라도 털어놓으면 마음이 조금은 가벼워질까.

"엄마가 있는데, 사기꾼이야. 7년 넘게 복역하다가 얼마 전에 출소했어. 근데 이수 씨가⋯⋯ 내 엄마라는 여자랑 둘이 옛날에 사기 치고 다녔대."

"⋯⋯그게 다 무슨 소리야?"

"그 사람한테는 이게 그저 복수였을지도 몰라."

"야, 주해성, 그게 다 무슨!"

그때였다. 윤희가 차고 있던 호출기가 요란스럽게 울렸다.

"아씨, 야! 너 가지 말고 여기 꼼짝 말고 있어. 알았지? 다시 얘기해!"

급한 호출이었는지 윤희가 신신당부를 하곤 의국을 뛰어나갔다. 해성은 자리에서 일어났다. 넋이 나간 사람처럼 터덜터덜 의국을 나오다 멈춰 섰다. 일련의 무리가 복도를 가로막고 있었다.

"이건 미운털이 박혀서 쫓겨나는 건가?"

"그건 아닐걸. 목록 보면 정형외과에 김상현 선생님도 있고 성형외과에 현이수 선생님도 있잖아."

"하기야. 두 분 다 우리 병원에서 스타니까."

낯익은 이름에 귀가 반응했다. 해성은 의사들이 모여 서 있는 게시판 쪽으로 눈을 돌렸다. 뭔가 붙어 있었다. 의사들이 곧 자리를 떴고 해성은 그 앞으로 갔다.

"해외 의료 자원봉사…… 파견……?"

리스트였다. 병원에서 해외에 의료 자원봉사를 보내는 모양이었다. 기간은 약 2년이었다.

"현이수……."

이수의 이름이 목록에 있었다. 해성은 멍하니 게시판에 붙은 공고를 봤다.

사랑할 줄 몰랐어

✦

윤희는 왕래가 적은 성형외과 의국으로 다급하게 들어갔다.

"현이수 선생님 계세요? 지금 어디 계세요? 아니면 연락처를 알려 주셔도 좋고요!"

의국을 훑던 윤희는 곁을 지나치는 인턴을 붙잡았다.

"최 선생님이 여기까진 무슨 일이에요?"

뒤에서 이수의 목소리가 들렸다. 윤희는 돌아보았다. 이수가 차트 몇 개를 들고 입구에 서 있었다.

"여기서 할 얘기는 아니고요. 잠깐 나오시겠어요?"

윤희는 이수를 지나쳐 의국 밖 복도로 나갔다. 이수는 내과 여신 운운하며 흥분한 인턴에게 차트를 맡기고 돌아섰다.

"무슨 일이에요? 여태까지 병원에선."

"해성이가 없어졌어요!"

이수는 윤희가 머리, 꼬리 자르고 다급하게 한 말에 눈썹을 찌푸렸다.

"해성이가…… 없어지다뇨?"

애써 태연한 척하려 해도, 그를 보던 해성의 눈빛은 잊을 수 없었다.

'의도적으로 접근한 거였어요? 이제 거짓말은 그만해요. 거짓말을 진짜로…… 진심처럼 하니까 더 믿지를 못하겠잖아.'

돌이킬 수 없는 상처를 주고 말았다. 해성이 돌아선 순간 그의 세상이 움푹 꺼졌다. 어떻게 이걸 다 수습할 수 있을 거라고 생각했는지, 자만했는지 모르겠다.

멀어져 가는 등을 보면서도, 사고 회로가 고장 난 것처럼 그 어떤 반응도 할 수 없었다. 몇 번이고 시뮬레이션 했던 상황이었는데 움직일 수가 없었다. 꿈이라고 믿고 싶었다.

손끝이 차갑게 얼었다. 심장이 난생처음으로 겁을 집어먹고 있었다. 저 돌아선 등이 마지막일까 봐.

"해성이가 이상한 얘기를 했어요. 반쯤 넋이 빠져선. 해성이한테 엄마가 있다는 건 무슨 얘기고 그 엄마랑 현 선생님이 사기를 쳤다고. 이게 다 무슨 말이에요?"

"괜찮아 보였어요?"

"괜찮겠어요? 사고 나서 병원에 온 애가! 그보다 설명을 좀 해 보시라고요!"

윤희가 신경질적으로 대답했지만 이수의 귀에 꽂힌 단어는 하나였다.

"사고요?"

"해성이, 바이크 사고 나서 병원 왔었어요. 처치 다 못 해서 기다리라고 했는데 그새 없어져서……! 그러니까 말을 해 보시라고요. 해성이 꼴은 뭐고 그 말은 또……!"

이수는 날카롭게 설명을 요구하는 윤희를 두고 몸을 돌렸다.

가운을 벗어 마주 오던 레지던트에게 넘기고 곧바로 주차장으로 달렸다.

"진짜 주해성, 이게……!"

바이크 사고가 나서 병원에 왔다는 여자가, 적절한 처치도 없이 사라져 버렸단다.

자신 때문이었다. 그가 첫 단추를 잘못 끼어서, 잘못된 단추를 바르게 끼울 생각은 안 하고 임시방편으로 다음 단추를 끼워 버려서.

"전화 좀 받아라……!"

이수는 연신 해성에게 전화를 걸었지만 수신자는 고집스레 응답하지 않았다.

해성의 집은 비어 있었다. 곧바로 정모에게 전화해 해성의 소재지 파악을 부탁했고 그는 해성의 사무소로 차를 돌렸다.

갓길에 차를 세운 이수는 도보로 올라서다가 멈췄다. 해성이 건물에서 약간 절뚝이며 나오고 있었기 때문이다.

"아프면 병원에 있어야지, 사고가 났으면 치료를 받아야지, 지금 여기서 뭐 하는 거야?"

"소장님한테 사고 보고했어요. 바이크가 망가져서."

"지금 그게 중요한 게 아니잖아!"

이수는 해성의 전신을 훑었다. 더러워진 운동화와 하얀 옷 여기저기 묻은 때, 불편해 보이는 걸음걸이까지.

"많이 다쳤어? 내가 좀."

그가 다가가려 하자 해성이 뒤로 물러났다. 이수는 자리에 멈췄다.

해성은 지금 온몸으로 격렬하게 그를 거부하고 있었다.

"무슨 생각으로 지금 내 앞에 서 있는 거예요?"

싸늘한 눈빛이 그를 아프게 찔러 왔다.

"……다시 병원으로 가. 최 선생이 걱정 많이 하더라. 엑스레이, 아니 CT 찍자. 지금은 괜찮아도 교통사고라는 게."

"내 일에 상관 마요."

"내가 어떻게 네 일에 상관을 안 해?"

"왜요? 내가 주희정 딸이라서요? 이제 알 거 다 알았으니까 나한테 이럴 필요 없어요. 연기할 필요는, 더 이상 없잖아요."

해성이 한기가 뚝뚝 떨어지는 냉랭한 어조로 말하고는 그를 지나치려 했다. 하지만 절뚝이는 걸 그냥 보낼 수도 없다.

"연기 같은 게 아니었어."

이수는 손을 뻗어 해성의 손목을 잡았다. 하지만 해성이 더러운 오물이라도 닿은 듯 그의 손을 매몰차게 떨쳐 냈다.

"엄마한테 앙심을 품었다고요? 그래서 내가 필요했다고요. 그런데 어쩌죠? 나한테는 그럴 만한 가치가 없는데. 나는 엄마라는 여자한테 아무런 의미가 없거든요!"

그를 보는 눈자위에 핏발이 붉게 섰다. 그에게서 거리를 벌린 해성의 눈에 악이 차올랐다.

"당신, 진짜 질이 나빠요. 아무리 세상이 각박하고 사는 게 힘들대도 사람을 사랑하는 일을…… 마음을…… 그딴 식으로 사기 치면 안 되죠. 안 되는 거라고!"

해성은 돌아서 걸었다. 이수는 턱에 바짝 힘을 주었다. 절뚝이는 걸음은 느리기만 했다. 그래서 마음이 더 아렸다.

지금은 해성의 말을 듣는 게 그에게 나은 길일 수 있다. 하지만 저렇게 상처받고 아픔을 속으로 삼켜 내는 여자를 혼자 둘 수 없다. 주해성을 사랑하게 된 건, 거짓이 아니라 진심이었다.

"맞아. 난 질이 나빠. 최악이야. 더 바닥 칠 일이 뭐 있겠어."

등을 보인 해성을 쫓아가 팔을 움켜쥐고 바로 안아 들었다.

"놔! 내려놔! 놓으라고!"

해성이 악을 쓰듯 소리를 질렀다. 그의 어깨며 목, 머리, 얼굴까지 손이 닿는 모든 곳에 마구잡이로 손을 휘둘렀다. 몸을 바르작거렸다.

"내 말은 개똥으로 들어도 되는데! 의사 말은 개똥으로 듣지 말자! 너 병원 가야 돼!"

"안 가! 이 나쁜 새끼야!"

"그래. 화 풀릴 때까지 때려."

"놔! 놓으라고! 진짜 싫어! 놔! 놔! 이 멍청아!"

머리를 맞고 어깨를 맞는 동안에도 이수는 해성을 놓치지 않기 위해 힘을 주었다. 차로 가 조수석에 해성을 태웠다.

"네가 날 쓰레기라고, 죽일 놈이라고 욕을 해도 좋아. 상관없어. 그런데 난 지금 널 병원에 데려가야겠어. 미워해. 싫어해. 네 마음껏 하고 싶은 대로 해. 하지만 난 널 걱정할 거야."

얼굴이 검붉어진 해성이 그를 노려보며 숨을 헐떡였다. 갈고리로 살을 파내는 것 같은 아픔이 그의 가슴 밑을 할퀴고 지나갔다.

"치료는 하자. 제발. 더 이상은 손 안 댈 테니까."

이수는 보닛을 돌아 운전석에 올랐다. 해성이 차 문을 열고 가 버린다면 그 뒤에는 어째야 할지 모르겠다.

이미 자신 때문에, 희정 때문에 마음이 해질 대로 해지고 닳았다. 기워 주지는 못하더라도 그 구멍을 더 넓히고 싶지 않았다.

하지만 다행히 해성은 다리 위에 주먹을 꽉 움켜쥔 채 창밖을 보고 있었다.

"최 선생, 현이수입니다. 해성이 찾았어요. 발목을 심하게 접질린 것 같아요. 다른 데도 어떻게 됐을지 모르니까 전신 CT 찍는 게 좋겠어요. 병원 앞에서 전화할 테니까, 나와 주십시오."

병원에 도착하자, 나와 있던 윤희가 차 문을 열고 내리는 해성을 보고 달려왔다.

"야! 기다리라니까 대체 어디를 갔던 거야!"

윤희가 왈칵 해성을 껴안았다. 운전석에 앉아 있던 이수는 쓰게 웃었다. 그도 저렇게 해성을 안고 싶었다. 위로해 주고 싶었다. 하지만 그에게는 더 이상 허락되지 않는 일이었다.

"빨리 가자! 검사 잡아 놔서 그렇게 오래 걸리지 않을 거야!"

이수는 숨을 깊게 내쉬며 실력 좋은 외상외과 동기에게 전화해 해성을 부탁했다. 윤희는 아무래도 내과의이니 한계가 있을 것 같았다.

"크게 다친 곳은 없었어. 발목도 깁스하고 이 주 정도 있으면 나을 거야. 가벼운 찰과상뿐이야. 너무 걱정하지 마. 그나저나 누군데?"

검사실 멀찍한 곳에서 서성이는 그에게 다가온 동기가 해성의 상태를 간략하게 전해 주었다.

"……사랑하는 사람."

"요즘 연애한다더니 그 사람? 그런데 왜 직접 안 보고."

"싸웠거든. 내가 엄청나게 큰 잘못을 했어."

이미 결혼을 해서 가정을 꾸린 동기는 웃으면서 그의 어깨를 툭툭, 위로하듯 쳤다.

"그럴 땐 그냥 납작 엎드려서 빌어야 돼. 네가 뭘 잘못했는지 알면 더 금상첨화고. 열심히 손이 발이 되도록 빌어. 그런데 너 해외 의료팀에 명단 떴잖아, 어쩌려고? 여자 친구한테 말했어?"

그를 격려한 동기가 의아한 듯 물었다.

"아니. 안 갈 거니까 얘기할 필요 없지."

"네 마음대로?"

"응. 내 마음대로."

우스갯소리를 들었다는 듯 동기가 웃으며 자리를 떠나갔다.

"내가 쟤를 두고 어딜 가."

이수는 윤희의 부축을 받으며 검사실에서 나오는 해성을 걱정스럽게 지켜보았다. 예상했던 것보다 수십, 수백 배는 더 마음이 깎이고 파였다. 후회해 봤자 소용없지만.

입원하라고 난리인 윤희를 뒤로하고 집에 돌아온 해성은 침대에 비스듬히 누웠다. 물에 빠진 것처럼 온몸이 무겁고 머리는 지끈거렸다.

마음이 곤두박질치고, 멍투성이가 되었다. 너덜거리는 가슴은 자꾸만 여러 갈래로 더 찢어지기만 했다.

"진짜…… 현이수. 다 거짓말이라니…… 어쩜 그렇게 아무렇지도 않은 얼굴로 거짓말을 하니……? 사기꾼이니까 가능한 건가……?"

물론 희정의 말만 백 퍼센트 다 믿을 순 없었다. 하지만 대체 어디서부터 어디까지 믿고, 어디서부터 어디까지 배제해야 하는지 알 수 없었다.

침대 머리맡에 늘어져 있는 뽑기 장난감들이 눈에 들어왔다.

이렇게 된 마당에 자신 안에서 그를 걷어 내는 것은 어렵지 않으리라.

벌떡 일어나 장난감을 다 쓸어 바닥에 패대기쳤다. 침대 아래로 내려와 손으로 장난감을 긁어 쓰레기통에 넣었다. 바로 쓰레기통을 비워 버릴 생각이었다. 하지만 해성은 자리에서 일어나지 못했다.

만날 때마다 뽑기를 주겠다는 말을 그는 철석같이 지켰다. 그 외에도 늘 옆에 있어 줄 거라는 거, 그 어떤 순간에도 곁에 있을 거라는 말도 열심히 지켰다.

"그래서 사랑받는 줄 알았잖아……!"

갈피를 잡지 못하고 기우뚱거리는 마음은 자신도 다 헤아릴 수 없을 만큼 복잡했다.

"나 진짜 열심히 살았는데……. 왜 항상 이 모양이야……?"

그가 어떤 의도였건 간에 사랑했고, 지금도 사랑하고 있기 때문에 그가 미웠고 꼴 보기 싫었다. 그를 사랑하는 마음이, 미칠 것 같은 배신감에도 불구하고 좀처럼 흐려지지를 않았다.

"이게 다 끝나면……아주 멀리 가 버릴 생각이었어요……? 거기 가면 엄마도, 나도 없으니까."

해외 의료 봉사팀 명단에 이수의 이름이 올라가 있었다. 2년이나 멀리 떠나 버릴지도 모른다. 곁에 두고 화를 내는 것보다, 화를 낼 수도 없는 먼 곳으로 가 버리는 것의 무게는 달랐다.

"2년 후면…… 내 안에 어떤 게 남을까……. 당신에 대한 미움, 아니면 사랑……?"

중얼거린 해성은 헛헛하게 웃었다. 이 모든 게 현실 같지 않았다. 사실 지금 꿈을 꾸고 있는 건 아닐까.

그리 대단한 걸 바란 것도 아닌데. 두 발을 딛고 서는 게 자꾸 힘들어졌다.

🛵

"그만 마셔. 너 취했다."

이수는 잔을 뺏으려는 정모의 손을 피해 술을 들이켰다. 술이 물처럼 들어갔다. 혀가 꼬인 걸 보니 있는 대로 취했는데도 더 취하고 싶은 기분이었다. 벌써 이 주째 해성을 코빼기도 보지 못했다.

"……이 상황을 어떻게든 무마하고 싶은데 겁이 나서 못 하겠다는 게, 얼굴을 볼 엄두가 안 난다는 게 믿겨?"

자신이 이렇게 비겁하고 비열하며 형편없는 놈이었다니. 고작 이런 게 모든 걸 내려놓은 현이수의 민낯이라니.

"네가 겁이 나는 게 다 있냐."

"있더라고. 사람이잖아."

"네가 사람이었냐? 어떻게 네가 사람이냐? 인간의 탈을 쓰고 그런 짓을 한 네가."

"무슨 말이야. 형도 취했어?"

정모가 쓸쓸하게 웃었다. 위스키를 크리스털 잔에 따르더니, 단숨에 들이켰다.

"사람이라면 하면 안 될 짓, 우리 많이 하고 살았으니까 하는 말이야. 키워 준 엄마 뒤통수치고 복수당할까 봐 그 딸내미 찾아서 방패 삼고. 이건 약과지. 안 그래?"

틀린 말이 하나도 없다. 예전에도 사기를 치면, 결과를 얻은 후엔 꽁지가 빠지게 도망을 갔다.

자신이 벌인 일에 대한 결과를 마주하지 않아도 됐었다. 하지만 해성에게는 그럴 수 없었다.

사기엔 결자해지가 필요 없지만, 이번에는 결자해지가 필요했다. 그래야 그가 해성과 함께할 앞날을 꿈꿀 수가 있었다.

"아, 내가 만든 엄마 포트폴리오는 어떻게 쓰려고?"

"……엄마 앞에 들이댔는데 눈 하나 깜빡하지 않더라고. 적당히 터트려야지. 그러면 당분간 몸 사리느라 뭘 못 할 것 같은데. 그동안 해성이한테 열심히 빌어야지."

실실 웃던 이수는 설핏 웃으며 다른 이야기를 꺼냈다.

"……전에 물었었지. 왜 엄마를 배신한 거냐고. 돈 때문이었냐고."

"그랬었지. 돈 때문이라 하기엔 뭔가 납득이 안 된다고 할까."

"탓할 사람이 필요했어."

"무슨 탓?"

그가 친모에게 어떤 애정이 있는 게 아니었다. 지금 다시 생각해도 그런 최후 따위, 모르는 게 나았을 거라고 생각한다.

버렸던 자식에게 자신의 초라한 삶을 보이고 난 후 바로 세상을 등졌다.

그 의지 없고 약하며 이기적인 사람의 죽음에 대해 원망할 대상이 필요했다. 마치 자신이 죽여 버린 것 같은 더러운 기분을 떨쳐 버리고 싶었다.

"예전에 내가 팀을 빠져나가려고 했을 때, 엄마가…… 생사도 몰랐었던 내 친모를 찾았어."

"친모를……?"

"힘들게 살고 있더라고. 그 사람은 내가 누군지 알고 그 밤에 죽었어. 버린 자식 앞에 내보인 삶이 수치스러웠는지."

그를 모른 척 외면했던 그 사람의 얼굴은 잊으려 해도 잊히지를 않았다.

"그래서 엄마를 배신했어. 탓할 사람이 필요했거든. 몰라서 차라리 편한 일이란 게 있잖아."

그가 고개를 돌리자, 그를 뚫어지게 보고 있던 정모와 눈이 마주쳤다.

"……몰라서 편한 일? 글쎄. 그게 뭐든 나는 아는 게 나을 것 같은데."

취기 탓인가. 정모의 얼굴이 비틀어져 보였다.

"아니, 모르는 게 나아. 책임을 묻게 되고 이유를 찾게 되니까. 몰랐으면 속이라도 편하지."

"속이라도 편하다고……?"

"숨길 수 있는 건 숨기고 모른 척할 수 있는 건 하고, 덮을 수 있는 것 덮고. 그것도 사는 요령이잖아. 우리 그렇게 살았잖아. 아닌 척하는 거야?"

정모의 입술이 사납게 비틀어졌다.

"너는 그게 되냐? 되겠지? 되는 놈이니까 그딴 말을 하겠지?"

"응. 나는 그렇던데. 그런데 지금은 빌어먹을 뇌가 고장 났는지 아무 생각도 안 나. 대체 무슨 말을 해야 주해성이 다시 천치처럼 웃어 줄까."

"애초에 말로 무마하려고 궁리하는 데서 넌 이미 쓰레기야."

정모가 정곡을 찔렀다. 이수는 어지럽게 흔들리는 시야를 멍하니 보며 허탈하게 웃었다.

"……흐흐, 맞아. 난 답도 없는 쓰레기야."

"그만 주정 부리고 집에 가라. 피곤해. 그리고 너 이러는 거 엄청 안 어울려. 여자에 울고 웃는 현이수? 살다 보니 별구경을 다 하네."

이수는 비틀거리며 자리에서 일어났다. 실성한 것인 양 웃었다.

"잘 살고 싶었는데. 번듯한 직업, 괜찮은 보수가 제대로 사는 기준이라고 생각했는데 아닌가 봐. 내가 사랑하는 여자, 행복하게 해 주는 게 전부인가 봐. 그 백치 같은 계집애가 다시 나 안 본다 그러면 어쩌지? 그러기 전에 어떤 말로든 무마시키는 게 낫지 않나."

"다 한때야. 너 사랑해서 죽는 놈 본 적 있어? 조금만 버티면 다 없어질 감정인데 왜 진상질이야."

"지금은 미쳐 버릴 것 같다고. 진짜 죽을 수도 있겠다 싶다고. 그 애가 날 안 보는 것보다 무서운 게 없어. 그런데 봐도 문제야. 좆 됐다고. 어떡하냐, 나."

"미친놈."

정모는 자리에서 일어나 밖으로 나와 대기하고 있는 차 뒷좌석에 올랐다.

목을 죄고 있던 타이를 풀며 크게 심호흡을 했다. 그러다가 안 되겠어서 몸을 숙이고 발작하듯 소리를 질렀다.

"아아아아아아아악! 아아악! 아아아아악! 으아아악!"

이수를 상대하는 동안 그의 빗장뼈를 뚫고 나오려 했던 가소로운 감정을 미친 사람처럼 토해 냈다.

"그래서 덮었냐! 살다 보면 모르는 게 나은 일도 있어? 너 편하려고 그래서 덮었냐고! 정현이, 우리 정현이이이이……!"

이를 갈았다. 죽어 버릴 것 같다고 주정을 떠는 이수를 죽여 버리고 싶은 건 바로 그였다.

모르는 게 속 편한 일은 없다. 정현이가 죽은 후 내내 스스로에게 물어야 했다. 왜 그 밤에 거리로 뛰쳐나갔는지, 왜 차에 치여야 했는지.

적어도 그때 진실을 말하고 그에게 용서를 구했다면 달랐을지도 모른다.

🛵

"저녁 맛있었지? 너 보신시켜 줄려고 내가 엄청 찾아봤어."

윤희의 등쌀에 외식을 했다. 엘리베이터에서 내려 복도를 걷던 그녀와 윤희는 자리에 멈췄다. 집 앞에 보이는 낯선 그림자 때문이었다.

"누구야? 경찰에 신고해야 하나? 술 냄새 장난 아닌데?"

윤희가 경계하며 휴대폰을 꺼내 들었다. 하지만 해성이 그림자를 물끄러미 보다 말했다.

"잠깐만. 현이수야."

이수였다. 문에 몸을 기대고 앉아 있어서 집으로 들어갈 수가 없었다. 해성은 아직 불편한 다리에 무리가 가지 않도록 몸을 숙였다.

"이봐요! 눈 좀 떠 봐요."

"술을 마셨으면 자기 집에 가서 잘 것이지, 왜 남의 집 앞에서 이래?"

이수에게 단단히 반감을 가지게 된 윤희가 벌컥 짜증을 냈다.

"현이수 씨! 집에 가서 자요! 여기서 뭐 하는 거예요!"

해성은 이수를 잡아 흔들었지만 그는 좀처럼 정신을 차리지 못했다. 술을 어지간히 먹은 것 같았다. 이런 이수는 처음 보았다.

"……주해성?"

몇 번을 더 흔들고 소리를 지른 다음에야 이수가 겨우 반응을 보였다.

"좀 비켜 봐요! 왜 남의 집 문 앞을 막고 있어요!"

"우와, 해성이다. 내가 죽고 못 사는 주해성, 사랑하는 주해성, 보고 싶은 주해성. 꿈인가? 아하하하."

이수가 몸을 양쪽으로 흐느적거리며 웃었다. 술주정이었다. 윤희와 힘을 합쳐 가까스로 현관 앞에서 비키게 했다.

"윤희야, 먼저 들어가."

"왜. 이 사람이랑 무슨 얘기를 하려고. 얘기할 가치도 없어. 너 속였다며. 그냥 헤어지는 게 너한테도."

"헤어졌어."

마음이 지끈거렸다. 문 옆으로 비켜나 벽에 기대앉은 이수가 눈썹을 일그러뜨린 채 그녀를 보고 있었다.

"헤어져서. 이 사람은 확실한 정리가 필요한가 봐."

윤희는 뭔가 더 하고 싶은 말이 있는 것 같았지만 이내 문을 열고 먼저 들어갔다.

"우리가…… 헤어졌다고……?"

"나는, 그래요. 헤어졌어요."

"둘이 사랑한 건데, 어떻게 혼자 헤어지냐? 하아……! 무슨 꿈이 이따위야? 왜 이렇게 현실적이야?"

"꿈 아니에요."

"……꿈이 아니야?"

이수가 그녀를 멍하니 올려다보았다. 진짜인지 아닌지 가늠하는 것 같았다.

"네가 너무너무 보고 싶은데, 코빼기도 안 비쳐서 드디어 꿈에까지 나타나는가 싶었는데, 꿈이 아니야? 이걸 좋아해야 돼, 말아야 돼? 아아, 짜증 난다. 나를 미워하는 순간에도 너는 참 예쁘네……? 반칙이다."

해성은 입술 안쪽을 꽉 깨물었다. 며칠 전만 해도 달콤하게 들렸을 주정이었다. 하지만 지금은 아니었다.

"나는 그쪽이 왜 이렇게까지 하는지 모르겠어요. 주희정한테 나는 아무런 가치가 없다고. 그러니까 이런 짓 안 해도."

"사랑해서 그래."

그녀의 말을 자르듯 이수가 말했다. 힘없이 늘어져 앉아 있던 남자는 바닥을 짚고 무릎을 꿇었다.

"너를 정말로 많이, 사랑해서 그래. 주희정은 상관없이 너를 정말로."

해성은 주먹을 꽉 움켜쥐었다. 어쩔 도리 없이 눈시울이 시큰거리고 심장이 왈칵 조여 왔다.

"인제 와서 믿으라는 것은…… 나한테 너무 잔인하지 않아요……?"

자신의 앞에 무릎을 꿇은 남자가 고개를 들었다. 눈자위에 빨갛게 핏발이 섰다. 울 것 같은 얼굴이 안쓰러웠다.

그녀가 그랬듯이 간신히 참고 있었다. 원망스러웠다. 그러게 처음부터 속이지를 말지.

"……미안해. 내가 오만했어. 처음에 널 찾을 땐 이렇게 될지 몰랐어. 이렇게까지 널…… 내 안에 담고, 아끼고 사랑하게 될 줄 몰랐어. 괜찮을 줄 알았어. 이 상황, 감정 다 내가 통제할 수 있을 줄 알았어. 널 사랑하는 일을 너무 쉽게…… 생각했어. 내가 멍청했어. 이렇게 빌게. 네가 없으면 안 돼. 네가 없는 게 너무 끔찍해. 나는 네 옆에 있어야 돼. 나는."

"내가 거짓말을 너무 싫어한다고 했을 때, 뭐든 솔직히 말해 달라고 했을 때, 기회는 많았어요. 하지만 거짓말을 또 다른 거짓말로 덮은 건 이수 씨예요."

"이젠 거짓말 같은 거 안 해."

이수가 손을 뻗었다. 그녀의 손을 잡으려고 했다. 해성은 손을 뒤로 뺐다.

"너무…… 늦었다고 생각하지 않아요? 여기서 이러지 말고 집으로 가요. 그쪽이 자꾸 이러면 같이 사는 윤희한테도 폐예요."

이수는 비틀거리며 자리에서 일어나려 했다.

"까뒤집어서 보여 주고 싶다. 이게 진심이라는 거. 마지막으로 한 번만, 이 마음이 진짜라고 증명할 기회 한 번만 주면 안 돼……?"

애달픈 부탁에도 불구하고 해성은 이수를 뒤로하고 집으로 들어갔다.

그녀를 기다렸는지 윤희가 소파에 앉아 있다가 바라봤지만 해성은 문 안쪽에 기대서서 숨을 죽였다.

바들바들 떨리는 턱을 앙다물었다. 눈앞이 흐려졌다.

"해성아."

윤희가 다가오려 했지만 해성은 고개를 좌우로 흔들었다. 문 밖의 소리에 집중했다.

하지만 아무리 기다려도 조용하기만 했다.

해성은 그대로 서 있었다. 이수가 집에 들어가는 소리가 들려올 때까지.

"어쨌든 이쪽 날짜는 잡혔어. 차선책을 쓰게 되면 그런가 보다 하지만, 엄마 선에서 끝날 경우엔 나도 대안이 필요하니까 말은 미리 해라."

명한은 생각했다. 모두가 한 팀이 되어 이 바닥을 평정했던 순수했던 시대는 아득한 기억 저편으로 사라졌다.

"엄마가 어떻게 할 건지에 따라 달렸지."

정모도 더 이상 길게 끌 생각은 없었다.

"무대는 야밤의 폐건물이 좋겠어. 배우는 많을수록 알차고, 스토리는 더없이 신랄하겠지. 나는 한 번도 본 적이 없거든. 이수 걔가 자기 자신 말고 뭘 선택하는 거."

정모의 설계에 명한이 능청스럽게 웃었다.

"그런데 정모야, 이 일들 말이다. 네가 이수 모르게 하자면 모르게 할 수도 있는 거지 않냐? 너처럼 정 많은 놈이 여기까지 온 것도 난 참 장하게 생각되는데."

명한의 말뜻을 알아들은 정모는 소리 나게 목을 꺾었다.

"모르게 할 생각 없어. 알아야지. 원래 가까운 사람일수록 배신당하는 건 엿 같으니까. 내가 그랬던 만큼 고통스러워야지."

이수만 아니었다면 정현은 죽지 않아도 되었다. 의사가 되었겠지. 어쩌면 좋은 사람을 만나 가정을 꾸렸을지도 몰랐다. 이수만 아니었다면.

"진짜 사람 인연이라는 게 이렇게 덧없어. 너랑 나도 그러려나? 친구야."

명한이 시험하듯 묻자 정모는 피식 웃었다.

"사람 일은 모르는 거잖아. 속단하지 말자."

"하긴. 정현이 못지않게 숭배했던 동생 등에 칼을 꽂을 지경인데."

명한이 비아냥거렸지만 개의치 않았다. 정현이 죽었고, 그건 이수 때문이었다. 중요한 사실은 그것 하나뿐이다. 정모는 흔들리지 않기 위해 자신이 지금까지 온 이유를 상기했다.

🛵

이 원장이 내던진 티슈가 원장실 문에 부딪치고 떨어졌다.

"현이수! 난 사표 안 받아! 이거 안 받는다고! 야! 야! 이 자식아!"

문을 닫고 나온 이수의 등 뒤로 이 원장의 소리가 고래고래 울렸다. 해외 의료 자원봉사를 안 가겠다고 하니 이 원장이 병원을 관두라고 소리치기에 미리 준비한 사직서를 제출한 것뿐이었다.

"제 시간에 도착해야 될 텐데⋯⋯."

엘리베이터를 타고 내려오며 이수는 시간을 확인했다. 퀵 서비스를 통해 포트폴리오 예약 배달을 걸어 두었다. 배송지는 물론 이 원장 앞이었다.

경찰서로 보낼까 하다가 수신인을 바꾸었다. 이 병원에 딸린 식구들 머릿수를 생각해서라도 이 원장은 정신을 차릴 필요가 있었다.

"내가 이렇게까지 착했었나."

이익에 눈이 먼 이 원장을 개안시켜 주는 수고까지 기꺼이 했다.

"선생님, 아까 수쌤한테 들었는데 사직서를 내신다는 게 무슨 말이에요?"

성형외과 진료 구역으로 들어서자 차트를 기록하던 간호사가 물었다. 이수는 대답 대신 웃어 주고는 자신의 진료실로 들어갔다.

"이걸 내 손으로 벗게 되는 날이 오네."

이수는 입고 있는 가운을 내려다보았다.

"이 가운 입으려고 10년이 넘는 시간을 어떻게 보냈는지……."

'성형외과 현이수'라고 쓰인 명패가 그의 눈에 들어왔다. 지난밤, 해성의 집 앞에서 술주정을 부렸던 걸 떠올리면 쥐구멍에라도 숨고 싶었다. 감정이 이성을 지배한, 한 치의 거짓도 존재하지 않은 시간이었다.

"그래, 이게 뭐가 중요하냐."

이 가운을 벗어도 아깝지 않을 정도로 해성이 중요했다. 그는 해성을 놓을 생각은 없었다. 매달릴 생각이었다. 징그럽고 집요하고 억척스럽게.

"무마하지는 말자. 그건 안 좋은 생각이야. 그럼 진짜 돌이킬 수 없어, 현이수."

스스로에게 다짐하듯 되뇌었다. 이제 정말 거짓말은 그만둬야 했다. 해성이 때리면 맞고, 욕하면 듣고, 쓰레기 취급하면 그렇게 취급당하면 된다. 이런 그를 해성이 불쌍하고 가엾게 여겨주기를 바라는 것밖에 지금은 뾰족한 수가 생각나지 않았다.

"……또 빌러 가 볼까나."

너무 못나게 살았기에, 비는 것 말고는 어떤 방법으로 해성을 마음을 되돌려야 할지 아직은 알 수가 없었다.

"어디 가?"

해성의 집 앞에 죽치고 기다리기를 3시간째에 문이 열렸다. 까칠하긴 하지만 생각보다 괜찮아 보이는 얼굴에 적잖이 마음이 놓였다.

"……일하러 가요. 용케 날 볼 생각이 들었나 봐요. 뻔뻔한 건 알았지만 대단하네요."

"어제는 미안했어. 좀 많이 취했었어. 내가 혹시 실수를 하진 않았어?"

해성이 그의 옆을 돌아 지나쳤다. 이 상황에선 뻔뻔해질 수밖에 없겠다. 어떤 욕을 듣든.

"앞으로 어쩔 생각이야? 우리."

"어제 얘기했잖아요."

"술 때문에 기억이 안 나."

해성이 어이없는 얼굴이 되었다.

"어제의 나는 너무 지질했던 것 같아. 그래서 네 기억에서도 지워 줬으면 좋겠어. 술은…… 그렇게 마시는 게 아니었어. 미안해. 폐를 끼쳐서."

"꼭 저지르고 후회를 하더라고요. 당신 같은 사람들은."

해성은 어울리지 않게 비아냥거리고 복도를 뚜벅뚜벅 걸어갔다. 다행히 더 이상 절뚝이지는 않았다.

"다리는 다 나은 거야? 더 아픈 데는 없어? 밥은 먹었고? 일은 조금 더 쉬지."

해성은 여전히 묵묵부답이었다. 이수는 흐려지려는 표정을 다잡고 해성의 뒤를 쫓아갔다. 그와 그녀 사이에 존재해도 이상하지 않았던 침묵이 지금만큼은 숨이 막혔다.

"처음에 나 살자고 너 찾은 거 맞아. 의도적이었냐고 묻는다면 그랬어. 근데 지금은 널 사랑해. 사방이 지뢰밭 천지인데도 어찌 됐든 널 사랑해. 널 만난 순간이, 상황이 다 거짓이었대도 지금은 진짜로 널 사랑."

"그런 말 해 봤자 소용없어요. 어차피 헤어지잖아요, 우린."

엘리베이터를 누른 해성이 무뚝뚝하게 말했다. 이수는 주먹을 꽉 움켜쥐었다.

"누가 그래? 우리가 헤어진다고."

"해외 의료 자원봉사 가잖아요. 이 상황 정리하기엔 최고의 방법이던데요. 바람과 함께 사라지다. 완벽한 시나리오예요."

"······내가 가면 좋겠어?"

엘리베이터 안, 거울을 통해 해성과 그의 시선이 마주쳤다. 그 눈에서 그를 향한 감정의 잔재가 읽혔다면 너무 자만하는 걸까.

"그걸 왜 나한테 물어요?"

"내가 정말 네 앞에서 사라지면, 맥없이 널 놓고 사라지면 넌 괜찮겠어? 속 시원할 거 같아?"

"······당연하죠."

"그래? 그러면 가야겠다."

해성의 눈이 흔들렸다. 그래서 그는 감격스러웠다. 희망을 본 것 같았다.

"······라고, 말할 줄 알았어?"

"지금 나랑 장난해요?"

"아니. 물어본 거야. 불안하니까. 난 널 포기할 생각이 눈곱만큼도 없는데 네가 자꾸 밀어내니까. 해외 봉사? 난 그런 데 안 갈 거야. 간다고 누가 그래?"

"진짜 대책 없네요. 가야 하잖아요."

"안 갈 거야. 의사 관뒀어. 이젠 가고 싶어도 못 가. 사표 수리됐거든. 원장님한테 휴지갑으로 얻어맞을 뻔했다고. 그거 은근히 아파."

해성이 황당한 얼굴로 그를 봤다. 웃는 얼굴엔 침 못 뱉는다던 옛말이 떠올라 이수는 얼간이처럼 웃었다.

"진심이라고 했잖아. 너한테 내 인생 걸 거야. 애초에 이용해 먹고 말 거였다면 들킨 순간 끝냈어. 그런데 주희정은 상관없이 내가 네가 좋아서 미치겠어. 네가 없으면 안 돼."

해성이 그의 진심을 가늠하듯 눈을 가늘게 좁혀 떴다. 이수는 무장 해제했다. 더 이상 숨길 것 따위 없었다.

"12년 전 그때부터 눈물 많은 어린 여자애가 내 가슴에 있었어. 12년 후에 다시 만났을 때, 여전히 예쁜 그 애가 참 많이 반가웠어. 널 만나러 가는 길이 즐거웠어. 가슴이 뛰고 네가 웃었으면 했어. 행복하게 해 주고 싶었어."

"그만해요."

"네가 없으면 안 돼. 물론 네가 없어도 살 수는 있겠지. 먹고, 자고, 일하고 그러면서 살 수는 있을 거야. 네가 없다고 죽진 않을 거야. 그런데 나도 행복하고 싶어. 꿈이 생겼어. 내가 사랑하는 여자랑 행복하게 살고 싶어."

해성의 눈이 흔들렸다. 정이 많고 마음이 여린 여자였다. 그 물러 터진 속을 안다. 거기에 매달려 볼 수밖에 없다.

비겁하고, 뻔뻔하다고 손가락질을 한대도 그는 그런 식으로 살아왔다. 비겁하게 구는 게 그가 가장 잘하는 거였다.

"나는 네가 있어야 행복해. 너도 내가 있어야 행복할 거야. 아프게 한 만큼, 행복하게 해 줄게. 잘할게. 어떻게 우리가 헤어져. 아무리 화가 나도, 내가 미워도 그런 말은 쉽게 하지 마. 무서우니까. 세상에서 제일 무서운 말이야."

살면서 이보다 더 진심이었던 적은 없다. 할 수만 있다면 제 속을 뒤집어 보여 주고 싶었다. 하지만 어쩌면 이것이 양치기 소년의 말로인지도 모른다.

"……여전히 그 사탕발림에 넘어갈 만큼 내가 바보인 줄 알아요? 사진 봤을 때 눈치챘어야 했는데. 바보처럼 내가 본 것보다 그쪽을, 믿고 싶었어요."

"사진? 무슨……?"

예전에도 해성이 했던 말이다.

"서정모 씨가 갖고 있던 사진이요. 우연히 봤어요. 그쪽이랑 서정모 씨, 그리고 엄마요. 그걸 보고도 어떻게 우연이라고 생각했을까. 멍청한 거죠."

"정모…… 형?"

해성은 그를 지나쳐 바이크에 올라서서는 그대로 가 버렸다. 이수는 바이크가 멀어지는 소리를 멍하니 듣고 있었다. 정모 형이라니. 묘한 위화감이 들었다.

이수는 바로 휴대폰을 꺼냈다.

"형, 해성이가 이상한 소리를 하는데……. 혹시 해성이한테 사진 같은 거 보여 준 적 있어?"

— 아…… 그게 어떻게 된 거냐면.

"보여 줬었어?"

— 아니, 그게 일부러 보여 준 게 아니라 내가 떨어뜨렸더라고. 그걸 어떻게 해성 씨가 주워서……. 실수였어. 설마 거기서부터 틀어진 거였냐? 엄마가 다 말해서가 아니라?

정모가 놀란 목소리로 되물었다. 하지만 이수는 멍할 따름이었다.

"왜 그걸 나한테 말을 안 했어? 나한테 미리 얘기했어야지……!"

감정을 가라앉히고 꾹꾹 눌러 말했다. 전화 너머에서 정모가 의기소침한 목소리로 대답했다.

— 너한테 혼날까 봐. 그렇게까지…… 될 줄은 몰랐어. 미안하다.

전화를 끊은 이수는 숨을 크게 몰아쉬었다.

"그때도 믿으려고 했다고……. 엄마랑 내가 같이 있는 사진을 보고서도, 아무것도 아닐 거라고 날 믿으려고 했다고……."

심장이 아득하게 조여 왔다. 이수는 얼굴을 일그러뜨리며 허리를 숙였다. 자신은 스스로도 모르는 사이에 대체 몇 번이나 해성을 배신했던 걸까.

"실장님, 우편에 이런 게 섞여서 같이 왔는데요. 원장님께 바로 전달해 드려도 될까요?"

비서실장은 직원이 건네는 우편물을 받아 앞뒤로 살폈다. 서류 봉투 위에는 '제보합니다. 민국 병원 원장님께.'라고 적혀 있었다. 비서실장은 고개를 갸웃거리다가 이 원장에게 전화를 넣었다.

"원장님, 방금 비서실로 이상한 우편물이 왔는데요. 발신자에 아무것도 적혀 있지 않습니다. 뭔가를 제보한다는 말뿐입니다."

비서실장은 짧은 통화 끝에 우편물을 이 원장의 방으로 가져다 놓았다. 회의에서 돌아온 이 원장이 방으로 들어갔고, 얼마 지나지 않아 꿈에 나올까 무서운 비명 소리가 원장실로부터 터져 나왔다. 놀란 비서들이 원장실로 들어가자 얼굴이 푸르죽죽해진 이 원장이 자신이 휴대폰을 소파에 집어 던졌다.

"그럴 리가 없어. 이건 말도 안 돼. 어떻게 나한테 이런 일이……!"

이 원장은 사시나무 떨듯 손을 떨며 허겁지겁 전화기 버튼을 눌렀다.

"원장님? 괜찮으십니까?"

"겨, 경찰……! 당장 경찰에 전화, 전화해! 신고하라고!"

이 원장은 곧이라도 기절할 사람처럼 파리한 얼굴로 펄펄 뛰었다. 일단 이 원장을 진정시키기 위해 물을 가져오게 한 비서실장은 펼쳐진 서류를 힐끔 훔쳐보았다. 그 서류에는 최근 이 원장에게 자주 방문했던 여자의 사진과 신문 스크랩 기사 등이 있었다.

진품을 가품으로 바꿔 친 옥션 경매에서 희대의 사기꾼 주희정, 드디어 검거!

"사기꾼……이라고……?"

머리부터 발끝까지 고급스럽고 세련된 여자였다. 믿기지 않는 사실이었다.

키다리 아줌마

✦

해성은 다소 멍한 상태로 컵라면 입구를 열어 라면을 휘저었다. 왼손으로는 잘 밀봉된 김밥을 익숙하게 개봉했다. 심부름을 하는 사이, 잠시 편의점에 들러 출출한 속을 채우는 중이었다.

— 다음 뉴스입니다. 서울 강당구의 A 병원이 수십억대 사기를 당할 뻔했습니다. A 병원은 Z 그룹의 병원 수출 프로젝트와 관련, Z 그룹의 해외 개발팀 전무라고 신분을 사칭한 사기 전과 12범의 주희정에게 병원 수출 리스트에 이름을 올리는 조건으로, 이미 20억여 원이 넘는 로비 비용을 지불한 것으로……

해성은 고개를 돌려 카운터 쪽을 바라봤다. 자신도 모르게 편의점 데스크 앞으로 다가가 직원이 보고 있는 TV를 보았다.

심장이 귀 바로 가까이에서 천둥처럼 울렸다. 교도소에서 찍었을 게 분명한 희정의 사진이 아나운서의 오른쪽 얼굴 위로 떠 있었다.

"손님, 뭐 필요하신 거 있으세요?"

그녀가 못 박힌 것처럼 서 있자 직원이 물었다. 해성은 아뇨, 하고 가까스로 말하고 자리로 돌아왔다.

뉴스에 뜬 희정의 얼굴이 머릿속에 강하게 박혔다. 해성은 불어 가는 라면을 앞에 두고 멍하게 서 있었다. 행동에 대한 당연한 결과였다. 인제 와서 새삼 놀랄 것도 없었다.

휴대폰이 울려서 발신자를 확인했다. 윤희였다.

— 병원이 난리가 났어! 뉴스 봤어? 혹시 알아? 병원에 드나들었던 Z 그룹 강 전무, 다 사기더라고! 비서실로 익명의 우편이 왔대. 사기꾼이라고! 경찰에서 와 가지고 이 사람, 저 사람 조사하고 난리야.

"익명의 우편?"

— 이 원장도 바보 아니니! 어떻게 그걸 속아? 병원을 말아먹으려고 작정했나 봐! 이대로 병원 문 닫는 건 아니겠지? 현이수도 사기꾼이었다며. 연관 있는 거 아니야? 그래서 치고 빠진 건가? 며칠 전에 사직서 던지고 나갔대. 너 혹시 아는 거 있어?

이수가 정말로 의사를 그만두었다. 해성은 이것저것 쏟아 내듯 묻는 윤희의 말을 멍하게 듣고 있다가 토하듯 뱉었다.

"그 여자가 우리 엄마야. 주희정. 그 사기꾼이 내 엄마. 그거 말곤 나도 아는 게 없어."

— ……해성아.

"미안. 나 밥 먹고 일하러 가야 돼. 나중에 얘기하자."

146

해성은 전화를 끊고 컵라면을 내려다보았다. 이미 면이 퉁퉁 불어 있었다. 오후에 나머지 스케줄을 소화하려면 체력을 생각해 이거라도 먹어야 했다. 하지만 눈이 휴대폰에서 떨어지지 않았다.

"……내가 알 바 아니잖아."

이 마당에 전화를 받을 거라는 보장도 없었다. 해성은 휴대폰을 뒤집어 놓고, 김밥을 먹었다. 모래를 삼키는 것처럼 목구멍이 까끌거렸다.

"유진아, 다른 애들한테도 데이터 다 지우고 빨리 뜨라고 해."

"엄마랑 내가 제일 늦었어요! 다들 의리라고는 쥐똥만큼도 없어!"

유진이 쓸어 모은 종이를 박스에 정신없이 쏟아 넣었고, 희정은 라이터에 불을 붙여 박스에 던져 넣었다. 순식간에 불이 붙은 박스 안의 내용물들이 타들어 갔다.

"비행기 티켓은 일단 확보했어. 일단 제주도로 가서 연길로 가는 비행기를 타. 해외로 바로 나가는 것보다 그게 더 안전해."

"아, 젠장! 대체 어떻게 이렇게 순식간에! 누가 뭘 어떻게 찌른 거야! 익명의 우편이 대체 뭐냐고!"

박스 안에서 타는 내용물을 다시 한번 확인한 유진은 가위로 자신의 머리카락을 어깨까지 잘라 내곤 불에 던져 버렸다.

"엄마, 그 우편물, 누가 보냈는지 짐작 가는 데 없어요?"

"이수겠지."

희정이 냉랭하게 말했다. 얼굴을 일그러뜨린 유진은 다급하게 가방을 챙겨 들었다.

"엄마는 어떡하려고요?"

"이런 때 뭉쳐 있으면 같이 죽는 거야. 가기나 해."

희정은 태연하게 앉아 있는 정모를 힐끔 보았다. 서류를 태우고 증거를 없애고 꼬리를 자르는 데 정신이 없는 와중에도 정모는 휴대폰만 들여다보고 있었다.

"그럼 나 먼저 가요! 나중에 멀쩡한 얼굴로 봐요! 진행비는 빚으로 달아 둘게!"

유진이 자리를 떠났고 희정은 바 테이블 안쪽으로 들어가 밑에서 상자 하나를 꺼냈다. 상황은 촉박했지만 다음을 준비하는 손은 차분하기만 했다.

희정은 하얀 가발, 짙은 고동색의 잔꽃 무늬 블라우스에 검은 바지, 적당히 닳은 검은 로퍼, 돋보기안경까지 자신의 몸 위에 덧입었다.

"엄마는 이제 어쩔 거예요? 그 꼴을 하고 사기를 치긴 좀 무리 같아 보이는데."

이전의 세련되고 늘씬한 중년 여자는 어디에도 없었다. 원피스 안에 무슨 짓을 했는지 살집이 풍만하게 오른 퉁명스러운 얼굴의 노파가 구부정하게 서 있었다.

"일단 몸부터 사려야 다음이 있는 거야."

거울을 보고 다시 한번 맵시를 단장한 희정은 몸을 돌리려 했다. 하지만 정모의 서늘한 목소리가 그녀를 붙잡았다.

"이렇게 현장 정리하고 뜨는 건 약속이랑 다르잖아요."

"서정모. 너 지금 일어난 이 일에 대해서 알고 있는 거 있니?"

희정은 이마를 찌푸렸다. 이 상황에 정모는 모바일 게임을 하고 있었다.

"내가 먼저 물었잖아요. 이대로 정리하고 뜰 거냐고. 약속이랑 다르다고. 이제 어떡할 건데요."

"지금 상황에서 뭘 더 어떻게 해. 뉴스에 내 얼굴이 떴어. 당장은……."

"그럴 줄 알았어."

희정의 말을 자른 정모는 어깨를 으쓱이고는 자리에서 일어났다.

"뭘 그럴 줄 알아?"

불길한 예감이 희정의 발밑을 타고 돌았다.

"일을 벌일 때는 늘 두 번째, 세 번째 그 뒤까지도 생각해 둬야 한다고 한 게 엄마니까 두 번째 계획을 한번 실행해 볼까 봐요."

"그게 뭔데?"

"엄마는 몰라도 돼. 잘 도망가기나 해요. 유진이를 제주로 보냈으니 엄마는 청주로 가나? 거기서 중국으로?"

"서정모!"

"경찰이 언제 들이닥칠 줄 알고 계속 여기 있을 거예요? 엄마 얼굴 뉴스에 다 떴잖아. 몸보신 잘해요. 엄마를 너무 믿었던 게 내 잘못이라면 잘못이지."

정모는 휴대폰을 챙겨 공간을 나갔다. 그의 여유로워 보이는 걸음걸이에 남은 희정은 뒤통수가 선득해졌다.

"대체……."

아랫입술을 짓씹은 희정은 이내 필요한 것만 챙겼다. 증거들이 제대로 탔나 확인하고 그곳을 나왔다.

정모 말처럼 이대로 한국을 떠날 생각은 없었다. 이수와 해성을 그렇게 두고 갈 순 없었다. 이전처럼 무책임하게 등 돌리지 않을 거다.

"하, 대체 어딜 간 거야?"

아무리 벨을 눌러도 안에선 응답이 없었다. 벌써 사흘째였다. 함께 술을 한잔한 이후로 줄곧 연락이 닿지 않았다. 이렇게까지 연락이 닿지 않은 적은 없었다.

워낙에 본인도 모르고 사고를 치는 경우가 많은 인간이라 걱정이 되었다.

"정모 형 어디 있는지 혹시 알아?"

이수는 명한에게 전화를 걸었고, 명한 또한 모른다고 했다.

— 또 어디 가서 정현이 부르면서 눈물이나 찍고 있는 거 아니야?

명한의 이죽이는 우스갯소리에 이수는 그냥 전화를 끊어 버렸다. 지금 당장 정모의 정보력이 필요했다. 희정이 사라졌다. 경찰에서 공개 수배까지 내렸지만 여의치 않았다. 꽁꽁 숨어 있는 해성을 찾아낸 것도 정모였으니 어렵지 않을 것이다.

희정이 곁에 있어서 해성이 웃었던 적은 없었다. 그녀가 걱정되었다. 이 갸륵한 마음을 사랑하는 그 여자도 알아줬으면.

겨우 이걸로 그녀를 속인 죄가 용서되는 것은 아니겠지만.

해성은 의아한 얼굴로 건물 안으로 들어갔다. '새꿈 양로원'이라고 쓰여 있는 간판을 확인했다.

"안녕하세요, 심부름센터 조약에서 나왔는데요. 남정영 할머니를 찾아왔거든요."

해성이 입구로 들어서면서 근처에 있는 노인에게 물었다. 그녀는 현재 일의 일환으로 서울 도심의 한 아파트에 속한 양로원을 찾았다. 심부름 내용은 적적한 노인의 말동무 상대였다.

시간은 오후 4시부터 6시까지 2시간 동안이었다. 드물지만 가끔 있는 의뢰였다.

"남정영? 남정영이 누구여?"

입구에 앉아 있던 할머니가 고개를 갸웃거렸다. 해성은 약 30여 평의 넓은 공간을 둘러보았다.

할머니와 할아버지들이 삼삼오오 모여 고스톱을 치거나 TV를 보고 있었다. 그 와중에서도 홀로 나무로 된 상 앞에 앉아 뭔가를 하고 있는 할머니가 있었다.

의뢰인의 말에 따르면 남정영 할머니는 주로 혼자 있다고 했다. 해성은 나무 상 앞에 앉아 있는 할머니에게 다가갔다. 가까이 가 보니 할머니는 퍼즐을 맞추고 있었다.

"남정영 할머니 되세요?"

해성이 몸을 숙여 앉으며 사근사근하게 되묻자 할머니가 눈만 들어 그녀를 보았다. 짧게 커트 친 머릿밑이 이리저리 뻗쳐 있고 나이에 비해 주름이 적은 얼굴은 검버섯이 여기저기 피어 있었지만 고왔다.

"안녕하세요, 할머니. 주해성이라고 해요."

퍼즐을 맞추는 손이 지나치게 매끈했다. 이상하다는 생각을 하며 해성이 다시 한번 할머니를 들여다볼 때였다.

"시간 맞춰서 왔네."

흘러나오는 목소리가 칠십 대 노인이라고 하기엔 지나치게 낭랑했다. 해성은 의아함에 눈썹을 치켜올렸다.

"못 알아보겠니? 돈 들인 보람이 있네."

눈앞의 할머니가 씨익 웃었다. 해성은 얼굴을 굳혔다. 눈매며 올라가는 입꼬리 모양이 낯익었다. 눈앞에 있는 건 지명 수배된 희정이었다.

"앉아. 난 너와 대화를 할 2시간만큼의 값을 지불했어."

그녀가 자리를 박차고 일어나자 각자 할 일을 하고 있던 양로원 내의 이목이 쏠렸다.

"왜 이런 식으로 날 불러낸 거예요? 그쪽이랑 전 볼일이 없을 텐데요."

"엄마랑 딸이 왜 볼 일이 없니?"

"이젠 뻔뻔하게 나가기로 했나 보죠? 낳아 줬다고 다 엄마는 아니에요."

말속에 가시가 돋았다. 해성은 희정을 싸늘하게 쏘아보았다. 속이 수선거렸다. 아직도 희정이 그녀의 감정을 술렁이게 한다는 사실이 화가 나 이를 악물었다.

"그렇겠지. 그래도 내가 네 엄마라는 사실은 변하지 않아."

"지금 뭐 하자는 거예요?"

"지금은 함부로 얼굴을 내놓고 다니기가 힘들어서."

"자기가 한 짓은 아나 봐요."

곱게 대답하는 법이 없다. 이어지는 날 선 대화에 희정이 지친 듯 한숨을 쉬었다.

"내가 왜 이런 꼴이 됐는데. 지금 이거, 다 이수 짓이야. 이수가 어떤 놈인지 이제는 좀 알겠니?"

"그거 알려 주려고 불렀어요?"

윤희의 말에 따르면 병원 비서실로 익명의 우편이 배달되었다고 했다. 희정은 지금 말하는 것이다. 그 익명의 우편물 주인이 이수라고.

"내가 전에 뭘 들고 찾아갔었는지는 잊었나 봐요. 현이수 씨가 한 짓, 나도 하려고 했다고요. 잊었어요?"

희정은 예전에 해성이 그녀에게 들고 왔던 서류 봉투를 떠올렸다. 그 안에는 그녀가 과거에 저질렀던 범법적인 행위들이 정리된 기사가 들어 있었다.

"……그래서 이수랑은 헤어졌니? 걔가 어떤 놈인지 이제 잘 알았으면 이제 그만."

"내 일은 내가 알아서 해요. 관여할 권한, 그쪽한테는 없어요."

"……자꾸 그런 식으로 삐딱하게 듣지 마! 다 널 위한 거였어!"

"자기 잣대를 나한테까지 들이대지 말아요."

"넌 알아야지! 내가 뭘 위해 여기 남는데!"

희정은 답답했다. 꼭 벽을 보고 말하는 것 같은 기분이었다.

"바란 적 없어요. 자신이 하는 행동의 이유를 다 나한테 돌리는 건 치사한 것 같은데요."

해성이 문득 입술을 비뚜름하게 휜 채 말하고는 돌아섰다.

"나가면서 경찰에 신고할 거예요."

매정했다. 아무리 그래도 죽은 줄 알았다가 살아 돌아온 엄마인데 저럴 수 있나 싶을 정도로 차가웠다.

희정은 아랫입술을 세게 깨물었다. 하지만 감정을 참아 내는 것도 잠시, 자리를 정리했다. 자신에게 저토록 큰 반감을 가지고 있는 해성이라면 충분히 경찰에게 신고를 하고도 남았다.

희정은 서둘러 양로원을 나왔다. 빨리 몸을 피해야 했다. 정모가 헤어지기 전에 던져 주었던 대포 폰이 울려 대는 통에 희정은 길을 재촉하다가 전화를 받았다.

"무슨 일이야. 웬만하면 연락하지 말랬잖아."

― 좋은 일이라 전화했어요.

"좋은 일?"

― 이번 설계 망친 거, 만회할 수 있는 건수가 생겼어요. 명한이가 판을 크게 벌렸어. 엄마가 필요해요.

"내가?"

― 이수도 엿 먹일 수 있는 마지막 기회가 될지도 몰라요.

희정은 잠시 서울에서 떠나 있으려 했던 생각을 바꿨다.

🛵

희정이 아직도 자신을 이렇게까지 흔들어 댈 수 있다는 사실이 화가 났다. 마음이 어지럽고 갑갑했다.

"달래 줄 사람이 있는 것과 없는 것의 차이가 꽤 크네……"

해성은 자조적으로 웃었다. 떠올리지 않으려고 해도 힘들면 이수의 얼굴이 떠올랐다. 미움으로 그의 자리를 채우려 해도 아직은 그리움이 더 컸다. 마음이 텅 비었다. 그 남자가 그리웠다.

"나도 바보네. 아무리 믿어도 된다고 생각했다지만 마음을 너무 다 줬잖아……."

양로원에서 나와 바이크를 타고 내키는 대로 달려왔다. 울컥받친 화에 괜스레 사고라도 날까 싶어 갓길에 세우고 한숨을 돌리는 중이었다.

"어, 여긴……."

해성은 낯익은 주변 풍경에 주변을 둘러봤다. 눈앞으로 완만하지만은 않은 경사로가 높이 솟아 있었다. 울창하게 뻗은 가로수를 따라 좁은 도보를 따라 올라가면 그녀가 졸업한 서울 중학교가 있다.

팽나물 고개라는 구수한 이름을 가진 지명은 지금은 바뀌었을지도 몰랐다.

"오랜만이네."

해성은 바이크 세워 둔 자리를 확인하고 이내 언덕을 걸어 올라갔다. 10년이 넘는 시간이 지났다. 그대로인 것은 없었다. 길을 따라 늘어져 있는 단층 건물들의 가게 간판도 바뀌었고 새로 정비한 도보 색깔도 예전과는 달랐다.

"일하면서 몇 번이고 지나쳤을 텐데, 이제 눈에 들어오는 건 뭐야. 나 진짜 정신없이 살았었네."

그리운 시절이었다.

할머니가 살아 계셨고 오순도순 의지해 하루의 행복에 감사하며 살아갔었다.

"문구점은 없어졌네. 아저씨 참 친절했었는데."

학교 앞에 있던 평원 문구는 오간 데 없었다. 하지만 해성은 곧 빙그레 웃었다. 눈물이 날 것 같았다.

평원 문구 자리에는 분식점이 생겼는데 그 안에 10년 전, 문구점을 운영하실 때보다 훨씬 더 늙어 버린 터줏대감 할아버지가 보였다.

"건강하시나 보네."

교문 앞에는 녹슨 초록색 벤치가 두 개 있었는데 지금은 나무 벤치로 바뀌었다.

해성은 자리에 조심스레 앉아 숨을 들이켰다. 머리 위에서 나무 잎사귀들이 바람에 사삭이는 소리를 내며 흔들렸다.

멍하게 길 너머를 멀리 바라보던 해성은 저도 모르게 피식 웃었다. 되새겨 보면 이수의 변모는 정말 사기꾼다웠다.

눈을 감으면 선명하게 떠올랐다. 그날의 온도, 공기, 소리 그리고 인상이 사납기 그지없던 현이수라는 남자의 얼굴까지.

'저기요! 아저씨! 저 좀 태워 주세요! 사람 살리는 셈 치고 한 번만요!'

선생님으로부터 할머니가 쓰러져서 병원에 입원해 계시다는 이야기를 듣고 발밑이 아득해졌다. 가방을 챙기는 것도 잊고 그대로 교문 밖으로 뛰쳐나왔다.

수중에는 돈 한 푼 없었다. 눈에 보이는 건 갓길에 세워진 검은 승용차였다.

"진짜 겁이 없었다. 주해성."

지금이라면 상상도 못 할 일이었다. 처음 보는 젊은 남자의 차에 막무가내로 태워 달라고 조르는 일은 말이다. 어지간히 넋이 나갔었다.

'은혜고 나발이고. 택시에 무임승차를 하든가. 나중에 경찰서를 가도 나 같으면 그렇게 해.'

뭐 이런 사람이 다 있나 싶었다. 차갑고 매정했다.

그녀는 돌아서는 그의 바짓가랑이를 잡고 통곡했지만 이수는 기어코 그녀를 떼어 놓고 차에 탔다.

'야! 너 미쳤어!'

그녀가 차에 뛰어들자 기겁한 이수의 얼굴은 가관이었다. 결국 차를 얻어 탈 수 있었다.

'야, 그렇게 울지 않아도 사람이라는 게 그렇게 쉽게 죽지는 않거든?'

철철 흘러넘치는 눈물을 손으로 연신 닦아 내고 있으려니, 이수가 그녀의 팔을 툭툭 치며 뭔가를 내밀었다.

'그런 얼굴로 가면 할머니가 괜찮았다가도 놀라서 더 아프겠어. 좀 닦아. 얼굴 더러워.'

투박하고 거친 말이었지만 내밀어진 휴지에 담긴 온기는 더 없이 따뜻했다.

'할머니랑 둘뿐이에요. 다른 가족은 없어요. 할머니는 내 전부예요.'

해성은 훌쩍이며 두서없이 말했다. 운전을 하던 이수가 그녀를 힐끔 보았고 날카로운 눈과 시선이 부딪쳤다. 괜스레 가슴이 콩닥거렸다.

'……그래. 하지만 혼자 남게 되어도 별로 무서워할 건 없어. 어떤 식으로든 살아져.'

앞을 보는 그의 눈빛은 무척이나 쓸쓸해 보였다. 어렸던 그녀의 마음에도 괜스레 찬바람이 부는 것 같았다.

'그래도 너는 아직 어리니까 할머니가 사셔야겠네. 자해 공갈단 짓이나 하고 다니는 애 혼자 됐다간 앞날이 뻔하다.'
'아저씨!'

그녀를 놀리듯 이죽이는 말에 소리를 지르자, 이수가 그녀를 힐끔 보곤 피식 웃었다. 또다시 가슴이 펄쩍 뛰었다. 귓바퀴로 뜨겁게 열이 번졌다.

'제가 은혜 꼭 갚을 거니까 응급실로 오세요! 꼭이요!'

차에서 내리려니 이상하게 아쉬움이 들었다. 그가 말한 것처럼 할머니가 괜찮을 거라는 앞뒤 없는 생각도 들었다. 할머니의 상태를 확인한 그녀는 바로 주차장으로 나왔다.

그냥 갔을지도 모른다는 불안감도 잠시, 그녀를 기다리고 있던 이수가 대뜸 말했다.

'사례를 한다고? 그럼 천만 원 줄래?'

표정은 무뚝뚝했지만 그녀를 상대로 장난을 치고 있는 게 분명했다.

'어른이면서 생각을 그렇게밖에 못 하세요?'

칼바람이 확확 불던 남자가 장난을 치는 게 적잖이 친근하게 구는 것처럼 느껴졌다. 그녀를 내려다보는 눈빛이 처음보다는 다소 부드러웠다.

'돈은 못 주지만 아무튼 은혜는 갚을 거예요! 꼭 연락처 주세요!'

우연히 알게 된 사람이었다. 그럼에도 불구하고 해성은 눈앞의 남자가 궁금했다.

사납고 날카로운 눈초리를 가졌지만 겉으로 보이는 것보다 따뜻하고 다정한 사람 같았다.

'싫은데. 나 함부로 번호 알려 주고 그런 사람 아닌데.'
'아저씨! 그럼 다음에 만나게 되면 그땐 은혜 갚을게요. 제가 빚

지고는 못 살거든요.'

할머니와 단둘이 사는 만큼 어른에 대한 경계는 확실히 교육받았다. 하지만 그와 어떻게든 다시 만나고 싶은 마음에 덜컥 학생증을 맡겼다.

그에게 기억되고 싶었다. 나를 기억해 주세요.

그를 좋아했던 건지, 아니었던 건지는 모르겠다. 하지만 그 당시 그를 다시 보고 싶다는 생각이 강렬했던 것만큼은 기억났다.

그의 차가 주차장을 빠져나가는 동안에도 해성은 자리를 뜨지 못했다. 얼른 가서 할머니 옆을 지켜야 했는데 움직일 수가 없었다.

날카로운 눈매로 고요하게 미소 짓던 남자의 얼굴이 오래도록 기억에 남았었다.

'우리 해성이가 드디어 사랑에 빠졌네?'

'에엑? 말도 안 돼! 무슨 사랑이야! 그냥 눈매 사납고 말버릇도 거친 아저씨였어!'

'그렇게 나이가 많은 사람이었어?'

'어? 그건 아니고…… 많아야 이십 대 중반? 그렇게 많아 보이진 않았어.'

'그럼 오빠지. 아무튼 고마운 분이네. 너 여기까지 태워다 주고.'

할머니는 학교에 있어야 할 그녀가 갑자기 병원에 나타나자 놀랐다.

하지만 그녀가 병원에 오는 동안 만났던 남자에 대해 이야기해 주자 은근한 웃음을 물며 그녀를 놀렸다.

'해성아, 또 그 오빠 보고 싶어?'

'그런 건 아니고. 그냥 고마우니까.'

부끄러운 마음에 머릿속을 가득 채운 이수의 얼굴을 고마운 마음이라는 말로 덮어 버렸다. 하지만 할머니는 그저 의뭉스럽게 웃을 뿐이었다.

'사람이 사람 좋아하는 건 자연스러운 일이야. 그 사이에 많은 이야기가 꼬여서 어려운 관계도 생기고 평탄한 관계도 생기는 거지만 그렇다고 부정할 필요는 없어. 다 그러면서 어른이 되는 거야.'

'그거 멋있는 말이다, 할머니.'

'선생님이었던 네 할아버지가 한 말이야. 평생 시장에서 생선이나 팔던 내가 할 유식한 소리는 아니지.'

주름진 얼굴로 스스로를 낮추는 할머니에 해성은 고개를 흔들었다.

'아니야. 할머니는 똑똑한 사람이야. 지혜로운 사람이야. 날 이

렇게 잘 키워 줬잖아. 엄마, 아빠가 없어도.'

'……엄마 보고 싶지 않아?'

'이젠 얼굴도 기억이 잘 안 나. 보고 싶고 말고 할 것도 없지 뭐.'

'만약에 엄마가…… 살아 있으면, 좋을 것 같아? 그게 어떤 사람
이라도?'

'어떤 사람?'

'……남의 욕을 하고 다니는 사람이라거나, 자식보다 자기 인생
이 먼저인 사람이라거나, 범죄자라거나.'

할머니는 더듬더듬 말했다. 당시엔 그 예시가 이상하다고 생
각했다.

'글쎄. 나는 그래도 없는 것보다는 있는 게 좋은데.'

'……그랬구나. 이 할미가 물어본 적이 없었네. 해성이는 어떻
게 생각할지.'

'뭘 물어봐?'

'그런 게 있어. 왜인지…… 인제 와서 하는 후회지만 내가 몹쓸
짓을 한 것 같구나.'

이상한 혼잣말이라고 생각했다. 그런데 지금 생각해 보니 어
쩌면 할머니도 알았을지 몰랐다. 사실은 엄마가 죽은 게 아니라
는 것을. 주희정이라는 사기꾼의 이름으로 버젓이 살아 있었다
는 것을.

그리고 어쩌면 할머니는 희정에게 '몹쓸 짓'을 했을 수도 있다. 그게 뭐였을까.

"볕이 좋지? 그날처럼."

눈을 감은 채 12년 전의 어떤 날을 떠올리던 해성은 귀에 익은 목소리에 눈을 떴다.

커다란 그림자가 벤치에 앉아 있는 그녀의 앞에 서 있었다.

"여긴 어떻게……."

"그날은 한여름이었는데. 매미 소리가 무지 시끄러웠고."

이수가 그녀와 눈을 맞추고 씨익 웃은 후 옆에 있는 밑동이 두껍고 키가 큰 나무를 올려다보았다.

"나는 스물두 살, 넌 열여섯 살이었고 잘생기고 멋있는 날 아저씨라고 불렀었지. 아저씨가 말이 돼? 이 얼굴에?"

이수가 장난치듯 웃음을 물었다. 해성은 아연하기만 했다.

"그러니까 여긴 어떻게 알고 왔냐니까요?"

"난 네 스토커잖아."

"말도 안 돼."

해성은 단번에 반박했다. 이수는 고개를 끄덕였다.

"맞아. 말도 안 돼. 그냥 생각이 통했나 봐. 여기 네가 있어서 나도 놀랐어. 이건 정말 운명인가?"

설핏 웃으며 중얼거렸다. 진의인지 의도된 거짓인지 읽을 수 없다. 확실히 그는 사기의 베테랑이었다. 그러니 그녀도 이렇게 감쪽같이 속고 말았지.

"출출해서 이거 샀는데. 먹을래?"

그가 손에 쥐고 있던 하얀 봉지를 그녀 앞으로 내밀었다. 봉투로부터 코를 자극하는 튀김 냄새가 흘러나왔다.

"생각 없어요."

"계속 내가 미워? 언제까지 미울 것 같아?"

당연한 거 아닌가. 해성은 그가 미웠다. 자신도 모르게 옛일을 떠올렸고 미소를 머금었지만, 눈앞의 현이수는 미웠다. 죽도록 미웠다.

"난 네 엄마는 밉고 싫지만 너는 너무 좋아."

그가 씁쓸하게 웃으며 말했지만 그녀는 어떤 대답도 들려줄 수 없었다. 사랑해서 미웠고, 사랑해서 실망했고, 사랑해서 그를 보고 싶지만 보고 싶지 않기도 했다.

자신의 안에는 모순적인 감정투성이였다. 가슴을 뜯어내 그 속을 들여다보고 싶었다. 대체 네가 원하는 게 뭐냐고.

"몇 번을 말해요? 연극은 그만두라고요."

"귀를 막은 거야? 말했잖아. 그것 때문만은 아니라고."

"어디까지가 거짓이고, 어디까지가 진심인지 알 게 뭐예요. 엄마랑 현이수 씨 사이에 무슨 일이 있었는지 알지도 못하고, 알고 싶지도 않아요. 둘 일은 둘이 해결해요. 엄한 내 인생 끼워 넣지 말고. 내 근처에서 말고 다른 데 가서 해결해. 내가 안 보이는 데서!"

해성은 자리에서 일어났다.

마주 보고 설 수 있는 사람을 만났다고 생각했다. 외롭게 메말라 가던 사랑을 마음껏 줄 수 있는 사람이라고 생각했다.

하지만 그와 그녀는, 그가 내내 노래 부르던 운명 같은 게 아니었다.

"너를 다시 발견했을 때, 기뻤어. 너에게 다가가는 일이 진심으로 즐거웠어. 이렇게도 감정이 흐르더라. 사람이 사람을 사랑하는 일이, 나 같은 놈도…… 가능하더라. 너라서."

등 뒤에 꽂히는 음성은 잔인하게도 절절했다. 진심이라고 믿고 싶을 만큼.

"내가 어떻게 해야 네가 날 다시 봐 줄까."

"그걸 왜 나한테 물어요. 만나 보자며 시작한 건 나니까 끝도 내가 낼게요. 기억해요? 오락실에서 했던 게임 내기. 이기면 소원 두 개 들어준다던."

"그건 왜?"

"나머지 소원 지금 쓸게요. 헤어져요. 난…… 현이수 씨 필요 없어요. 여긴 내 구역이야. 내가 살아온 삶이고, 터전이야. 그러니까 현이수 씨, 당신이 사라져요. 내 인생에서 나가 줘."

입술이 파르르 떨렸다. 심장을 누군가 손에 쥐고 북북 찢는 것 같았다. 아팠다. 숨줄이 에는 듯.

그냥 사랑싸움 같은 거였으면 좋았잖아. 치약을 가운데서 짜니, 끝에서 짜니, 그거 하나 노력 못 해 주니, 그런 싸움이면 좋았잖아. 마음이 질퍽거렸다. 흙탕물 같다. 발을 딛고 선 곳이 진창이었다.

"……진심 아니잖아. 내가 진짜 그러면 너 울걸. 나도 울고. 그건 이상하잖아. 둘 다 울 짓을 왜 해야 해."

등 뒤에서 이수가 말했다. 눈앞이 그렁그렁했다. 제대로 걷고 있는 건지도 모르겠다.

하지만 더 이상 여기 있을 수가 없어서 해성은 길가로 내려가 바이크 위의 헬멧을 손으로 잡았다. 하지만 다음 순간, 헬멧이 바닥에 요란하게 떨어졌다.

부아아아아아앙!

트럭이 바로 곁을 지나갔고 해성의 몸이 돌려 당겨지며, 이마가 단단한 어깨에 부딪쳤다. 내리 참아서 고여 있던 물이 후두둑 흘러내렸다.

"……이런 순간에도 나란 놈은 어쩔 수가 없네. 네가 닿으니까 좋아. 구제 불능이지?"

그녀의 머리 위에서 이수가 풀기 없이 중얼거렸다. 맞닿은 가슴에서 미친 듯이 뛰어 대는 그의 박동이 느껴졌다.

"아까 그 말, 진심 아니잖아. 그렇지?"

해성은 몸을 비틀었지만 이수가 놔주지 않았다.

"진짜일까 봐 너무 무섭잖아. 소원을 그렇게 쓰는 게 어디 있냐. 네가 정말 행복할 수 있는 걸로 바꿔, 제발. 나는 네가 너무 좋아서, 너 말고는 다른 건 다 상관이 없던데."

그녀의 손목을 쥔 이수의 손이 살짝 떨렸다. 이게 당신의 진심일까.

"말은 참 쉽게 하네요. 처음부터 그랬었죠. 말이 제일 쉬웠죠, 당신은."

"……과거 같은 거 상관없더라. 네가 주희정 딸인 건 상관이 없더라. 엄마랑 나 사이에 무슨 일이 있었던, 그 이야기는 상관이 하나도 없더라. 그런데 너는…… 아니야?"

"그 얘기가 뭔데요. 얼마나 어마어마한 일인데. 내가 속고 배신당한 만큼 대단한 일이에요?"

이수가 숨을 들이켰다. 그는 아무 말도 없었다. 결국 지금을 모면하기 위한 또 다른 거짓말인 거다.

"거봐. 이것도 다…… 거짓말이잖아."

해성은 강하게 그를 밀어냈다. 바닥에 구른 헬멧을 주워 들고 바이크를 탔다.

사이드미러로 못 박힌 듯 서 있는 이수가 보였다. 해성은 아랫입술을 꽉 깨물었다. 비릿한 피 맛이 났다.

"나쁜 놈. 나쁜 새끼, 개새끼……!"

계속 짓씹은 입술이 너덜거릴 지경이었다. 하지만 해성은 그만두지 않았다. 아득해지는 눈앞을, 정신을 다잡기 위해서 더 독하게 짓씹었다.

— 주해성 씨! 전화 연결이 왜 이렇게 어려워? 바빠?

바이크를 세우고 끈질기게 울려 대던 전화를 받았다. 명한이었다.

해성은 피가 맺힌 입술을 손등으로 쓸고, 얼굴을 굳혔다.

"무슨 일이에요."

— 수요일에 사무실로 와. 우리 거랫값, 청산할 시간이야. 묻고 따지지 않는 친절한 심부름 서비스!

희정의 소재지를 알려 줬던 대가를 아직 치르지 않았다. 해

168

성은 고개를 끄덕였다.

　힘이 빠졌다. 뻔뻔한 척 매달렸지만 낭떠러지 끝에 매달린 기분이었다. 이건 그가 살면서 감내해야 했던 그 어떤 고통들보다도 무섭고 까마득하며 가혹했다.

　"……거짓말이 아니라, 말을 못 하겠어……. 너한테 이젠 그렇게까지 치사하고 볼품없어지고 싶지가 않아. 이미 너무 바닥이잖아."

　희정이 그에게 무슨 짓을 했는지 말을 하면, 해성은 또다시 실망하고 상처받을 것이다.

　"……정말 싫으면, 인생에서 쫓아내고 싶은 거면 사실은 울지도 않아. 울 필요가 뭐가 있어. 멍청아."

　그래서 끈질기게 해성에게 손을 내민다.

　그를 보고 격하게 반응하는 그녀의 감정이 그는 한 줄기 희망처럼 느껴졌다.

　이수는 화단 앞에 털썩 주저앉았다. 된통 당하는 중이다. 죽을 것 같았다. 이래서 죄를 짓고 살면 안 되나 보다.

　잘못한 사람이니까, 자신이 죄인이니까 최대한 내색하지 않으려 했지만 해성이 그를 밀쳐 내고 거부할 때마다 가슴이 파이고 할퀴어졌다.

　"무지하게 아프네…… 이거……."

요즘에 아주 자주, 그가 지켜보았던 어린 시절의 해성을 떠올리곤 했다. 그러면 조금 괜찮아졌다.

'엄마, 얼마 전에 할머니가 쓰러져서 병원에 실려 갔었어. 너무 무서웠어. 금방 일어나긴 하셨지만 할머니가 심장이 안 좋대. 어떡해……?'

우연히 말을 섞은 그날 이후 그는 희정의 지시대로 '지켜보는 자'로서의 역할을 다했다. 더 열심히 했다. 그 작은 계집애가 웃는 게 좋아서, 보고 싶어서.

'눈알이 아주 없어지겠네. 저러다 눈두덩이 다 헐겠어. 쯧.'

납골당 앞에 서서 눈물을 꾹꾹 참는 뒷모습이 애잔해 혀를 찼다.

사실 제 엄마는 신나게 돈 벌어서 매일 현금 세는 재미로 날을 지새우는데, 애틋한 저 계집애는 제 할머니가 쓰러졌던 이후로 눈물 바람이었다.

'할머니는 일찍 데려가지 마. 내가 더 열심히, 잘할 테니까 할머니 고생시킨다고 할머니 일찍 데려가지 마, 엄마.'

해성은 매주 금요일마다 납골당을 찾았다. 아르바이트를 쉬는 날이다. 매미가 울던 여름이 지나고, 입김이 뽀얗게 피어오르는 겨울이 올 때까지 내내 그랬다.

'으으, 춥다. 오늘 영하 10도래. 체감온도는 더 하대. 그래도 나 엄마 보러 왔어. 잘했지?'

유골함이 든 서리 낀 유리함을 소매로 쓱쓱 닦아 낸 해성이 빙글 웃었다.

저 빙구 같은 게.

그녀는 교복 위에 솜이 다 죽은 점퍼를 입고 있었다. 추워서 손끝도 빨갛게 얼었다. 동상이라도 안 걸리면 다행이었다.

그는 자신의 두툼한 패딩을 내려다보았다. 더울 지경이었다.

보통 납골당에 오면 기본 1시간은 주절주절 떠들던 해성이 갑자기 중간에 벌떡 일어났다. 책가방은 자리에 남아 있었다. 화장실이라도 가는 모양이었다.

이수는 얼른 1층에 있는 편의점으로 가서 따뜻한 음료를 샀다. 하지만 돌아온 자리에 이미 해성의 가방은 없었다. 그사이에 가 버린 모양이었다.

……이걸 왜 샀냐. 바보냐?

그리고 그다음 주 금요일엔 그가 앞서 납골당에 도착했다. 그는 늘 해성의 뒤를 걸어야 했지만 그날만큼은 달랐다.

납골당에 먼저 가서 지난주에 전해 주지 못했던 따뜻한 음료를 놓았다.

혹시 출처를 의심할까 봐 네임펜으로 급하게 '주해성에게'라고 병에 휘갈겨 썼다.

'……놓는다고 수상해서 먹겠냐. 나 같으면 안 먹어. 왜 자꾸 찔찔하게 구냐, 현이수.'

숨어서 해성을 지켜보며 중얼거렸다. 납골당에 도착한 해성은 앞에 놓인 따뜻한 음료를 들었고 주위를 두리번거렸다. 이어 자리에 앉더니, 그 솜이 다 죽은 얇은 점퍼를 입고 늘 그랬듯 한참을 떠들다가 돌아갔다.

[누군지 모르겠지만 감사히 먹었습니다.]

깔끔하게 비워진 음료 밑에 깔린 종이가 눈에 들어왔다. 꾹꾹 눌러쓴 검은 글씨가 무척이나 좋아 보고, 또 보게 되었다.

"그러고 보니 주해성이 내 인생 첫 펜팔 친구였네. 마니토였고. 첫사랑이고."

그다음 주에도 그는 납골당 앞에 바나나 우유를 놓았고, 의아해하면서도 해성은 바나나 우유를 마셨다.

[덕분에 오늘은 조금만 우울했습니다. 그런데 누구세요?]

[네 엄마 친구.]

그의 존재를 아예 모르는 건 또 괜히 심술이 나 답장했다. 그리고 자신감이 생겨서 그다음 주에는 작은 장갑을 가져다 놓았다.

[이건 좀 부담스럽지만 그냥 두면 누가 가져갈 수도 있으니 제가 잘

쓸게요. 키다리 아줌마 같아요.]

엄마 친구라고 하니 여자라고 생각하는 모양이었다. 그가 그 누구에게도 공유하지 않았던 해성과의 기억이었다.

그는 내키는 대로 해성에게 뭔가를 주었고, 해성은 부담스러워하면서도 망설이다 결국 가져가곤 했다. 종내에는 그 마음에 들지 않았던 솜이 죽은 점퍼 대신 입으라고 두툼한 겨울 패딩까지 주기에 이르렀다.

'여기 계세요? 안 계세요? 아, 진짜…… 이걸 어떡해.'

해성은 무척이나 난감해했다. 그 얼굴이 또 처음 보는 것이라 꽤 즐거운 기분이었던 것 같다.

"그러고 보면…… 누군가에게 그렇게 아낌없이 줬던 것도 주해성, 네가 처음이었는데. 그 이후에도, 그 이전에도 너밖에 없었는데. 그것도 몰라주고……."

이수는 화단에 있는 잔디를 애꿎게 뜯어내며 씁쓸하게 중얼거렸다.

하지만 그 펜팔 친구도 오래 가진 못했다. 희정이 해성을 쫓아다니는 걸 그만두게 했다. 자신이 집착을 끝내야 해성이가 정말 행복할 거라는 이유 같지도 않은 이유 때문이었다.

시간을 내서 몇 달 뒤, 금요일에 갔을 때 해성은 더 이상 그곳에 오지 않았다.

'혹시…… 고인이랑 관계가 어떻게 되세요?'

납골당 앞에 서 있자 한 직원이 그에게 다가와 말을 걸었다.

'고인의 따님이 부탁한 게 있어서요. 자기 말고 이 납골당을 찾아오는 사람에게 전해 주라고. 아마 아줌마일 거라면서요.'
'그게 뭡니까?'
'본인…… 맞으세요? 마지막에 그 애가 그 아줌마한테 뭔가를 받았다던데.'
'패딩이요. 한겨울 방한용 패딩.'

그의 무뚝뚝한 대답에 직원이 고개를 갸웃거리면서 뭔가를 내밀었다. 뽑기로 뽑았을 게 분명한, 익살스러운 캐릭터 열쇠고리와 쪽지였다.

'저기요, 혹시 그 애가 나중에 오면, 원래 알고 있던 대로 아줌마였다고 해 주세요.'
'네?'
'정황상 그게 나을 거 같은데. 엄마를 부지런히 찾아오는 사람이 젊은 남자라면 상처가 되지 않겠어요? 관계가 묘하잖아.'
'아, 네…….'

수긍한 모양이었다. 묘한 뉘앙스를 풍겼으니 그의 정체가 들통날 가능성은 적었다. 들통나면 들통나는 대로 재미있을 것 같았고 말이다.

아무튼 그 열쇠고리는 지금까지도 그가 갖고 있었다. 그걸 주해성은 기억할는지.

이수는 늘 마스코트처럼 가지고 다녔던 열쇠고리를 떠올렸다. 해성에게 작업하면서 혹시나 들킬까 빼 두었다.

"이래서는…… 애초에 들키는 게 나았을지도 모르겠네."

화단에서 일어난 이수는 아까 해성이 앉아 있던 벤치를 바라보았다. 그녀는 더 이상 그에게 웃어 주지 않았다. 영영 그럴지도 몰랐다.

눈자위가 시큰거리다 뜨거워졌다. 점점 더 지질해지고 못나졌고 슬퍼졌다.

🛵

명한이 고지했던 수요일은 금방 다가왔다.

사무소에 말해 휴무를 얻은 해성은 이전에도 한 번 갔었던 명한의 사무실로 향했다.

을씨년스럽고 사람 그림자가 없었던 골목은 같은 곳인가 싶게 사람이 붐볐다. 죄다 검은 양복을 입은 체격 좋은 깡패들뿐이었지만.

"시간 딱딱 맞춰 오네? 믿음이 가네?"

바이크에서 내린 그녀를 본 명한이 입매를 휘고는 삐뚜름하게 웃었다.

"심부름할 물건이라는 게."

"트럭 운전 할 줄 알지? 저거. 화물차."

그녀가 운전할 수 없는 건 중장비 정도다. 하지만 고개를 대뜸 끄덕이고 싶지 않은 건 저 화물차 안으로 옮겨지는 대량의 나무 상자들 때문이었다.

"저기 실리는 것들은 뭔데요?"

"그게 왜 궁금해? 심부름센터 직원이 심부름만 하면 되지."

명한의 말이 맞긴 했다. 하지만 찜찜했다. 일전에 희정에 대해 물어보러 왔을 때, 명한과 이야기를 나누던 안경 쓴 남자도 보였다.

"불법적인 거예요?"

"알면 다칠 텐데?"

"다칠 일이면 안 해요."

"어어, 그러면 안 되는데?"

그녀가 돌아서자 명한이 바로 앞을 가로막았다.

순식간에 자리에 있는 남자들의 이목이 집중되었다. 들고 나르던 박스를 내려놓고 몸을 풀며 그녀와 명한을 살벌하게 지켜보았다.

해성은 눈을 굴려 머릿수를 셌다. 보이는 사람만 열세 명이었다. 도망갔다간 뼈도 못 추릴 것 같았다.

"이거 외에 다른 거 바라는 건 없어. 그냥 잘 옮겨다 주기만 하면 돼. 장소는 내비에 찍어 놨고."

"……다른 날, 다른 심부름으로 해요. 이건 안 해요."

"아, 진짜 피곤하게 자꾸 왜 이럴까?"

명한의 언성이 거칠어졌다. 해성은 저도 모르게 뒤로 한 걸음 물러섰다.

미끼입니다

✦

"하라면 해야지. 주해성 씨. 입맛대로 일을 골라 하는 심부름센터 직원이 어디 있어? 그렇게 일하라고 배웠어?"

해성은 아랫입술을 질끈 깨물었다. 명한이 손을 까닥이자 남자들이 다시 물건을 옮기기 시작했다.

"거의 마무리됐거든? 혹시나 해서 말인데 하기 싫다고 차를 버리고 도망가거나 경찰에 신고를 한다거나 하면…… 내가 지구 끝까지라도 너 쫓아갈 거다. 무슨 말인지 알아들었지?"

누런 이를 드러내며 웃은 명한의 말대로 채 10분이 지나지 않아 작업은 마무리되었다. 화물차는 모두 네 대였고 그녀가 운전해야 할 화물차는 두 번째 차였다.

"좋아요. 할게요. 약속은 약속이니까 내가 경찰에 신고한다거나 하는 일은 없을 거예요."

"역시 말귀를 잘 알아듣네? 누가 주희정 딸 아니랄까 봐."

해성은 거슬리는 이름에 명한을 차갑게 쏘아 보았다.

"난 나예요. 그런 말 갖다 붙이지 말아요."

"성깔 봐. 이따위로 구는데 어떻게 안 같아?"

기분 나쁘게 느물거리는 태도가 불쾌했지만 해성은 더 항의하는 대신 말을 돌렸다. 화물차 문이 하나, 둘 닫히고 있었다.

"하긴 할 건데, 내가 운반하는 게 뭔지는 알아야겠어요."

"그렇게 궁금하면 봐야지. 그런데 보는 순간 그쪽도 공범인 건 알아둬. 그래도 볼 거야?"

해성은 목구멍으로 침을 꼴깍 삼켰다. 팔자가 정말 더럽게 꼬였다는 생각이 들었지만 그렇다고 해서 도망가고 싶지는 않았다.

"볼 거예요."

명한이 어깨를 으쓱이곤 막 닫히려는 화물차 문을 열었다. 가장 가까이 있는 상자를 끌어와 꼼꼼하게 밀봉된 상자를 열었다.

"중국에서 들여오느라 고생 좀 했어. 조심히 운반해야 돼. 왜냐면 이게 하나에 얼만지 알아? 네 몸을 갖다 팔아도 안 되는 금액이야. 그런 게 이렇게 산더미네?"

나무 박스 안, 가득 들어찬 완충재 사이에 놓인 것은 빛이 바랜 오래된 골동품이었다.

"그럼 출발해 보자고. 8시가 시작이니까 지금부터 가서 준비해야 돼. 어물거릴 시간 없어."

명한이 그녀의 손에 화물차 키와 휴대폰 하나를 쥐여 주었

다. 그리고 그녀의 휴대폰은 혹시 모르니 맡아 두겠다며 가져
갔다.

이수는 해성의 집 앞을 서성였다. 서울 중학교 앞에서 본 이
후, 해성의 머리카락 하나도 볼 수가 없었다.

상사병이 이런 건가 싶었다. 눈에 진물이 다 나려 했다. 혹은
가시가 돋거나.

"남의 집 앞에서 뭐 하시는 거예요?"

이수는 고개를 돌렸다. 퇴근길인지, 윤희가 그를 벌레 보는
얼굴로 보고 있었다.

"안녕하세요. 우리 해성이는 일하러 갔어요?"

"알 바 없지 않으세요?"

"알 바 있죠. 해성이가 나한테 얼마나 중요한 사람인데."

"허, 아직도 분위기 파악을 못 하시네. 그렇게 눈치가 없는
분은 아니지 않으셨어요?"

가슴 앞으로 팔짱을 낀 채 비아냥거린 윤희는 짙은 한숨을
쉬었다.

"제가 현이수 씨를 아직까지 신고하지 않은 이유는 딱 하나
예요. 아직 해성이가 마음 정리가 안 된 것 같으니까요. 해성이
만 마음 정리되면 바로 경찰에 신고해 버릴 거예요. 알겠어요?
그러니까 잡혀가기 싫으면 빨리 집 빼서 어딘가로 사라지시라

고요!"

고작 이깟 으름장에 꽁지 뺄 만큼 멍청하진 않았다. 이수는 냉정하게 물었다.

"무슨 죄로요?"

"뭐요?"

"무슨 죄로 신고할 거냐고요. 그래서 내가 해성이 돈을 갈취했습니까, 상해를 입혔습니까? 그리고 집을 빼든 말든, 최 선생이 상관할 바는 아니지 않아요? 내 돈 주고 산 내 집인데."

"이보세요! 현이수 씨! 사람이 참 뻔뻔하시네요! 자기가 한 짓 몰라요? 이제 보니 생각했던 것보다 더 사람이 나빴네!"

윤희를 한편으로 만들어도 모자랄 상황이었다. 이렇게 싸우면 자신만 손해였다. 하지만 알고 있으면서도 불구하고 말이 곱게 나가지를 않았다.

해성에게 잘못한 것이지, 최윤희에게 잘못한 건 없다. 그에 대한 비난을 묵묵히 들어 줄 이유도, 여유도 그에겐 없었다.

"이렇게 주위 빙빙 돌 정도로 해성이를 사랑하는 거라면, 그 마음이 진심이라면 해성이 행복을 위해서라도 그쪽이 포기해야 하는 거 아니에요? 앞에서 사라져 줘야 하는 거 아니냐고요!"

사랑해서 떠난다는 말은 다 허울 좋은 개소리다. 적어도 그가 생각하기엔 그랬다. 어떻게든 문제를 해결하고 같이 있을 생각을 해야지.

"해성이 놓을 생각 추호도 없습니다. 어디까지 들었는지는 모르지만 난 내 남은 인생 해성이한테 걸었어요. 최 선생이 계속 해성이 친구로 남을 거라면 날 받아들여야 할 겁니다."

"그쪽이 뭔데 날 친구로 남기니 마니 해요?"

"그건 알아서 판단하고요. 앞으로를 생각해서라도 이렇게 날을 세우는 게 아니라 상부상조하는 게 좋지 않을까요?"

이수는 윤희를 뒤로하고 엘리베이터 버튼을 눌렀다. 15층에 멈춰 있던 엘리베이터 문이 열렸고 그는 올라탔다.

"……후우. 인생뿐이냐. 목숨도 건 마당에."

희정이 아직 건재하다. 아직 검거되었다는 소식이 없었다. 그 바닥에서 구를 대로 구른 사람이다. 당연히 쉽게 잡히진 않을 거다.

로비에서 내린 이수는 밖으로 나가려다 자리에 멈춰 섰다. 며칠째 전화도 안 되고 찾아가도 집에 없던 정모로부터의 연락이 왔다.

"형, 무슨 일 있어? 왜 이렇게 연락이 안 돼."

― 이수야, 나 명한이다.

굵고 거친 목소리에 이수는 눈썹을 치켜올렸다.

"왜 이 전화로 형이 나한테 전화를 해?"

나쁜 예감이 들었다. 이수는 미간을 찡그리며 휴대폰을 고쳐 잡았다.

― 이유는 와 보면 알겠지. 주소 하나 찍어 줄 테니까 여기로 와. 정모도 여기 있고, 주해성도 여기 있어.

"뭐?"

자신이 잘못 들은 건가 싶었다. 정모야 있으면 있는구나 하겠지만 거기 해성의 이름이 나왔다. 그들에게 연결고리 따위는 없다. 자신이 모르는 사이 무슨 일이 벌어졌던 걸까.

"……지금 뭐 하자는 거야?"

— 어라? 설마 안 믿는 거야?

"내가 형을 몰라? 장난칠 기분 아니야."

— 그래? 그렇다면.

전화가 뚝 끊겼다. 그리고 바로 다음 순간 해성의 번호로 전화가 걸려 왔다. 뒤통수가 선득해졌다. 이수는 전화를 받았다.

— ……이것 봐. 나잖아. 왜 사람을 안 믿지? 아무튼 쇼가 곧 시작되니까 빨리 와라?

"왜 해성이 전화를 네가 갖고 있어!"

— 다 갖고 있을 만하니까 갖고 있지. 해성이랑 나랑 되게 친해. 몰랐지?

"야! 이명한!"

— 소리 지를 시간에 오기나 해. 시간이 없으니까.

전화는 무례하게 끊겼다. 이수는 바로 돌아서 주차장으로 뛰었다. 머릿속이 하얘졌다.

🛵

해성은 의문스러운 얼굴로 차를 세웠다. 명한의 말대로 내비게이션을 따라 두 시간이 넘게 운전을 해 왔다.

"……대놓고 수상한 데서 수상한 일 한다고 광고를 하네."

도착한 곳은 다 쓰러져 가는 폐건물 하나만 덩그러니 놓여 있는 공터였다. 폐건물은 면적이 굉장히 넓은 2층 건물이었다. 벽의 타일은 다 뜯겨 있었고 간판도 없어 용도를 짐작할 수 없었다.

그저 규모와 위치를 봐서는 물건을 적재하던 창고로 쓰이지 않았을까, 하는 추측만 있었다.

잠시 운전석에 앉아 건물을 살피던 해성은 이내 차에서 내렸다. 그녀와 함께 출발했던 화물차들도 이미 도착해 있거나 도착하고 있었다.

"고생했어. 중간에 한 번도 안 쉬었더라? 힘들지 않았어?"

편하게 승용차를 타고 이동한 명한이 곧장 그녀에게 다가와 생각해 주는 척했다.

"내 몸값보다 비싼 것들이라면서요. 무서워서 차 비우겠어요?"

"아주 바람직한 태도야. 왜 심부름센터 직원으로 대성했는지 알겠네."

명한은 기분이 좋은 듯 웃었다.

이미 도착한 차들은 화물칸을 열어 예의 그 상자들을 안으로 속속들이 옮기고 있었다.

"이 대표! 와서 이것 좀 확인해 봐. 그러게 미리미리 할 것이지, 당일에 이러면 정신없다고 했잖아!"

종이 뭉치를 들고 있는 중년의 왜소한 남자가 신경질을 냈고 명한은 남자가 가리킨 방향을 향해 가 버렸다.

"너는 뭐 하는 거야? 물건 빨리 옮겨!"

남자의 시선이 그녀에게 쏠렸다.

"네? 저는 여기까지 운반만."

"그래! 운반! 이것들 다 안으로 옮기는 게 운반 아니야! 가뜩이나 손도 부족한데! 빨리!"

남자가 갖고 있던 종이 뭉치로 그녀의 팔을 가볍게 치며 눈을 부라렸다.

"난 운전만 하기로 한 거예요. 이걸 내가 할 이유는 없어요."

해성은 돌아서려고 했다. 다시 서울까지 돌아가는 길이 요원했지만 어서 이곳을 벗어나고 싶었다.

"어어? 아니, 아니, 옮겨야지."

다시 돌아온 명한이 그녀의 팔을 잡았다.

"이건 얘기가 다르잖아요!"

"그래. 살다 보면 얘기가 달라질 수 있지. 매사 계획한 대로 되면 실패한 인생이 아닌 사람이 없지. 아직 새파랗게 어려서 그런 삶의 도리는 잘 모르려나?"

그녀의 팔을 옥죈 명한의 힘이 거세졌다.

"이거 놔요!"

"자꾸 여러 번 말하게 하네. 이왕 여기까지 온 거 도와주면 좋잖아. 옮기라니까? 보수는 줄게."

그녀를 거칠게 당긴 명한이 입구를 환하게 벌린 화물칸 앞에 세웠다.

"옮기는 것만 도와줘. 그다음엔 좀 더 편한 걸로 시켜 줄게."

"편한 거요?"

"응. 인질이랄까."

"무슨 소리예요?"

"일단 옮겨. 그다음에 차차 하자고."

무슨 해괴한 소리인지 모르겠다. 해성은 이를 사리물었다. 애초에 오는 게 아니었다. 수상한 분위기를 감지했을 때 뼈가 작살이 나든 어쨌든 도망쳐야 했다.

"자. 저 안으로."

명한이 상자 중 부피가 작은 것을 하나 들어 그녀의 팔에 얹었다.

이수는 명한이 찍어 준 주소로 향하면서 계속해서 해성과 정모에게 전화했다. 하지만 둘 다 받지 않았다.

"젠장……! 뭐야, 엄마 짓인가? 아니, 엄마면 해성이를 말려들게 할 리 없어. 그러면 이명한이 대체 왜? 무슨 억하심정에?"

농담으로라도 친하다고 할 수 없는 사이이긴 했지만 이런 짓을 할 정도로 엉망인 사이도 아니었다. 무엇보다 그들은 필요에 의해 공존하는 사이기도 했다. 이렇게 나와 봤자 나중이 아쉬워지는 건 명한이었다.

"대체 무슨 생각인 거야! 제기랄!"

초조함에 신경이 타들어 갔다. 그때 전화가 울렸다. 최윤희였다.

아까 명한의 전화를 받은 직후, 윤희에게 해성이한테 무슨 일이 생긴 거 같으니, 혹시 연락이 오면 바로 알려 달라고 부탁했다.

영문을 몰라 당황하는 윤희를 두고 그는 바로 차를 몰아 나와 목적지까지 가는 중이었다.

— 해성이가 연락이 안 돼요! 대체 무슨 일이에요? 사무소에 전화했더니 오늘 쉰다고 하고!

"나도 아는 대로 바로 연락할게요. 아직은 아무것도 얘기해 줄 수가 없어요."

— 사람 똥줄 타요! 대강이라도 얘기해요!"

"나도 똥줄 탑니다. 걱정 마요. 반드시 멀쩡하게 그 집에 데려다 놓을 테니까."

이수는 전화를 끊었다. 제발 아무 일도 없기를 바랐다. 그냥 명한의 질 나쁜 장난질이기를 바랐다. 그런 거라면 그냥 웃고 넘어갈 의지도 충분히 차고 넘쳤다.

🛵

해성은 묵직한 박스를 들고 다른 남자들을 따라 건물 입구로 향했다.

하지만 안쪽에 발을 딛자마자 저도 모르게 주춤했다. 한낮임에도 불구하고 불이 듬성듬성 켜진 복도는 겉에서 보는 것만큼이나 더럽고 지저분해 보였다.

"거, 빨리 좀 가자고."

그녀의 뒤에서 상자를 옮기던 남자가 짜증스럽게 말했다. 해성은 어쩔 수 없이 걸음을 옮겼다. 그들은 모두 한 방향으로 움직이고 있었다.

길게 뻗은 복도를 지나 안쪽으로 쭉 들어가자 커다란 공간이 나왔다.

"이쪽에 놔. 그냥 아무렇게나 쌓으면 안 된다고!"

아까 밖에서 박스 옮기는 일을 진두지휘하던 중년 남자가 목소리를 높였다.

어둡고 음침한 낡은 공간에는 작은 무대와 단상이 설치되어 있고 그 앞으로 철제 의자 십 수 개가 놓여 있었다.

"빨리 빨리 움직여!"

해성은 다시 돌아 나오며 주변을 살폈다. 물건을 옮겨야 하는 길만 따라서 개방해 놓고 나머지 구역은 험상궂은 남자들이 지키고 서 있었다.

"손님들은 몇 시부터 입장하지?"

"7시 반. 그때까지 정리하려면 시간이 촉박할 것 같은데."

"어디서 굴러먹다가 온지도 모르는 골동품이 작게는 몇 백에서 많게는 억 가까이 호가한다는 게 말이 된다고 생각해? 대체 저걸 왜 돈 주고 사는지 모르겠어."

"네가 보기엔 그냥 쓰레기지?"

해성은 자신의 앞에서 걸어가며 잡담하는 남자들의 말을 듣고 얼굴을 더욱 굳혔다.

이런 일에 얽히면 인생만 종 치는 거다. 오면 안 될 곳에 오고 만 것 같았다. 이곳에서는 경매가 진행되는 것 같았다. 그것도 불법 경매가.

"이번엔 이거!"

명한이 그녀에게 또 다른 박스를 팔에 안겼다. 기회를 봐서 도망가야겠다는 생각으로 손안에 땀이 고였다.

"여 봐, 그쪽이 아니지."

박스를 옮겨 놓고 나오며 슬쩍 발을 돌리려는데 주변을 감시하던 남자 중 하나가 굵게 말했다.

"화, 화장실이……!"

"나가서 형님한테 물어봐. 그 전엔 갈 수 없어."

해성은 아랫입술을 질끈 깨물고 밖으로 나왔다. 명한이 눈이 마주치자 히쭉 웃으며 손을 흔들었다. 그때, 화물차 네 대와 승용차 세 대가 황량하게 서 있는 공터로 차 한 대가 미끄러지듯이 들어왔다.

해성은 눈을 부릅떴다. 낯익은 차였고, 그 차에 달린 번호판 역시 익숙했기 때문이었다.

"현이수……?"

차 문이 열렸다. 운전석에서 이수가 내렸다. 그가 이들과 친분이 있는 건 알고 있다.

하지만 어째서 이곳에, 불법적인 일이 대대적으로 벌어지고 있는 이곳에 온 걸까.

"해성아!"

차에서 내려 그녀를 발견한 이수가 바로 다가오려 했다. 하지만 건장한 남자들에 의해 진로가 막히고 말았다.

"좋은 말로 할 때 비켜!"

"야, 눈빛으로 사람도 죽이겠다. 흥분하지 말고 진정해."

어째서인지 즐거운 기색의 명한이 이수에게 다가갔다.

"지금 이게 뭐 하자는 거야. 엄마가 시킨 거냐?"

"똑똑한 놈이 왜 그렇게 헛다리를 짚어. 자기 딸한테 피해 갈까 봐 죽은 척하고 평생을 모른 척한 사람이 자기 딸을 이런 식으로 쓰라고 했을까."

"그럼 지금 이게 뭔데!"

"뭐긴. 고객으로서 심부름센터 직원에게 의뢰를 했고, 직원인 주해성 씨가 열심히 일해 주고 있는 현장이지."

이죽거리는 명한에 이수가 다시 한 발을 앞으로 내딛었다. 이번엔 아무도 그를 제지하지 않았다.

"말장난하지 말고! 왜 이런 짓을 해? 양아치냐?"

"몰랐어? 나 양아치잖아."

"나한테 볼일 있으면 늘 그랬던 것처럼 딜을 제시하면 되잖아. 왜 엄한 여자는 데리고 와서 이런 애매한 상황을 만드는데?"

살벌하다고밖에 할 수 없는 얼굴로 이수가 이죽거렸다. 하지만 고작 그런 말에 꿈쩍할 거였으면 명한은 상황을 이렇게까지 유도하지도 않았을 거다.

"상관없기는. 여기 주해성 씨가 이번 일의 핵심인데. 주희정 딸인데 상관이 없을 리가 없잖아."

이수의 얼굴이 굳었다.

"그러니까 말을 하라고. 이러는 이유가 뭔지!"

명한은 입꼬리를 늘여 재수 없게 웃고는 해성의 양어깨를 친근하게 짚은 채 그를 보았다.

"나야 시키는 대로 할 뿐이지. 너도 알잖아. 나 돈 되면 뭐든 하는 거. 너한테 사감은 없어. 그냥 이래야 나한테 떨어지는 게 많아서."

"떨어지는 거라니?"

"에이, 말해 주면 재미없지. 일단 본론부터 하자. 오늘 네 도움이 좀 필요해. 네가 다른 건 몰라도 물에 빠져 죽으면 입 하나만 둥둥 뜰 놈이잖아. 그 입 좀 빌리자. 의사도 때려치웠다며. 심심할 거 아냐."

"원하는 게 뭐야."

"별거 아니야. 네가 옛날에도 많이 했던 거. 경매 사회 좀 보자. 값 올리는 데 천부적이었잖아? 아무리 찾아도 너만 한 놈이 없더라고."

명한이 입에 담배를 물며 턱을 치켜들었다.

"야, 생각을 좀 해 봐라. 군내 풀풀 나는 골동품 사러 왔는데 사회를 모델 저리 가라 할 만큼 멀끔한 놈이 봐. 일단 기분이 좋아지잖아. 오늘 오는 손님들 중에는 내로라하는 사모님들이 많아서 네 얼굴도 좀 먹혀 줄 거 같고 겸사겸사."

"안 하겠다고 하면?"

"에이, 그럼 큰일 나지."

해성이 몸을 움츠렸다. 명한이 그녀의 어깨를 으스러지도록 세게 쥐어 비틀었기 때문이다. 명한이 했던 인질이란 말이 이제야 이해가 되었다. 화가 치밀었다. 자신의 존재가 이따위 용도로 쓰일 걸 알았다면 절대로 오지 않았을 거였다.

"그리고 이 이후의 일들도 필히 걱정해라. 네 인생 망치려고 작정한 인간이 심혈을 기울여 준비한 부대니까."

"무슨 소리야?"

"어쨌든 오늘은 하라는 대로 하자, 이수야. 이건 내 사업에도 굉장히 큰 건이거든. 미래가 달려 있단 말이야."

명한은 일부러 해성의 몸을 앞뒤로 거칠게 흔들었다.

해성은 힘을 줘 버텼다. 반동으로 어깨를 잡고 있는 명한의 손에 힘이 일순간 풀리자, 몸을 강하게 뒤틀었다. 하지만 놓여났다는 생각이 든 건 아주 잠시였다.

다시 팔뚝이 명한의 손아귀에 잡혔고 그대로 밀쳐져 옆으로 쓰러졌다. 주차되어 있던 화물차에 몸이 강하게 부딪쳤다. 충격에 중심을 잡을 수가 없었다.

"해성아!"

겨우 머리를 들고 앞을 보자 이수를 잡고 있는 장정들이 보였다. 지금만큼 무서운 얼굴을 한 이수를 본 적이 없었다.

"시간 끌어 봤자 뭐 나은 거 있냐. 그냥 후딱후딱 끝내자. 어?"

해성은 겨우 중심을 잡고 자리에서 일어났다. 등이며 어깨가 욱신거렸다.

"할 거야, 말 거야. 빨리 정해."

명한이 다그쳤다. 그사이 이수가 그녀에게 다가왔다. 시원하게 뻗은 눈썹이 아래로 슬프게 처졌다. 눈자위가 붉게 충혈되어 있었다.

이수는 그녀의 얼굴로 손을 뻗으려다 다시 거두었다. 대신 고개를 그녀의 옆으로 내리곤 귓가에 작게 속삭였다.

"미안해."

온 마음을 꾹꾹 실어 담은 말 한마디가 아프게 울렸다. 볼에 닿은 손끝이 희미하게 떨렸다.

"정말 미안해. 그 말밖에 할 게 없다. 미안해, 해성아. 내가 싸움을 잘했으면 다 해치워 버리고 멋있게 너 데려가는 건데 말이야."

"그걸 말이라고……!"

"미안해. 너무. 내가 이것밖에 안 돼서."

귓가에서 고개를 든 이수가 미안한 듯 웃어 보였다. 그러곤 명한에게로 몸을 돌렸다.

"네가 아무리 그쪽으로 타고난 꾼이라도 리허설은 해 봐야지?"

명한이 이수의 어깨에 팔을 둘렀다. 해성은 이를 악문 채 멀어지는 이수의 뒷모습을 분하게 쳐다보았다.

"그 말을 왜 들어! 그냥 가 버리지! 내가 어떻게 되든 말든 알 게 뭐냐고……!"

남한테 폐 끼치지 않고 사는 게 그녀의 인생 모토였다. 하지만 지금은 자신 때문에 이수의 목줄이 단단히 꿰어 버렸다.

"일이 마무리될 동안 기다려 주셔야겠습니다."

그녀를 남자 둘이 에워쌌다. 아직 험난한 하루는 끝나지 않은 모양이었다.

명한의 설명은 간략했다. 이수는 앞에 산처럼 쌓인 골동품을
보고 실소를 흘렸다.

"이게 뭔지나 알고 파는 거냐?"

"알 것 같냐?"

"무식이 자랑이냐?"

"어쨌든 네 말발이면 며칠 전에 구운 사기그릇도 백제 시대
자기라고 속여서 팔 수 있잖아."

이수는 곁에 있던 상자 중 가장 부피가 작은 상자의 뚜껑을
열었다. 옆에 있는 상자도 연이어 열어 보았다. 다음, 또 그다
음 것까지. 이수는 입꼬리를 비튼 채 명한을 돌아보았다.

"고려 불상에 조선백자, 곡옥, 가야 귀고리……. 이 물건들
의 진위를 떠나서 꽤 괜찮은 브로커를 잡았나 봐?"

"중국이 노다지더라고."

아무리 괜찮은 브로커를 만났다고 해도 사람은 욕망의 동물
이다. 욕심이 생기면 판을 키우고 싶어지고, 판을 키우면 다른
사람을 끌어와야 한다. 그 과정에서 물건 보는 눈은 까막눈이나
다름없는 명한이 사기를 당하지 않을 거라는 보장은 없었다.

"애초에 발을 잘못 담근 거 아니야? 옛정을 봐서 말해 주는
거야."

"에이, 그런 걱정을 왜 해. 이게 뭔들 돈만 벌면 그만이지. 그리고 난 옛날부터 유통 담당이었잖아."

"차라리 사채놀이를 계속 하지 그러냐."

"그쪽은 뒤처리가 더러워서 슬슬 접을까 하고."

하기야, 이름만 사채지 사람 장사나 다름없었다. 명한이 그에게 물건 리스트가 적힌 종이 뭉치를 내밀었다.

"생각해 보니까 안 할래. 인제 와서 이런 일 해서 인생 망칠 일 있어?"

이수는 태연하게 말했다. 일단 해성이 도망갈 시간을 벌기 위해 따라 들어온 것뿐이다. 이것저것 묻는 사이, 어지간히 시간을 벌었으니 슬슬 괜찮지 않을까 싶었다. 하지만 명한은 피식 웃고는 옆에 있던 남자로부터 태블릿을 받아 그에게 보여 주었다.

"우리 해성이가 심심해 보이지? 일 잘 끝나면 너도 저 방에 같이 넣어 줄게."

앉아 있을 곳 하나 없는 삭막한 방 안을 서성이는 해성이 보였다. 출구를 찾으려는 듯 천장 가까이 달린 창문에도 매달려 보지만 사람이 빠져나갈 정도는 아니었다.

"그런데 왜 하필 나냐? 말발이 어쩌고 해도 이 바닥에 나보다 말발 죽이는 놈 없겠어?"

"왜 너일까?"

"정모 형 휴대폰으로 전화했잖아. 서정모는 어디 있어."

이수는 주변을 바삐 움직이는 인원을 둘러보았다. 정모도 이미 여기 어디엔가 있는 줄 알았다. 그를 꾀어낼 속셈이라면 해성도, 정모도 아주 적당한 미끼였기 때문이다. 어쨌든 해성이 잡혀 있는 이상 자신의 처지는 확실했다.

"……리스트 줘. 뭐가 있는지 알아야 팔아도 팔 거 아니야."

"네가 잘 모르겠는 건 저 아저씨한테 물어봐. 이것들, 중국에서 골라 들여온 장본인이니까."

명한은 남자들을 지시하며 물건을 옮기는 중년의 남자를 가리켰다.

"끝나면 해성이는 놔줘. 약속해."

"야, 인생 참 웃긴다. 일반인 코스프레 하니까 네가 진짜 보통 사람 같냐? 언제부터 '약속'을 믿었다고. 그래, 약속한다, 해. 믿는 건 네 자유지만."

놀리듯 말한 명한이 돌아섰다.

"건수라는 게 뭐야? 이수를 어떻게 먹일 건데?"

희정은 정모가 운전하는 차를 타고 이동 중이었다.

"결론부터 말하자면 경매를 하나 열었어요. 7년 전처럼."

희정은 7년 전, 그녀가 검거된 계기가 되었던 경매를 떠올렸다.

"너랑 명한이, 지금 무슨 일을 벌이는 거야? 병원 건으로 구멍 난 액수 메우려고 이래? 손해가 얼마가 나든 감수한다고 했던 건 너였잖아."

"맞아요. 돈 물어내라고 엄마가 필요하다는 건 아니에요. 이수, 어떻게든 해야 하잖아. 이렇게 아무런 결과도 없이 물러날 순 없지."

희정은 눈을 가늘게 떴다. 정모의 옆얼굴만 봐서는 무슨 생각을 하는 건지 전혀 알 수가 없었다.

"경매랑 이수가 무슨 상관인데?"

접점이 없었다. 정모는 차를 시외로 몰았다. 근 두 시간에 가까운 거리였다.

"상관이 없으면 있게 만들면 되죠. 이번엔 무대 위의 배우들이 몇 명 더 늘었어요. 〈로미오와 줄리엣〉의 다른 버전이랄까."

화물차와 승용차가 여러 대 서 있는 공터로 들어서며 정모가 히죽 웃었다.

"로미오는 현이수, 줄리엣은 주해성. 해성이도 여기 있어요. 아무리 생각해도 이수를 끌어낼 방법이 이것뿐이더라고."

"야! 서정모! 이 개자식아!"

정모가 차를 세웠고 희정은 다짜고짜 주먹을 휘둘렀다. 하지만 그 손목을 정모가 휘어잡았다.

"나는 엄마는 상관없다고 생각했어요. 그런데 명한이가 엄마가 필요하대. 그러니까 잘 협조해 줘요. 이수도 잘 협조할 거니까."

희정은 몸을 바르르 떨었다.

"야아……! 너 진짜 많이 변했다. 몰라볼 만큼. 사람이 이렇게 변해도 되니?"

"칭찬으로 들을게요. 정 안 내키시면 그냥 가셔도 되고. 엄마는 이 무대의 주연은 아니니까."

정모가 차에서 내렸다. 자리에 앉아 분을 삭이던 희정은 차 키를 빼서 차에서 내렸다. 해성이 여기 있다면 그냥 가 버릴 수는 없었다. 명한이 그 깡패 새끼는 믿을 놈이 못 됐다.

🛵

해성은 부산하게 움직이는 소리에 옆에 굴러다니던 철제 캐비닛 서랍을 밟고 올라가 창틀에 매달려 밖을 보았다.

"⋯⋯엄마⋯⋯?"

희정과 정모였다. 어디서부터 일이 꼬인 건지, 하나둘씩 이 자리에 모여드는 사람들의 관계가 무엇인지 그녀로서는 정확하게 알 수 없었다.

"서정모 씨는 왜 여기⋯⋯?"

창이 너무 높아서 버티는 것도 한계가 있어 손을 놓았다. 캐비닛 위에 쪼그려 앉은 해성은 머리를 굴렸다.

"아무리 생각을 한들 알겠냐. 겉핥기로 들은 것뿐인데. 일단 나가자. 어떻게든 나가야 돼."

창밖으로 보였던 희정의 얼굴은 사색이 되어 있었다. 여러 사람의 말로 유추해 보았을 때, 그녀는 이수에게나 희정에게나 꽤 유용한 인질인 것 같았다.

"아무튼 대체 여기는 뭐 하는 데야!"

사방이 막혀 있었다.

콘크리트로 에워싸인 칙칙한 공간은 방이라고 부르기도 애매했다. 뚫린 곳이라곤 매달려야 겨우 볼 수 있는 아주 작은 창과 입구뿐이었다.

캐비닛에서 내려와 다시 한번 문을 열려 했지만 잠겨 있었다. 명한이 준 대포 폰은 진즉에 정지되었다. 인터넷도 터지지 않았다.

"좋아. 차분하게 생각하자."

도무지 뾰족한 수가 떠오르지 않았다. 아프다고 죽겠다고 소리라도 지르면 문을 열어 주려나.

"아아아아아악! 사람 죽네! 아이고! 살려주세요! 아아아악! 거기 아무도 없어요! 나 죽어요!"

배 밑, 단전부터 소리를 뽑아 올려 고래고래 질러 댔다. 목이 쉬도록 한참을 그랬다. 그러나 오는 사람은 없었다. 문 바로 앞에 서서 바깥 동향을 살피던 해성은 한숨을 내쉬며 고개를 돌리다가 문득 눈썹을 치켜올렸다.

"저게……?"

공간 가장자리 천장 쪽에 그녀를 빤히 주시하고 있는 렌즈가 보였다.

해성은 캐비닛을 낑낑대며 끌어와 밟고 올라가 렌즈 앞으로 얼굴을 들이댔다.

"……변태 같은 놈들!"

그녀를 감시하는 카메라였다. 이렇게 다 보고 있으니 아무리

소리를 질러 댄들 오지 않지.

해성은 손으로 카메라를 잡아 마구 흔들었다. 좋은 제품은 아니었는지 손쉽게 망가져 버렸다.

"꺼내 줘! 이 나쁜 놈들아!"

소리를 버럭 지르며 카메라를 바닥 구석에 던져 버렸다.

"너무 씩씩하죠? 재미없어. 성깔 봐. 카메라를 부수냐. 기물 파손 청구해야겠네."

"저기는 이 건물에 있는 방이야?"

해성의 안위를 확인한 희정이 건조하게 물었고 명한은 태블릿을 옆에 있던 남자에게 건네며 한숨을 쉬었다.

"알려 주면 날름 데려가려고? 일 끝나면 보내 줄게. 그렇게 걱정하지 마요."

"이런 짓 안 해도, 이수 엿 먹이는 거면 난 해."

"그렇지. 엄마는 하지. 그런데 주해성이 없으면 이수가 안 하니까. 그래서 어쩔 수 없었어요. 엄마만 믿고 있다가 병원 건도 다 틀어졌잖아."

"양아치 새끼."

"칭찬 고마워요. 그래서 이 무대에서 엄마 역할은 뭐냐면, 값 올리는 바람잡이 해 주면 돼."

명한이 그녀 앞으로 상자 하나를 내밀고 안을 열어 보여 주었다. 가발이며 옷, 화장 도구가 들어 있었다.

"어디서 갈아입으면 돼."

"무대 뒤에 공간 하나 만들어 뒀어. 지금은 이수가 먼저 갈아입고 있고. 가서 회포나 푸셔."

희정은 상자를 들고 무대 뒤로 돌아갔다. 마침 슈트로 옷을 갈아입고 나오던 이수와 마주쳤다. 희정은 다짜고짜 손을 올려 이수의 볼을 때렸다. 손바닥에 화끈한 감각이 스쳤다.

"해성이, 잘 살고 있는 애 꾀어서 지금 저 꼴로 만든 값이야. 억울하니?"

이수는 손으로 홧홧한 볼을 문지르다 자조적으로 웃었다.

"해성이를 지킨다고 했던 게 겨우 이거니?"

"아니. 할 말 없네. 엄마나 나나 참 볼썽사납게 됐어. 이명한이 손에서 놀아나고."

"이명한? 아직도 상황 파악이 안 되니?"

희정은 실소를 흘렸다. 설마 아직도 이 모든 일의 화근이 정모인 것을 모르는가 싶었다.

"무슨 말이에요?"

"날 여기 데려온 게 정모야. 서정모."

"정모 형이 엄마를 데려왔어요? 이명한이 시켜서? 서정모는 또 무슨 약점을 잡힌 거야."

"……내가 말했었지. 사람 믿지 말고 돈을 믿으라고. 정모가 너한테 유감이 많더라."

7년 전의 그녀나 지금의 이수나 처한 입장이 기가 막히게 같았다. 믿었다가 배신당하는 그 가혹하고도 찬란한 순간 말이다.

희정은 이수를 뒤로하고 간이 탈의실로 들어갔다. 명한이 건넨 소품으로 분장을 마쳤다. 선글라스를 끼고 자리를 잡고 앉았다.

"게스트들 입장, 시작합니다!"

바깥쪽에 서 있던 남자들 중 하나가 목소리를 키웠다. 현장은 더욱 분주해졌다.

곧 '게스트들'이 들어서기 시작했다. 빈자리를 하나둘 채워 갔고 희정으로서는 낯익은 면면도 보였다.

이쪽 바닥에서 손이 크다고 소문난 갤러리 사장들, 모처의 사모님들, 인사동 골동품 관계자들.

"내가 바람 잡는 거 확실하게 해 줄 테니, 너희들도 분명하게 해. 일이 끝나면 해성이는 놔주는 거야."

무대 옆에서 경매품들을 체크하고 있는 이수를 힐끔 본 희정은 운을 뗐다.

"일이 끝나야 놔주지. 걱정 마요. 엄마나 그 애한테 사감은 없으니까."

"그럼 어디 있는지 말해. 내 할 일은 하고 그 애 데리고 갈 테니까."

"아, 거참! 물고 늘어지기는. 저 뒤로 돌아가면 복도 하나 있는데 그 끝 방에 있어. 됐수?"

"확실해?"

"아, 의심은! 누가 사기꾼 아니랄까 봐 자기가 못 믿을 짓 한다고 남도 못 믿나? 직접 볼래요?"

"거래는 확실해야지."

명한이 옆에 있던 부하에게 손짓했다. 희정은 그 남자를 따라 해성이 있는 곳으로 향했다. 문을 열어 주리라 생각했는데 대신 문을 탕탕, 두드렸다.

"거기 누구 있어요? 좋은 말로 할 때 이 문 열어요! 당장!"

안에서 해성의 목소리가 바락바락 들려왔다. 다행히 무사한 모양이었다. 방 앞은 덩치 좋은 어깨가 지키고 있었다. 이러니 그녀에게 쉽게 해성의 소재를 알려 준 모양이다. 그녀의 힘으로는 어쩔 수 없을 테니까.

"확인했어요?"

경매장으로 돌아가자, 명한이 물었다. 희정은 고개를 끄덕이곤 가슴 앞으로 팔짱을 꼈다.

"이수는 이제 어쩔 거야?"

"알잖아요. 정모가 재한테 볼일 있는 거."

"이걸로 이수를 어떻게 망치겠다는 건데?"

"현직 성형외과 의사가 중국에서 밀매해 온 장물을 경매한다는 게 참 재밌는 그림이지 않아요? 이 외에도 이수를 위한 많은 일을 준비해 뒀어요. 내가 하는 일이 참 많잖아. 밀매를 장물만 해 오겠어? 세상에 널린 게 밀매품들인데?"

희정은 미간을 찌푸렸다. 명한의 어감이 좋지 않았다.

"돈 되는 건 참 많잖아. 하다못해 사람 몸에도. 머리부터 발끝까지."

"이수는 사기꾼이야. 너 같은 양아치가 아니라."

"하지만 할 수밖에 없겠죠. 우리가 약점을 꽉 쥐고 있는 이상. 걔 인생 망치는 게 엄마 소원이기도 하잖아요? 이용할 수 있는 건 다 이용해야지. 왜 착한 척을 해요?"

"해성이는 이용하지 마. 그땐 내가 너 가만 안 둬."

"그러지 말고 들어 봐요. 이쪽에 굉장히 유명한 닥터가 하나 있거든? 돈만 주면 뭐든 째요. 불법 수술이 문제야? 이수도 그렇게 한번 키워 볼까 하고. 과가 어쩌고저쩌고해도 사람 째는 거야 다 똑같지. 훈련하면 돼. 쟤가 저래 봬도 사람 잘 꿰매더라고."

정모가 바라는 이수의 끝은 이런 거였을까. 같이 진창으로 빠지는 일.

희정은 이수에게 다가가는 정모의 뒷모습을 보았다.

"일단 오늘은 경매 끝나고 배달까지 깔끔하게 해야지. 이거, 나만 봉 잡았어. 미안해서 어떡해?"

"배달? 배달을 어디로 하는데?"

"일단 물건을 한군데로 모아서 뿌려야죠. 여기다 계속 둘 순 없잖아. 등잔 밑이 어둡다고 왜, 예전에 우리가 블랙머니 사기 칠 때 쓰던 창고 있죠? 거기가 어떨까 해."

입이 심심한 듯 주머니에서 담배를 꺼내며 명한이 대답했다.

이수는 주위를 살폈다. 명한은 희정과 함께 있었고 그 외에도 그를 감시하는 눈길은 많았다.

"여기서 뭐 하는 거야? 그때 이명한이랑 분명 아무것도 안 한다고 했잖아, 왜 형이 여기 있어?"

이수는 다가온 정모를 향해 목소리를 낮췄다. 왜 정모가 이곳에 있는지, 희정은 왜 데리고 온 건지 의문이 들었다.

"엄마를 데리고 온 게 형이라며. 엄마가 이상한 소리를 하던데. 아직도 사람을 믿냐고. 그건 또 무슨 소리야."

이상한 위화감이 들었다. 평소라면 그를 보고 호들갑을 떨어도 모자랐을 텐데 정모는 고요하기만 했다.

"무슨 소리기는. 그대로 받아들이면 되지."

이수는 눈썹을 찌푸렸다. 정모는 어딘가 다른 사람 같아 보였다. 12년을 넘게 알았는데도 한 번도 보지 못한 낯선 얼굴이었다.

"그대로 받아들이라니?"

"이거, 어디서 많이 본 장면 아니냐?"

정모가 주변을 둘러보았다.

"알고는 있었지만 내가 진짜 창의력이 없더라고. 그래서 사기에선 대성을 못 했나 봐. 사기엔 창의력이 중요하다며. 그래서 하다 보니까 그때 그걸, 그대로 옮겨 오게 됐네."

"그때 그거라니?"

"마침 명한이가 이 경매 안 잡았으면 암담했을 거야. 다 망하는 거니까."

"지금 무슨 소리를 하는 거야, 형?"

"7년 전 그때 그거 말이야. 엄마가 검거됐던 날."

이수는 아연한 얼굴로 정모를 내려다보았다.

"너는 너 빼고 세상에 있는 게 다 모자라 보이지? 정현이도 그랬지? 그래서 그렇게 길거리로 내몰아서 죽게 만든 거지?"

이수는 눈을 크게 떴다. 방금 정모가 뭐라고 한 건지, 자신의 귀를 의심했다.

"네가 죽인 거야."

그를 보는 정모의 눈이 차디찼다. 핏발 선 붉은 눈동자가 그를 적대하고 있었다.

"무슨 소릴 하는 거야?"

"모르는 척하려고? 이야, 넌 진짜 타고난 사기꾼이다. 아니, 배우를 했어야지. 그 정도 연기면 말이야."

말을 잇는 동안 정모의 관자놀이에 시퍼런 힘줄이 돋았다. 가까스로 감정을 참아 내고 있었다.

"형, 그 말이 무슨 뜻이야……?"

이수는 정모의 말을 다시 한번 상기했다.

그가 미처 깨닫지 못한 사이에 어떤 일이 벌어지고 있었다. 붉게 충혈된 정모의 눈은 감정에 치우쳐 격정적이었다.

'길거리로 내몰아서 죽게 만든 거지?'

문득 어떤 생각이 머릿속에 스쳐 갔다. 정모가 알고 있을지도 모른다.

"내가…… 정현이를 잃고, 이 1년을……! 사실을 알고 널 어떻게 봐 왔는지, 상상이나 되냐……?"

정모의 원망스러운 눈길이 비수처럼 꽂혔다. 손이 차게 식었다. 한기가 그의 등을 싸늘하게 훑고 지나갔다. 내내 저 가슴 깊이 밀어 두었던 정현의 죽음에 대한 죄책감이 고개를 치켜들었다.

"널 보고, 웃고, 떠들고, 속없는 짓이나 해 대고, 그거 하나도 쉽지 않았다."

이제라도 사과를 해야 하는데, 그날의 일을 말해야 하는데 입이 떨어지지를 않았다.

가족이나 마찬가지라고 생각했던 정모를 잃고 싶지 않아 부린 이기심이 그의 목을 죄었다.

"내가 가장 사랑하는 동생을 죽음으로 내몬 게 너였다는 걸 알았을 때 말이다. 나는 지옥 같았거든?"

그의 멱을 움켜쥐고 당겨 내린 정모가 한 음절, 한 음절 짓씹어 말했다.

"이젠 너도 봐야지. 그 지옥!"

정모가 그를 밀쳤고 이수는 그대로 뒤로 떠밀려 넘어졌다. 정모가 돌아서서 멀어졌다.

시야가 아득해졌다.

지난날 잘못했던 일들이 모두 날카로운 화살이 되어 돌아오고 있었다.

"그래도…… 그러면 나만, 내가 감당하면 되잖아!"

해성은 잘못이 없었다. 이수는 고개를 숙였다. 입술이 파랗게 질렸다.

당장 무릎을 꿇고 빌어도 모자라리라. 하지만 그 전에, 해성부터 안전하게 보내야 했다.

이성을 다잡았다. 그는 해야 할 일이 있었다.

🛵

이수는 자리를 잡고 꼿꼿하게 앉아 있는 희정의 근처로 가, 손에 들고 있던 종이 뭉치를 자연스럽게 떨어뜨렸다. 여러 장의 종이들이 바닥 곳곳으로 흩어졌다.

의자에 앉아 있던 희정이 몸을 숙이고 종이를 줍는 그를 힐끔 보다 다시 앞으로 시선을 던졌다.

"해성이, 이 건물 어딘가에 갇혀 있어요. 기회 봐서 데리고 나가요. 이번엔 제대로 엄마 노릇 하라고."

소리를 잔뜩 죽여 웅얼거렸다. 희정은 전방을 주시한 채 대꾸했다.

"꼴에 희생이라도 하겠다고?"

"희생이라니. 그런 숭고한 말은 나랑 어울리지 않죠."

"쟤들이 널 위해 무슨 계획을 세웠는지나 알고 하는 소리야? 네 앞가림이나 해. 해성이는 내가 알아서 해."

"지금 내 가장 큰 걱정은 해성이에요. 나는 어떻게 되든 상관없다고. 경매가 진행되는 동안은 아무 일도 일어나지 않아요.

그러니 거의 막바지에 다다랐을 때 조용히 나가요."

이수는 한 장, 한 장 종이에 묻은 이물질을 털어 내며 느릿하게 움직였다.

"……그렇게 잘난 놈이 왜 내 손을 빌리려고 하니?"

희정이 조용하게 말했다. 알이 큰 선글라스 탓에 그녀의 표정이 보이지는 않았다.

"마음 같아선 그러고 싶지. 하지만 내가 가면 내 손 잡으려고 하지 않을 거예요. 지금 같으면 나보다 엄마가 낫겠죠. 나 같아도 소름 끼치게 싫을 거 같아."

"이제야 사람 새끼가 된 거니, 아니면 정말 사랑이라도 하는 거니?"

"사람이 어떻게 단번에 변해요. 이건 사랑이죠."

자조적으로 웃은 이수는 몸을 일으키며 덧붙였다.

"뒷일은 내가 알아서 할 테니까 엄마는 해성이 데리고 떠요. 엄마라면 무슨 수든 내겠지."

명한과 정모의 시선이 느껴졌다. 이수는 그를 위해 준비된 무대로 걸음을 옮겼다.

그녀를 위하여

✦

"지금부터 경매를 시작하겠습니다."

은밀한 경매에 초대받은 사람들은 준비된 객석을 모두 채웠다.

"우선 이 은밀하고도 위대한 자리에 소중한 시간을 내어 함께해 주신 익명의 고객님들께 감사의 마음을 전합니다."

이수는 입가에 미소를 띠었다. 한편 머릿속은 분주하게 돌아갔다. 지금까지의 상황들이 머릿속에 퍼즐처럼 짜 맞춰졌다. 영문 모를 야밤의 습격, 엄마의 가석방 이야기, 해성을 찾으라고 했던 묘한 부추김.

그 뒤에는 늘 정모가 있었다. 희정을 이런 식으로 이용하는 것까지 정모의 머릿속에 계획되어 있었던 걸까.

"서론이 너무 길어도 지루해지겠죠? 거두절미하고 바로 본론

파란미디어의
책들

fantasy

e-mail paranbook@gmail.com
cafe cafe.naver.com/paranmedia
facebook facebook.com/paranbook
tel 02. 3141. 5589 **fax** 02. 3141. 5590

파란

네이버 시리즈 독점 연재, ★9.7의 별점!

시골 지방의 촌 아가씨, 랑세 엔나.

공무원 시험에 합격하여 수도로 올라왔는데 이런, 월세가 미쳤다!

공무원 아파트는 재개발 중, 갈 수 있는 곳은 마법사 전용 아파트뿐인데……

"여자다!"

누군가의 외침과 동시에 아파트의 모든 창문이 열렸다. 수십 명의 시선이 쏟아진다.

"우와! 여자다!"

나, 남자들이다. 마법사 남자들이다. 나, 남자 전용 독신 아파트였나.

나…… 여기서 잘 적응할 수 있을까?

으로 들어가겠습니다. 첫 번째 경매품부터 소개하겠습니다."

가까이 두었던 만큼 정모라는 사람에 대해 잘 알고 있는 사람은 단연 이수였다. 천성이 여리고 겁이 많아 이런 일을 꾸밀 수 있을 거라는 생각은 단 한 번도 해 본 적이 없었다.

하지만 '이유'가 생기니 사람이 이렇게도 달라진다.

"봉금사 시왕도. 처음부터 어마어마하죠? 첫 경매 물품을 가져가시면 오늘 운이 확 트이실 것 같은 예감이 듭니다. 자, 그럼 이 시왕도에 대해 말씀드려 볼까요?"

이수는 의식적으로 미소 지으며 '고객'들의 얼굴을 탐색했다. 성비는 반반이었고, 이 시왕도에 관심이 있어 보이는 사모님들 몇 분이 눈에 들어왔다.

"우선 시왕도의 가장 큰 장점을 말씀드리자면, 까놓고 말하죠. 돈세탁에 이보다 최적의 작품은 없다는 겁니다."

그의 말에 좌중이 웅성거렸다. 아무리 은밀한 경매라지만 이렇게 대놓고 용도를 말하니 당황스러운 듯했다.

"그 이유를 말씀드리자면, 시왕도는 6.25 전쟁 전후 해외로 반출되었던 작품입니다. 즉, 국내에서는 자료만 존재할 뿐, 그 진본을 본 사람들이 손에 꼽을 정도죠."

이수는 유려하면서도 귀에 쏙쏙 들어오는 말로 좌중을 사로잡았다. 말 사이에 틈을 두며 좌중을 훑다가 희정에게 잠시 시선을 두었다.

"경매를 진행하는 사람으로서 오늘 이 자리에 시왕도가 있어 저도 깜짝 놀랐는데요. 보시고 계신 건 총 네 폭 중 한 폭입니다. 오관대왕이 주관하는 확탕지옥을 묘사하고 있습니다."

긴장감이 돌지만 경매장 분위기는 꽤나 유쾌해졌다. 그에게 진행을 맡긴 명한의 표정도 사뭇 밝았다.

그 옆, 브로커 역할을 한 중년 남성의 얼굴도 턱을 쓰다듬으며 고개를 끄덕였다. 꽤나 마음에 든 듯했다.

"좋습니다. 선글라스를 끼신 미모의 여성분이 4억을 부르셨는데요. 그럼 선글라스 낀 여성분께 낙……. 아! 4억 2천 나왔습니다. 더 없으십니까?"

경매는 매끄럽게 계속되었다. 남은 물건은 이제 2개였다. 이수는 다음 경매품을 무대 위로 올리며 힐끔 희정이 있던 자리를 바라보았다.

"1억 5천!"

희정이 먼저 금액을 불렀고 뒤따라 경매가가 쑥쑥 오르기 시작했다. 이수가 낙찰을 선언했을 때, 희정은 이미 자리에 없었다.

"다음 경매품, 올려 주십시오."

이제 그가 할 일은 최대한 시간을 끄는 것이다. 경매를 진행하는 입장에서 명한과 정모 역시 경매가 끝나지 않는 한, 쉽게 자리를 뜰 수 없을 테다.

해성은 멀리서 울리는 소리에 문에 귀를 대고 숨을 죽였다.

"……낙찰…… 다음……."

이수 목소리였다. 결국 저들이 시키는 대로 하는 모양이었다. 불법 경매까지 진행하면서 그녀를 지키려고 했다.

'정말 미안해. 그 말밖에 할 게 없다. 미안해, 해성아. 미안해. 내가 이것밖에 안 돼서.'

미안하다고 거듭 사과하는 음성에 묻은 감정이 고스란히 와닿았다. 기가 막히고 바보 같게도 이수가 걱정됐다. 해성은 아랫입술을 짓씹고는 주먹으로 문을 쾅, 내리쳤다.

"어떻게든 나간다, 나가고 만다. 벽을 뚫어서라도 나갈 거야!"

해성은 흥분을 가라앉히려 애쓰며 다시 차분하게 방을 둘러보았다. 출입구는 천장 가까이 난, 가로로 긴 창문과 문뿐이다.

"일단 해 보고 나서 안 되면 그때 판단하자."

해성은 캐비닛을 끌어 창문 아래 벽에 바짝 붙였다. 그리고 아까 부숴 버린 카메라를 들고 유리창에 세게 내리쳤다. 깨 버리면, 이 정도 틈이면 빠져나갈 만했다.

"깨져라, 악! 방탄유리야, 뭐야!"

십 수 번을 내리치니 유리에 금이 가기 시작했다. 대부분의 이목이 경매에 쏠린 탓에 그 소란에도 뛰어오는 사람이 없었다. 해성은 유리 파편이 튀는 것도 아랑곳 않고 창문을 깼다. 신선한 공기가 안으로 들어왔다.

"됐어!"

창문 턱에 있는 유리를 팔뚝으로 쓸어내리고 밖을 살폈다.

손에 상처가 났지만 아프다고 엄살 부릴 틈 따위 없었다. 커다란 트럭 하나가 바로 앞에 세워져 있었다. 빠져나간 그녀의 몸을 충분히 가려 줄 것 같았다.

주변에 아무도 없는 것을 확인했으니 소리만 조심하면 될 것 같았다. 다리를 높게 찢어 발을 걸쳤다. 될 것 같았다.

"아씨, 진즉에 이럴걸!"

안간힘을 쓰자 몸의 반이 창에 걸쳐졌다. 창틀을 잡은 손이 바들바들 떨렸다.

"아으읏……!"

이를 악문 채 나머지 발도 떼며 하체를 밖으로 뺐다. 하체는 완벽하게 밖으로 빠져나갔다. 골반이 창에 걸쳐졌다. 발에 닿는 게 없었지만 한 번 떨어져 구르면 될 높이였다.

"좋았어……!"

속삭이듯 쾌재를 부른 해성은 상체도 뒤로 밀려 했다. 그러나 그때였다. 꼭 닫혀 있던 문이 벌컥 열렸다. 해성은 눈을 동그랗게 뜨고 문가를 보았다.

"엄……마……?"

부러진 각목을 손에 들고 노란 가발을 쓴 희정이 선글라스를 바닥에 내던지고 숨을 헐떡였다. 희정의 뒤로 기절한 체격 좋은 남자가 보였다.

"빨리 와! 지금 도망가야……!"

그녀를 재촉하려던 희정이 눈을 치켜떴다. 이미 창에 몸을 반쯤 걸친 채 매달린 해성 때문이었다.

— 야, 왜 대답을 안 해? 거기 무슨 일 있냐?

기절한 남자의 품에서 무전기 소리가 들려왔다. 희정은 방으로 들어와 문을 닫고 캐비닛 위로 올라왔다.

"뭐 하는 거예요, 지금?"

"도망가야 한다니까! 빨리 손잡아!"

금세 상황을 파악한 희정이 재촉했고 해성은 미간을 찌푸리곤 희정의 두 손을 잡았다. 아무래도 희정 역시 그녀를 데리고 가기 위해 각목을 들고 사고를 친 모양이었다.

"밑에 아무것도 없어서 떨어져야 해요."

"알고 있어. 네가 떨어지면서 그냥 날 끌어 올려."

"……알겠어요."

해성은 그대로 몸을 뒤로 물렸고 희정이 그녀의 힘에 따라 딸려 올라왔다.

"으읍! 아프……!"

발바닥이며 발목이 지잉, 울렸다. 해성은 인상을 와락 쓰며 자기 입을 틀어막았다.

혹여 소리가 새어 나와 사람들을 끌어올까 봐서였다. 고개를 드니 희정이 창틀에 매달려 있었다.

"다 했으면 끌어 내려 봐!"

희정이 소리를 낮춰 말했고 해성은 바로 일어나 희정의 손을 잡고 밖으로 당겼다.

하지만 그녀가 희정의 무게를 감당할 수 없었기에 머리부터 떨어진 희정은 더 험한 꼴을 당해야 했다.

"괜찮아요?"

"……이 정도 가지고 엄살떨었으면 옛날에 죽었어."

이를 악물고 자리에서 일어난 희정은 트럭에 몸을 붙이고 바깥을 살폈다.

"따라와."

"다짜고짜 나가면 그 뒤는요!"

해성이 만류하자, 희정이 주머니에서 차 키를 꺼내 들어 보였다. 아까 정모가 먼저 차에서 내리며 그대로 꽂아 둔 걸 챙긴 것이었다.

"저 차야. 안 보이게 저기까지 가야 돼."

차들이 십 수 대 주차되어 있는 공터에 사람이 아예 없는 것은 아니었다. 희정은 대각선으로 보이는 차 중 한 대를 가리켰다.

"이제 마지막 경매품입니다. 안목 있으신 고객님들께서는 한 눈에 알아보셨으리라고 생각합니다. 조선백자입니다."

막 걸음을 옮기려는데 안으로부터 이수의 목소리가 작게 울려 나왔다.

"저 사람은요?"

해성은 자리에 멈췄다. 희정이 조급한 얼굴로 그녀를 돌아보았다.

"나더러 널 데리고 나가라고 했어! 그러니까 일단 가는 게 좋아!"

"날 데리고 나가라고 했다고요? 저 사람 봤어요? 언제?"

해성은 희정의 옷을 강하게 잡아당겼다. 미안하다고 했던 그의 음성이 그녀의 마음을 꽉 쥐었다.

"내가 이렇게 가면, 저 사람은 어떻게 되는데요?"

"몰라서 물어? 넌 그냥 미끼야. 네가 여기 없어야 쟤도 머리써서 여길 빠져나가지. 이명한이라는 놈이 얼마나 질이 안 좋은데! 그러니까 빨리 여기서 사라지는 게 이수 도와주는 거라고!"

희정이 신경질적으로 대답하곤, 제 옷을 붙잡고 있는 해성의 손을 잡았다.

"움직여. 곧 경매가 끝날 거야. 그럼 기회도 없어져."

"그 말, 믿어도 돼요? 지금 이 상황에서 나도 내 존재가 장애물이 되는 거 알아요."

해성의 목소리가 옅게 떨렸다.

"……사기꾼 말을 믿어도 되냐고 하면, 내가 뭐라고 해야 하니."

이수의 안전은 그녀도 보장할 수 없었다. 이수가 어떻게 되든 희정이 알 바 아니었다. 그녀에게 중요한 건 해성이었고, 지금은 빠져나가는 게 중요했다.

"움직여."

희정은 해성의 등을 밀었다. 다행히 정모의 차까지 거리는 가까웠다. 둘 다 차에 오르는 것과 동시에 경매가 끝났는지 입구로부터 사람들이 몰려나왔다.

저들이 움직일 때 함께 움직이면 그렇게 눈에 띄지는 않을 것이었다. 희정은 숨을 죽였다.

"안 되겠어요. 다시 돌아가요. 그 사람, 확인해야 해요."

그곳을 벗어난 지 얼마 안 돼서 내내 입을 다물고 있던 해성이 말했다.

"다시 돌아가겠다고요! 내 말 안 들려요?"

희정이 묵묵히 차를 몰자 해성이 다시 말했다. 공터를 빠져나와 양옆으로 논밭이 펼쳐진 길을 과속했다.

"늦었어. 이대로 가. 다시 돌아갈 수 없어. 넌 네가 왜 그렇게 붙잡혀 있었어야 했는지 몰라서 이래? 이수 때문이잖아!"

"그건 알아요! 하지만……! 그럼 그쪽만 가요. 난 다시 돌아갈 거예요!"

해성은 희정의 팔을 잡았다. 그러나 희정이 그녀의 손을 냉정하게 밀쳐 내곤 다시 말했다.

"네가 거기 있으면 이수 걔도 계속 시키는 일을 해야 돼."

"그건……!"

"너랑 내가 먼저야! 일단 살아야 할 거 아니야!"

차는 어느새 큰 도로로 접어들었다. 해성은 뒤를 돌아보았다. 다시 돌아간다면 반드시 짐이 되겠지. 하지만 숨어서 확인만 한다면 얘기는 달라진다. 해성은 이를 악물고 조수석 문을 열려고 했다.

"뭐 하는 거야!"

"내릴 거예요. 가려면 혼자 가요!"

해성이 소리를 지르자 희정이 브레이크를 밟으며 갓길에 차를 세웠다.

"그만하지 못해!"

해성이 차 문을 열자 희정이 몸을 뻗어 도로 닫았다.

"그 새끼가 너한테 뭔데 이렇게까지 해!"

"사랑하니까! 사랑하니까요!"

심장이 그악스럽게 비명을 질렀다. 그대로 소리로 토해 냈다. 눈물이 왈칵 쏟아졌다.

"그 새끼가 너한테 어떤 의도로 접근했는지 말했잖아! 근데 아직도 그런 소리를 해?"

"알아요! 속였죠! 날 기만했죠! 화나요! 배신감에 치가 떨려! 하지만 그 사람이 나한테 보여 준 행동이, 진심이 다 거짓은 아니었단 것도 알아요!"

"고작 그런 이유로 네 인생을 망치겠다는 거야?"

희정이 어이가 없었다. 하지만 정작 해성은 말로 쏟아 내면서 깨달았다.

그녀는 이수를 사랑했다. 그가 토로하는 진심을 믿었다. 남들이 이간질하듯 여기저기서 쏟아 내는 말보다 그의 행동과 말에 담긴 마음을 믿었다.

머리로는 아니라고 하는데, 가슴이 그게 맞다고 한다.

"그 자식 때문에 행복해 봤자 그게 얼마나 한다고!"

"그러니까! 나는 행복해 본 적이 없으니까 더 매달리는 거예요!"

희정이 지르는 소리에 해성 역시 목에 핏대를 세워 외쳤다.

"돈에 치이고, 사는 데 치이고, 사람에 치이고! 당장 내일도 안 보이는데! 지쳐서 꾸역꾸역 살아가는데 현이수가 날 행복하게 해 줬어요! 나도 그 남자를 행복하게 해 주고 싶었고! 그게 다예요!"

"뭐……? 고작 그딴 걸로……!"

"그딴 거요? 그런 식으로 매도하지 말아요! 그 남자를 만난 몇 달 동안 가장 많이 웃었고, 가장 많이 행복했고, 살아서 다행이라는 생각을 제일 많이 했어요! 그런 의미예요! 어차피 한 번 사는 건데! 마음껏 사랑하려고! 그 사람이 어떤 놈이건 상관없이!"

"상관없어? 그게 어떻게 상관이 없어! 네가 제정신이면 그 새끼 쳐 죽일 만큼 미워야지! 너 바보야? 어떻게 그 얼굴에 대고 사랑한다는 말이 나와!"

희정이 얼굴이 시뻘게져서는 소리쳤다. 해성도 지지 않고 발작하듯 고래고래 소리쳤다.

"그래, 미워 죽겠어! 날 감히 속이다니 그 얼굴 꼴도 보기 싫을 정도로 화가 났어! 그런데 안 보면 내 손해예요! 미워도 옆에 두고 미워할 거고, 화를 내도 옆에 두고 화풀이할 거야!"

자신이 무슨 소리를 퍼붓는지도 몰랐다. 그건 머리가 하는 말이 아니라, 심장이 쏟아 내는 말이었다.

"살면서 내 마음대로 된 게 하나도 없으니까 그 남자만큼은 내 마음대로 할 거야! 그게 왜! 뭐가 어때서!"

해성은 거칠어진 숨을 들썩이며 입술을 바르르 떨었다. 얼굴에 열이 올라 뜨끈뜨끈했다. 희정은 그런 그녀를 황망하게 응시했다.

"……나는 너한테 어떤 의미도 못 되니? 엄마는, 엄마는 너한테."

"엄마 취급을 바라요? 그럼 한번 생각해 봐요. 어떤 엄마가 자기 자식한테 죽었다고 사기를 쳐요. 상식적으로 12년이나 지나서 해명하기엔 너무 늦었다는 생각은 안 들어요?"

"그건 다 이유가 있었어! 그리고 엄마가 살아 있으면 오히려……!"

"살아 있어 줘서 고마워요, 하고 감격이라도 할 줄 알았다면 미안한데요, 내가 그렇게 호구는 아니에요. 그렇게 속이 없지도 않아. 그러니까 계속 죽은 사람 해요. 난 죽었다 살아난 엄마 필요 없어."

희정의 눈시울이 붉어졌다. 설명하고 싶었다.

자신이 그렇게 최악은 아니었다고, 널 위해서였다고.

그때 그 일에 대해 제대로 말한 적이 없으니까 제대로 말하고 싶었다.

"나는 널 범죄자 딸로 낙인 찍혀서 살게 하고 싶지 않았어! 어딜 가든 손가락질당할 게 뻔하니까! 그런데 하나 있는 딸 넉넉하게는 키우고 싶었어. 할 줄 아는 게 사기 치는 거밖에 없는데, 그렇게 살면 네가 너무 불행……!"

"나한테 물어보지 않았잖아!"

"뭐?"

뜻밖의 말에 희정은 멍하니 되물었다.

"나한테 물어보지 않았잖아! 선택권도 주지 않았잖아! 범죄자 딸로 살아도 괜찮겠냐고, 사기를 치는 게 내 일인데 괜찮겠냐고, 나 때문에 불행해질 수도 있는데 괜찮겠냐고 물어보지 않았잖아! 날 위한답시고 한 짓 중에, 나한테 물어본 게 없잖아!"

목에서 피가 나올 것 같았다. 해성은 입술을 악물었다.

"그런 엄마라도 나는 필요했다고⋯⋯! 떳떳하진 못했겠지만 그래도 있었으면 했다고⋯⋯!"

"나는, 나는⋯⋯!"

"차 돌려요. 아니면 여기서 내릴 거야. 그만해요. 진저리 나. 나한테 지금 필요한 건 현이수예요. 나한테 사기를 쳤대도 그 남자는 선택권을 줬어. 미워 죽겠어도 옆에다 놓고 괴롭힐 거야⋯⋯!"

자신의 의지를 관철시킨 해성은 얼굴이 백지장처럼 하얗게 질린 희정에게서 눈을 돌렸다.

그녀가 던진 칼에 맞은 희정의 상처가 눈에 잡힐 듯이 보여 더 이상 볼 수가 없었다.

자신은 어째서 이렇게나 무른 걸까. 바보가 따로 없었다.

"미안해요. 난 지금 이수 씨 생각만으로도 머리 터질 것 같아요. 엄마 이유를 들어 줄 여유가 지금은 없어요."

차가운 말이었지만 사실이었다. 희정을 위해 내어 줄 자리가 지금은 자신의 가슴에 없었다. 너무 늦었다.

"알겠어."

희정이 아랫입술을 꽉 깨문 채 차를 출발시켰다. 하지만 돌아가는 길은 아니었다.

"내가 말했죠! 이수 씨한테……!"

"저기 없어. 경매가 끝나면, 다른 데로 보낸다고 했어."

생각지 못한 말이었다. 희정은 앞만 보았다. 눈시울이 벌건데 표정만큼은 늘 그래 왔듯이 교양 있고 도도했다.

"내가 등신이었네."

희정이 문득 피식 웃었다.

"마지막으로 물을게. 이수만 있으면 네가 행복하겠어?"

무슨 소리인가 싶었다. 그녀를 힐끔 본 희정이 맥없이 웃었다.

"그렇다면 이 상황, 정리해 줄게."

"그게 무슨 말이에요?"

"마지막으로 네 엄마 노릇, 하겠다고."

곧 신호가 걸려 차가 서자, 희정은 어딘가로 전화를 걸었다.

"경찰서죠? 제보할 게 있어서요."

해성은 영문을 알 수 없어 희정을 멍하니 바라보았다.

"죄송합니다. 찾지 못했습니다."

밖에서 급하게 들어온 남자가 명한 앞에서 고개를 숙였다.

"어쩐지 경매 중간에 없어지더라니. 내가 엄마를 너무 믿었네. 역시 사기꾼들은 믿을 만한 족속이 못 돼."

명한의 시선이 바닥에 널브러져 있는 이수에게 향했다.

"넌 진짜로 아무것도 모르고?"

입가에 맺힌 피를 닦은 이수는 한숨을 깊게 내쉬었다.

"얼굴마담으로 다 써먹었다고 이렇게 치는 거냐? 못됐다, 진짜."

"하여간 엄청난 놈이야. 이렇게 됐어도 입은 살았네? 너 뭐 알고 있었던 거지?"

"알긴 뭘 알아. 엄마랑 나랑 주해성 구출 작전 어쩌고 하기엔 사이가 너무 살벌하잖아? 엄마 독단이겠지. 나는 형 말 믿었다고. 내가 경매 진행 잘하면 주해성 풀어 준다고 한 거 말이야."

"정모야, 넌 저 새끼 말 믿냐?"

명한의 화살이 정모에게 돌아갔다. 창을 통해 먼 산을 바라보던 정모가 돌아섰다.

"쟤는 천부적인 사기꾼이야. 믿으면 내 꼴 난다, 너도."

"둘이 작당 모의를 했을 거라는 거지?"

"아마."

정모가 가볍게 대답했다.

"아, 나 진짜 결백한데. 그러게 엄마는 데려다 놓지 말지 그랬어. 엄마가 자기 딸을 어떻게 생각하는지 정도는 다들 알잖아. 참 하는 짓이 앞뒤가 안 맞는 아줌마야."

입만 산 이수는 끊임없이 나불거렸다. 명한이 고갯짓을 하자 옆에 서 있던 남자 중 하나가 이수를 걷어찼다.

"아욱!"

이수가 한 바퀴를 구르고 엎드려서는 겨우 몸을 가눴다.

"이제 어떡할까, 정모야? 너 요즘 콘셉트가 뇌섹남이잖아. 생각 있어?"

명한이 말하자 정모가 싸늘한 눈으로 이수를 내려다보았다.

"상관없어. 나는 이수만 있으면 돼. 그러니까 그만 때려."

"하하, 웃기네. 인제 와서 감싸 주는 거야?"

이수는 입가의 피를 닦으며 고개를 들었다. 둘의 시선이 따갑게 부딪쳤다.

"아니. 앞으로 이수가 할 일이 아주 많아. 벌써 고장 나면 안되지."

"하하, 이 형들 봐라? 주해성도 없는 마당에 내가 왜 해?"

이수가 겨우 상체를 세워 앉았다.

"왜 이래, 선수끼리. 내 정보력 잊었어? 과연 계속 없을까? 주해성이 지금 여기 없다고 내일도 없는 건 아니지. 아무리 주희정이 날고 기어도 그건 7년 전 얘기지, 지금은 아니야. 가 봤자 얼마나 갔겠어?"

정모의 말에 이수도 피식 웃었다.

"형이야말로 7년이 지나니까 엄마를 물로 보는 경향이 생겼다? 7년이 지났어도 주희정은 주희정이야."

"웬수 같던 둘이 갑자기 엄청 친해졌네."

정모는 귓등으로도 들은 척을 하지 않았다. 이수는 눈을 굴려 주변을 살폈다.

"머리 굴리는 소리 다 들린다, 이수야. 초조해하지 마."

정모가 말했다. 해성과 희정이 어디까지 도망갔는지 알 수 없었기에 섣불리 움직일 수 없었다.

"어차피 다시 돌아올 거니까 그리 보고 싶어 하지 않아도 돼."

현이수 사전에 안 되는 것은 없다. 틈을 봐서 충분히 도망갈 수 있다. 하지만 이대로 몸을 빼는 것보다, 해성이 정말 안전한 건지 며칠 확인하고 도망쳐도 될 것이다.

"그래서 이제 내가 할 일은 뭔데?"

"배달."

"배달? 무슨 배달?"

정모가 손을 들어 한쪽에 산처럼 쌓인 경매품들을 가리켰다.

"주인을 찾아 줬으니 직접 안전하게 운반을 해야지. 그 과정에서 물건이 깨지거나 하자가 발생하면 물론 다 네 책임."

"……완전 악덕 고용주구만?"

이수는 한쪽 입가를 늘여 삐딱하게 웃었다.

아까 발에 차인 곳이 욱신거렸다. 이수는 화물차에 경매품을 옮기다 말고 서서 상의를 들쳐 보았다. 배 부근이 울긋불긋한 게 벌써 멍이 들고 있었다.

"빨리빨리 움직여. 요령 피우냐? 날 새울래?"

"……하나 묻자."

이수는 히죽대며 그를 독촉하는 명한을 불량스럽게 보았다.

"처음에, 자고 있던 날 피습한 거 말이야. 그거 형이 한 거냐?"

해성을 찾아야 하는 이유가 생겼던 날이었다.

어떻게 들어왔는지 침대에서 자고 있던 그를 괴한들이 덮쳤고 물씬 두들겨 맞아야 했다. 정모에게 사건의 배후를 캐 보라고 하자 나온 게 희정이었다.

"시나리오가 치밀했네."

"글쎄다. 애초에 네 집 비밀번호를 알고 있는 정모를 의심하지 않은 네가 바보겠지."

이수는 실소를 흘렸다. 명한의 말이 맞았다. 정모니까, 정모라는 이유로 용의 선상에서 배제했고 알맞게 나온 희정의 이름에 현혹됐었다.

"무섭게 똑똑했었네, 우리 형."

이수는 화물차의 운전석에 올랐다. 명한이 투박한 생김새의 구형 휴대폰을 그에게 던져 주었다.

"이걸로 연락할 거니까 받아."

그의 휴대폰은 진즉에 뺏겼다. 이수는 고개를 끄덕였다.

"주는 김에 엄마 번호도 좀 줘. 전화해 보게."

"이번 일에 필요한 사람들 번호는 거기 다 저장돼 있어. 그런데 도망간 마당에 전화를 받겠냐? 너 똘추냐?"

"혹시 모르잖아. 그렇게 남의 여자 데리고 가 버리면, 그 여자 지키겠다고 남은 난 뭐가 돼. 무사한지는 확인해야 할 거 아니야."

"쇼 하고 있네."

명한이 고개를 저으며 돌아섰다. 이수는 창문을 올리고 바로 목록에서 희정의 번호를 찾아 전화했다. 하지만 역시나 전화를 받지 않았다.

"이 아줌마는 진짜, 제대로 튀었으면 튀었다고 뭐라도 신호를 줘야 할 거 아니야."

이수는 핸들을 잡고 한숨을 내쉬었다. 밖에서 빨리 출발하라는 독촉이 이어졌다.

시동을 걸고 핸들을 돌리던 이수는 미간을 찌푸렸다. 멍이 든 배의 통증이 땅겨 왔기 때문이다.

"후우. 그래, 간다 가."

희정에게 메시지를 보낸 후, 이수는 서둘러 차를 출발시켰다.

🛵

"차가 왜 이렇게 막혀……?"

서울 근교에 접어들자 유독 정체가 심해졌다. 목적지까지 거의 다 왔는데 꼼짝할 생각도 안 했다. 미간을 찌푸린 채 앞을 주시하던 이수는 시끄럽게 울리는 대포 폰을 받았다.

— 중간에 딴 길로 샐 생각은 말라고. 확인차 전화했다.

"잘 가고 있거든? 길이 엄청 막혀서 그래."

— 거기는 길이 막힐 데가 아닌데?

"난들 아냐? 공사라도 하든가, 아님 사고라도 났나 보지."

전화를 거칠게 끊어 버렸다. 이러지 않아도 해성의 안전이

228

확인되지 않는 한 딴 길로 빠질 마음은 털끝만큼도 없었다. 그런데 전화를 끊기가 무섭게 다시 벨이 울렸다.

"아, 잘 가고 있다니까!"

— 너 차 번호가 뭐야? 차종은?

여자 목소리였다. 성질을 냈던 이수는 휴대폰을 고쳐 잡았다.

"엄마? 해성이는? 해성이는 무사해요? 잘 도망갔어요?"

— 너 차 번호 말이야! 대라고!

희정이 다짜고짜 소리를 질렀다. 얼결에 대답을 했지만 이수는 지금 반드시 들어야 할 대답이 있었다.

"해성이는 어떻냐고요!"

그가 다시 한번 소리를 지른 때였다. 누군가 그가 운전하고 있는 화물차를 탕탕, 두드렸다. 이수는 휴대폰을 귀에 댄 채 창문을 내렸다.

"내려!"

갑자기 차 옆에서 노란 머리가 불쑥 튀어나왔다. 희정이었다.

"내리긴 뭘 내려요. 해성이 안전하냐고!"

사람이 비열하고 이기적일지라도 자신의 딸만큼은 목숨처럼 여기는 게 희정이었다. 여기 이렇게 서 있는 이상 안전하겠지만 그래도 말로 확인받고 싶었다.

"내리라니까? 시간 없어!"

"더 멀리, 이명한이랑 서정모가 못 찾는 데까지 도망간 후에나 말해요. 그때까진 내가 시선 잡아 둘 테니까."

"내가 말했지! 내리라고!"

희정이 이를 악물고 그의 멱살을 와락 쥐어 당겼다.

"뭐? 잡아 둬? 걔네가 너한테 뭘 시킬지 알고 하는 소리야?"

"기껏해야 이런 잔챙이 일이에요."

"잔챙이? 그거야 지금이지. 너 명한이, 돈 되는 일이면 뭐든 하는 놈인 거 몰라? 사람 장사도 해. 너한테 사람 장사 할 때 필요한 닥터 시킨다더라. 거기 손대면, 너 네가 여태까지 공부해서 이룬 의사라는 타이틀, 흙탕물에 처박는 거야. 알아들어?"

이수는 사나운 희정의 눈초리를 받아 내었다. 명한이라면 그러고도 남을 인간이라 묘하게 납득이 되었다.

"무슨 소리야. 나 성형외과의예요. 걔들이 시키는 짓을 내가 어떻게 해."

"그런 상식이 통할 것 같아? 그러니까 내리라고, 이 새끼야!"

이수는 다급해 보이는 희정을 내려다보며 삐딱한 미소를 물었다.

"그러면 또 어때. 해성이만 안전하면 됐지. 사람이 죽으란 법은 없어요."

그의 공허한 말에 멱살을 쥔 희정의 손이 느슨해졌다.

"……제대로 살고 싶다고 했잖아. 의사 돼서 성실하게 돈 벌면서 제대로 살고 싶다고 했잖아. 그래서 너 의사 된 거잖아."

"그 말도 기억해요? 엄마 기억력 좋네. 그랬죠. 분명. 기억 속 중학생이었던 주해성한테 떳떳하고 싶었으니까. 제대로 된 사람이어야 그게 가능하니까……."

옛날에 그런 말을 했었다. 팀에서 빠지는 여러 이유 중 하나

230

였다. 그땐 주해성 그 꼬맹이에게 적어도 괜찮은 사람이고 싶었다. 사기꾼이서는 그런 얘기가 성립이 안 되니까.

"진짜…… 너 해성이 사랑하니……?"

희정이 믿을 수 없다는 얼굴로 물었다.

"내내 입이 마르고 닳도록 말했잖아요. 사랑한다고. 그 애한테 상처 주지 말라고. 엄마만 물러나면 다 좋은 게 좋은 거라고."

잠시 말을 잇지 못하고 그를 멍하게 보던 희정이 턱에 힘을 꽉 주었다.

찰싹!

이수는 부지불식간에 불이 번쩍 난 자신의 뺨에 희정을 황당하게 보았다. 희정이 그녀다운 도도한 미소를 짓고 섬뜩한 말을 뱉었다.

"이건 빵값이야. 마음 같아선 네 그 잘난 얼굴, 다 긁어 버렸어."

"빵값이라니요?"

"설명할 시간 없어. 빨리 내려, 빨리! 해성이 데리고 도망가."

그가 내릴 기색이 없자 희정이 열린 창 안쪽으로 손을 넣어 잠금을 풀고 문을 열었다.

"지금 뭐 하는 거예요?"

엄청난 힘으로 그를 끌어 내린 희정은 자신이 운전석에 올라탔다.

"뒤쪽으로 가면 이 차선에 1234 번호 단 검은색 승용차 있어. 해성이가 타고 있어. 지금 저 애한테 필요한 건 내가 아니라 너야. 널 용서한 건 아니야. 그리고 너한테 한 짓, 미안하지도 않아. 그런 거 일일이 다 미안해하고 살았으면 나 같은 건 진즉에 미안한 것 천지라 백번은 더 죽었어."

"해성이가 있다고요?"

"하나 약속해."

이수는 마음이 조급해졌다. 저기 어딘가에 해성이 있다. 몸을 틀어 뛰어가려는 걸 희정이 목깃을 잡아챘다.

"하나 약속해! 현이수."

희정이 이를 갈며 한 음절, 한 음절 힘주어 말했다.

"해성이 지켜. 내가 할 수 있는 한 네 악연 모두 가져갈 테니까, 지키라고. 지키지 못하면 지구 끝까지 쫓아갈 테니까 바르게 살아. 다신 어디에도 원한 지지 말고."

늘 총명해 보였던 희정의 눈자위가 붉게 흐려져 있었다.

"네 천성이 사기꾼이라도 저 애한테만큼은 거짓말하지 마. 속이지 마. 사기 치지 마. 내 남은 평생 지켜볼 거야. 그리고 네가 티끌만큼이라도 잘못한 순간 나타나서 너 죽여 버릴거야. 알아들어?"

"……엄마가 아직 상황 파악이 안 된 모양인데요. 해성이는 나 때문에 행복해. 나 때문에 12년 전 그때처럼 예쁘게 웃어. 앞으로도 쭉 내가 그렇게 웃게 할 거야. 내가 걔를 많이 좋아해요."

이수가 가고 자리에 남은 희정은 고개를 숙인 채 어깨를 들썩였다. 웃음이 났다. 참다 참다 기어코 터진 눈물이 투둑, 굵게 떨어져 내렸다.

"……나는 몰랐지. 한 번도 제대로 된 엄마여 본 적이 없으니까. 엄마는…… 사람 아니냐. 실수도 하고 그러는 거지."

희정은 머리에 쓴 노란 가발을 벗어 조수석으로 던지고 앞을 보았다.

"나도 엄마 노릇이 처음인데, 엄마는 뭘 어떻게 해야 하는 사람인지 지금도 모르겠는데, 왜 그 애를 생각하는 마음만으로는 모자라다고, 내가 잘못했다고 그래. 그때 그 순간에는 그게 맞는 건 줄 알았는데. 틀린 줄 내가 알았겠냐고."

후회해 봤자 선택의 시간은 훌쩍 지나갔다. 속이 바스라졌다. 원망스레 보던 해성의 차디찬 눈만 생각하면 가슴이 메어왔다.

"이건 잘하는 짓인지 모르겠다."

해성이를 위해서 한 짓은 모두 바보 같은 짓이었다. 이제라도 그 애가 원하는 걸 들어줘야지.

그 애가 원하는 건 이수니까 온전히 보내 주겠다. 그게 그녀가 할 수 있는 전부였다.

희정이 가고 남은 해성은 멍하게 앉아 심호흡을 하다가 조수석에서 운전석으로 자리를 옮겼다.

"후우……."

하얗게 질려 힘이 들어가지 않는 손으로 겨우 운전대를 잡은 해성은 숨을 들이켰다.

'제보할 게 있어요. 고가의 미술품 장물이 불법 경매로 거래되고 있어요. 아뇨, 경매는 끝났고, 그 경매품을 옮길 장소를 알아요. 밑져야 본전 아니에요? 내가 누구냐고요?'

잠시 아랫입술을 질끈 깨문 희정은 경찰에 이름을 댔다.

'주희정이요. 민국 병원 사기 건으로 수배된 주희정.'

갑자기 희정이 왜 이러는지 해성은 영문을 알 수 없었다. 해성은 휴대폰을 빼앗아 종료 버튼을 누르고 따졌다.

'경찰에 전화를 왜 해요?'
'잘 들어. 경매가 끝나면 이수를 시켜서 경매품을 옮길 거라고 했어. 그러고 나서는…… 널 인질 삼아서 이수한테 사람이라면 시키지 못할 일들을 시킬 거야. 이수가 애써 사람처럼 살겠다고 다져 놓은 정상적인 삶이 한순간에 망가지는 거라고.'
'그래서 저 사람들을 신고한 거예요?'
'다행히 내가 경매품 옮기는 창고를 알아. 미리 제보했으니까 그 앞에 경찰 쫙 깔아서 검문하면 시간은 벌 수 있어.'
'그러니까 이러는 이유가 뭐냐고요!'

'왜겠어! 네가 뭐라고 할지언정, 난 네 엄마야.'

희정은 다시 경찰에 전화해 보다 정확하게 현재 상황을 알렸었다.

'여기 있으면 이수가 올 거야. 같이 도망가. 뒷일은 내가 알아서 할 테니까. 이런 식으로밖에 못해서…… 미안해, 해성아.'

일찍이 자신의 안에서 지워 버린 존재였다. 주희정을 위해 소모할 눈물이나 마음 따윈 없다고 생각했다.

"해성아! 괜찮아?"

조수석 문이 벌컥 열렸고, 뛰어왔는지 숨을 헐떡이는 이수가 거기 서 있었다. 다행히도 무사했다. 안도가 되는 한편, 여전히 미웠다. 해성은 얼굴을 일그러뜨렸다.

"……일단 타요."

이수는 무슨 말이라도 하려다 울 것 같은 해성을 보고 그냥 차에 타고 주변을 살폈다. 이곳은 서울 외곽이었고 논밭이 이어 지는 국도였다. 통행 차량이 드물진 않았지만 많은 편도 아니었 다. 어째서 이렇게까지 차가 막히는지 영문을 알 수 없었다.

"경찰이 검문 중이에요."

해성의 말대로 꺾어지는 커브길 옆, 매복해 있는 경찰차가 보였다. 길이 하나라 도망갈 구석도 없었다. 줄 서서 검문 순서 를 기다리는 중이었다.

이수는 허리를 곧추세웠다. 그가 몰았던 화물차가 저 앞에 보였다. 검문 중이었다. 화물칸을 열자 대량의 밀매품들이 들어 있는 나무 박스가 보였다.

"가만히 있어요."

이수가 차에서 내려 상황을 보려 하자, 해성이 나직하게 말했다. 운전석에서 손을 머리 위로 치켜든 희정이 내렸다. 가발도 벗은 민낯이었다.

경찰이 희정에게 무슨 말을 몇 마디 하더니 이어 희정의 몸을 돌려 팔을 꺾고 수갑을 채웠다.

"……엄마가 선택한 거예요. 저 여자는 왜 늘 저런 식이지."

앞에서 벌어지는 광경을 바라보며 해성이 허탈하게 중얼거렸다.

"엄마가 스스로 경찰에 신고를 했어요. 불법 경매가 벌어졌고, 밀매품이 실린 화물차가 이곳에 있다고."

이수는 순순히 연행되는 희정을 참담하게 보았다. 희정의 모정이야 익히 알고 있었다. 돈밖에 모르고, 저밖에 모르는 희정에게 있어 유일한 인간적인 부분이라 그도 그 점을 이용하려고 했었다.

"그럼 저건 스스로 자수한 거잖아."

"엄마니까래요."

해성의 목소리가 파르르 떨렸다. 이수는 해성을 보았다. 눈시울이 빨개졌다.

"엄마니까 자기 멋대로 버리고, 내 인생을 휘두르고, 인제 와서 엄마라서 저러는 거래. 그런 게 어디 있어요? 저렇게 나쁜 사람이 대체 어디 있냐고요."

이수는 자신이 자만했음을 깨달았다. 그도 해성의 감정을 멋대로 재단했다. 버려졌으니까, 책임져지지 못했으니까, 속여졌으니까 당연히 밉고 진저리 날 거라고 생각했다.

하지만 아니었다. 여전히 울고 원망하는 건 상대에게 마음이 남아서다.

"······널 진짜로, 많이, 사랑하고 아꼈거든."

그는 희정과 닮았다. 그래서 알았다. 희정이 무슨 생각으로 저러고 있는지.

희정은 자신이 끝내기로 한 것이다. 조사 과정에서 공범으로 정모와 명한을 엮을 생각이겠지. 간단하지만 제일 확실하게. 그래야 해성의 앞길이 조금이나마 편할 테니까.

"저게 자기 자식을 사랑하는 방식이에요?"

"······애석하게 네 엄마는 그런 방법밖에 모르나 봐."

희정이 아니었다면 그는 계속 명한과 정모에게 끌려다녔을 것이다. 그리고 그 상태로는 해성의 옆으로 돌아올 수 없었을지도 모른다.

"미안해. 내가 할 말이 없다. 진짜로······ 미안해."

이수는 말했다. 해성은 묵묵히 운전했다. 침묵을 깬 건 서울로 향하는 고속도로를 탔을 때였다.

"배는 왜 그래요. 어디 아파요?"

"아······ 배?"

무의식중에 계속 통증이 전해져 오는 배를 잡고 있었나 보다.

"이건 아무것도 아니……. 아닌 게 아니라 다쳐서."

해성의 걱정을 덜어 주려다가 그는 마음을 바꿨다. 해성은 여전히 냉랭했다. 제 코가 석 자니 동정심에라도 기대 보고 싶은 현이수다운 얄팍한 수가 고개를 치켜들었다.

"다쳤다고요? 볼도?"

이수는 아직도 꽤 뜨끈뜨끈한 볼을 손으로 매만졌다. 희정의 징벌이었다. 빵값 운운했던 값치고는 너무 쌌다. 이번엔 이전보다 더 오래 살다가 나와야 할지도 모른다.

"볼은, 이건……."

희정은 다시는 해성에게 거짓말을 하지 말라고 했지만 이건 해야겠다. 단지 서툴렀을 뿐인 희정의 모성을 해성이 더 오해하게 만드는 게 내키지 않았다.

하얀 거짓말이라는 것도 있잖아요, 엄마.

"응. 이것도. 말 안 듣는다고 엄청 때리더라. 병원 가야 하려나?"

이수는 농담처럼 말하며 셔츠를 들쳐 보였다. 배에 든 커다란 멍을 본 해성의 얼굴이 찌푸려졌다.

"……그 정도 갖고 무슨 병원이에요. 침 바르면 낫겠네."

"그래? 그럼 침이나 발라야겠네."

그가 순순히 한 대답에 해성이 그를 째려보았다. 어째 갈수록 주객이 전도되는 느낌이다. 해성의 눈빛에, 말에 꼼짝도 할 수 없었다. 이 여자를 화나게 하고 속상하게 하느니 내가 좀 힘들고 말지. 그렇게 됐다.

"그런데 해성아, 이렇게 멋지게 나타나서 날 데리고 도망가 주면 내 입장에선 기대가 된다는 거 알아? 혹시 화가 좀 풀렸을까 말이야."

"그건 별개예요. 용서 안 해요."

"……미안해. 때리고 싶은 만큼 때리고 화내고 싶은 만큼 화내. 네가 날 싫어하게 되면, 다시 좋아하게 하면 돼. 사람 홀리는 데 내가 재주가 좀 있거든. 그냥 버리지만 마."

"옆에 두고 괴롭힐 거야. 진저리 나게 화풀이할 거고, 나한테 상처 준 만큼 상처 줄 거예요."

"……얼마든지. 어떻게 취급을 해도 괜찮아. 옆에만 있게 해 줘."

해성이 그에게 무슨 짓을 하든 상관없었다. 앞으로 평생, 해성에게는 그 어떤 거짓말도 하지 않을 것이다.

이수는 기어 위에 얹은 해성의 손등을 조심스레 덮었다. 해성이 반사적으로 그의 손을 쳐 내려 하자 부러 엄살을 부렸다.

"으아아, 아파, 아파……!"

"아, 미, 미안해요……!"

그가 과장되게 배를 움켜쥐자 지레 놀란 해성이 사과를 해 왔다.

아마 희정이었다면 코웃음을 치며 영악한 놈이라고 욕을 했을 것이다. 곧 그가 아픈 부위가 이상하다는 걸 깨달은 해성과 눈이 마주치자 이수는 배시시 웃었다.

"아픈 데가 손이 아니잖아요."

"응. 배야."

"이 와중에! 그런 장난을 쳐요……!"

오늘따라 그를 보는 얼굴이 참 귀신같은 해성이었다. 그마저도 곱고 예뻐 보여 별 상관은 없었지만.

"네가 없으면 난 죽을 거야."

"죽어 버려요."

"그건 싫어. 네 옆에서 살기도 아까운 시간에 죽긴 왜 죽어. 허세로 한 말을 그렇게 다큐로 받아들이면 곤란해."

더 이상 반응하지 않기로 했나 보다. 운전을 하며 앞만 보는 옆얼굴이 고집스러웠다.

"……사기꾼이 자기 패를 다 보여 줬다는 건, 이 판 엎겠다는 거야. 그만큼 내가 너한테 진심이란 거야."

다사다난한 하루가 끝나 가고 있다. 하늘이 황혼으로 물들었고, 어느새 큰길로 접어든 차는 퇴근길 행렬에 합류했다.

"너 꼬시려고 눈웃음쳤는데, 내가 너한테 홀렸어. 그래서 나는 네가 나한테 어떤 욕을 하고 끔찍해하든 상관없어. 구질구질하지만 매달릴 거고, 모양 빠지지만 뻔뻔해질 거야."

입술을 앙다무는 해성을 물끄러미 보던 이수는 작은 목소리로 덧붙였다.

"미안해, 해성아."

핸들을 꽉 거머쥔 해성은 라디오를 틀었다. 아무리 열렬히 토로한들 더 이상 그의 진심은 닿지 않는 걸까.

— 속보입니다. 천안에서 미술 장물을 밀매해, 불법 경매를 열었던 이 모 씨가 익명의 제보자를 통해 검거되었습니다. 이 모 씨의 공범으로 서울에 거주하는 서 모 씨가 거론되어 현재 추적 중입니다. 경매품을 운반하던 주 모 씨는 사기 전과 12범으로 불과 두 달 전에 출소한 것으로 밝혀졌는데요, 다음 소식 들어오는 대로 전해 드리겠습니다.

"울려면 그냥 시원하게 울자. 그렇게 쌓아 두면 화병 생겨, 해성아."

울 것 같은 얼굴이었는데 용케 참고 있었다. 입술을 바르르 떨며 감정을 억누르던 해성이 갈라진 음성으로 말했다.

"지금은 당신을 보고 싶지 않아요. 시간이 필요해."

끝끝내 그를 밀어낸다. 가슴이 아프게 무너져 내렸다. 하지만 아프다고 티 낼 수도 없어 억지로 입술 끝을 끌어당겼다.

"나 이제 백수라 시간 많아. 열심히 기다릴게."

쓰레기의 순정

✦

"내려요."

해성이 차를 세운 곳은 약국 앞이었다.

"가서 침 발라 달라고 하라고요."

그가 빤히 보기만 하자 해성이 신경질을 냈다. 이수는 언제 상처받았었냐 싶게 부드럽게 웃었다.

"안 움직여요?"

"나 내려놓고 네가 그냥 갈까 봐 무서워서 못 내리겠어. 보통은 그러잖아? 싫다는데 죽자고 쫓아다니는 사람이 있어. 그러면 무슨 수를 써서라도 어떻게든 떼어 놓고 싶잖아."

"……내가 그렇게 치사해 보여요?"

"아니. 넌 아니지만 내가 충분히 치사한 사람이잖아. 약은 괜찮으니까 그냥 가자."

말도 안 되는 억지였다. 하지만 결국 그 억지 때문에 해성은 이수와 함께 약을 사 오고 말았다.

"밥은 먹었어?"

그녀가 운전하는 동안 자신의 배에 약을 바르고 옷을 내린 이수가 자연스레 물었다. 파랗고 빨간 피멍이 든 배에 시선을 꽂고 있던 해성은 뒤늦게 반응했다.

"먹었겠어요? 아침부터 추격 영화 대판 찍었는데."

"나도 그래. 종일 굶었어. 간단하게 뭐 좀 먹을까?"

"생각 없어요."

냉랭한 반응에 이수는 씁쓸하게 주의를 돌렸다.

"당분간은 집에 안 들어가는 게 좋겠어. 최 선생이 위험할 수도 있어."

"왜요?"

"명한이 형, 위험한 사람이야. 옛날엔 이 정도는 아니었는데."

거기까지는 미처 생각하지 못했다. 윤희는 괜찮을까. 자신과 같이 사는 걸 아니 무슨 일이 생겼을지도 몰랐다.

"저기, 휴대폰 있어요? 나 윤희한테 전화를……!"

"아니, 그러지 않아도 돼. 집에 가도 되겠다, 우리."

이수가 그녀에게 휴대폰을 내밀었다. 액정을 보니 기사가 하나 떠 있었다.

"오늘 오후, 중국에서 대량으로 밀수해 들여온 미술품 장물 거래로 검거된 주 모 씨에 이어 공범인 이 모 씨가 검거되었다. 또다른 공범인 서 모 씨는 행방이 묘연하지만 이에 경찰은……."

기사를 읽어 내려가던 해성은 이수를 보았다.

"서 모 씨라면……?"

"정모 형 말하는 거겠지."

정모가 이수에게 중요한 사람이라는 것을 안다.

"……왜 이렇게 된 거예요?"

"형이 알아 버렸거든. 형 동생이 죽은 날 밤, 왜 그 애가 거리로 내몰렸는지. 그게 나 때문이었다는 걸."

해성은 할 말을 찾지 못했다. 직접적으로 이수가 죽인 건 아니었다.

"걱정하지 마. 형 목표는 나니까. 이명한이 위험한 거지, 정모 형은 아니야. 네가 또 위험에 처할 일 없을 거야. 그러고 보니 이번 일도 나 때문에 이용당한 거네."

이수가 웃었다. 하지만 그 얼굴이 마치 우는 것처럼 보였다.

"미안해. 내가 널 너무 많이 사랑해서."

해성은 핸들을 꽉 틀어쥐었다. 목이 꽉 메어 왔다.

하루가 한 달처럼 길었다. 겨우 집 앞이었다. 해성은 비밀번호를 누르고 도어 록이 열리는 소리를 들으며 깊은 한숨을 내쉬었다.

"너랑 나, 이제 어떻게 되는 거야?"

현관 문고리를 잡자 등 뒤에서 이수가 물었다.

"나도 몰라요."

"나는 그만둘 생각 없어. 이렇게 된 마당에 어떻게든 계속 널 사랑할 거야."

사실 해성도 이쯤 되니 그가 진심이라고는 생각한다. 희정 때문이었다면 그가 더 이상 이럴 이유는 없었다. 그녀는 아무것도 가진 게 없으니까.

"나도 잘 모르겠다고요."

그럼에도 불구하고 그를 선뜻 받아들여지지가 않았다.

불순했던 동기 때문인지, 그에 대한 배신감 때문인지, 그들 사이에 얽혔던 많은 일 때문인지.

"주해성! 해성아! 해성이야?!"

문이 안쪽에서 벌컥 열리고 윤희가 뛰어나와 해성을 와락 껴안았다.

"괜찮아? 다친 데 없어?"

윤희가 해성의 얼굴을 이리저리 돌려보며 소리쳤다. 호들갑 아닌 호들갑에 해성은 피식 웃고 말았다.

"최 선생, 내가 말했죠. 반드시 데려온다고."

윤희가 이수를 잠깐 봤지만 이내 싹 무시하고는 해성에게 집중했다.

"나쁜 짓 안 당했어? 험한 꼴 안 봤냐고. 선량한 소시민한테 대체 무슨 짓들이야! 빨리 들어와. 얼른 씻고 쉬자. 고생했어."

윤희는 매정하게 문을 닫으려 했다. 이수는 천천히 닫히는 현관 문틈 사이로 해성을 지켜보았다.

그는 늘 답이 있었는데 이번만큼은 답이 보이지 않았다. 사람의 마음을 얻는 일은 세상에서 가장 어려운 일이었다. 그걸 늘 게임처럼 쉽게 생각해 왔다.

이수는 해성의 집 앞에서 벨을 누르려다가 말았다. 혹시 쉬고 있다면 방해하고 싶진 않았다. 하지만 보고 싶었다.

머뭇거리며 다시금 손을 올렸다가 내렸다. 이전에 해성이 했던 말이 떠올랐기 때문이다.

'지금은 당신을 보고 싶지 않아요. 시간이 필요해.'

가뜩이나 미운 구석 천지일 텐데 여기서 더 나빠지고 싶지는 않았다. 자조적으로 일그러지는 입가를 쓰게 문질렀다.

"이걸 준다는 핑계도 구차하겠지."

옆구리에 낀 박스를 쓰게 내려다보곤 한숨을 쉬었다. 이수는 뒤로 물러나 벽에 기대선 채 해성의 집 문을 바라보았다.

원래 그는 습관처럼 웃는 사람이었다. 사람이 사람을 미혹하려면 웃어야 한다는 것을 해성에게서 배웠다. 그는 12년 전, 싱그럽게 웃던 해성을 보고 반했으니까.

"네가 내 세상을 컬러로 만들었는데, 난 네 세상을 흑백으로 만들어 버렸네."

그는 자극에 무뎠다. 양심이 둔감했고 죄책감도 우둔했다. 옳은 일, 옳지 않은 일에 대한 기준은 있었지만 그걸 지켜야 할 필요는 느끼지 못했다. 그가 겪어 온 세상도 그에게 그러지 않았으니까.

"가까이 가지 말걸. 아무리 내 목숨이 귀했어도 널 제대로 보지는 말걸. 소중한 건 그냥 지켜보기만 했어야 하는 건데. 만지면 안 됐던 건데."

그는 해성 덕분에 좋아서 웃는 게 얼마나 행복한 일인지 알게 됐다. 여기저기 베이고 파인 상처 가득한 속내가 아무는 것 같았다. 정작 자신이 상대의 속을 할퀴고 찢는다는 건 심각하게 생각하지 않았다.

"……미안해. 다 아는데도 못 놓겠어. 놓기가 싫어. 포기가 안 돼."

자신이 생각해도 스스로가 진저리 났다.

"네가 내 눈에 보여야 다시 꼬실 거 아니야. 여지도 안 주냐. 나쁘다."

닫힌 문에 대고 허탈하게 중얼거렸다. 그런데 그때, 갑자기 문이 벌컥 열렸다. 이수는 벽에서 등을 뗐다. 안쪽에서 나오던 해성이 멈칫 서며 그를 보았다.

"해성아."

그가 불렀지만 해성은 몸을 돌려 복도를 걸어갔다. 마치 파블로프의 개가 된 것 같았다. 그녀만 보면 침을 흘렸다.

"알은척도 안 하냐."

그가 보란 듯이 말했지만 해성은 꼿꼿하게 걸었다.

"어디 가는데."

엘리베이터에 오르는 해성을 따라 탔다.

"밤늦었어. 여자 혼자 이런 밤에 나다니는 거 아니다."

"……."

"너 예뻐서 누가 채 가. 내 눈에만 예쁜 거 아니야."

엘리베이터는 1층을 향해 천천히 내려갔다.

"지금도 나 보고 싶지 않아?"

지하 1층에 도착한 엘리베이터 문이 열렸다.

"언제까지 보고 싶지 않을 것 같은데?"

해성은 주차해 놓은 바이크로 갔다.

"나는 네가 내 전화를 안 받아서 올 뻔했어."

그는 묵묵히 헬멧을 쓰고 있는 해성의 옆에 섰다.

"네가 보고 싶어서 눈이 다 짓물렀어."

해성이 바이크에 올라타려고 했다. 이수는 그 앞을 막고 서서 상의를 살짝 들췄다.

"이제 거의 다 나았어. 혹시 걱정할까 봐. 걱정하지 말라고."

아직 노르스름한 멍이 그의 복부에 남아 있었다. 해성이 그제야 그를 보았다. 들쑥날쑥 그를 쑤셔 댔던 감정들이 해성을 마주하자 잔잔하게 가라앉았다. 숨이 트이는 것 같았다. 살 것 같았다.

"너한테 더 나은 거짓말이 있었다면 그게 뭐든 했을 거야."

헬멧 실드를 사이에 두고 해성이 그를 공허하게 보았다.

"그런데 더 나은 거짓말 같은 건 없잖아. 거짓말로는 그 이상이 안 되잖아."

잠시 정적이 이어졌다. 하지만 해성이 곧 입을 열었다.

"일하러 가야 돼요. 비켜요."

"이 시간에?"

"안전 귀가 서비스."

"그런 것도 해? 위험하지 않아?"

해성은 등에 메고 있던 가방을 열어 바이크 시트 위에 내용물을 하나씩 올려놓았다. 검은 곤봉, 호신용 벨, 휴대용 망치, 호신 스프레이, 전기 충격기까지.

이건 그냥 가방이 아니라 숫제 연장통이었다. 사람 두셋은 그냥 골로 보낼 만큼 완벽한 자기 보호 물품들이었다.

"난 아직 당신에 대해 어떤 결론도 못 내렸어요."

해성은 그것들을 다시 주섬주섬 가방에 넣었다.

"그러니까 내가 그러라고 할 때까지 내 앞에 알짱대지 마요. 이거 다 꼭 치한한테만 쓰라는 법 없어요."

해성은 가방을 다시 등에 메고 바이크에 올랐다. 바로 시동을 걸고 주차장을 빠져나갔다. 이수는 잠깐 멍하게 있다가 갑자기 웃음을 터트렸다.

한번 터진 웃음은 쉬이 멈추지 않았다. 자꾸 알짱대면 이 연장, 너한테 쓰겠다는 무시무시한 말이 너무 강렬해서 웃음이 났다. 하루 종일 웃을 일이라고는 쥐뿔만큼도 없었는데 실성한 것처럼 웃음이 터졌다.

"큭큭큭, 아, 미치겠다……!"

주해성이 그를 끔찍해하고 있을지도 모를 지금 이 순간에도 그 여자는 그를 웃게 했다.

"귀가 서비스란 말이지……?"

이수는 옆구리에 낀 박스를 다른 쪽으로 옮겨 들고는 머리를 굴렸다.

"치사하게 뭐 하는 짓이에요?"

"집에 같이 가고 싶어서."

"일이 아직 남아서 유감스럽지만 그렇게는 못 하겠네요."

해성은 그의 얼굴을 보자마자 돌아섰다. 예상했다.

이수는 바로 자리에서 일어나 카페를 나가는 해성을 쫓아 갔다.

"소장님한테 각별히 부탁했는데. 주해성 씨 마지막 스케줄로 넣어 달라고. 일 없는 거 알아."

"소장님한테 대체 뭐라고……!"

성질을 버럭 내던 해성은 미간을 구겼다. 마지막 심부름을 하고 바로 퇴근하라며 입꼬리를 올리는 김 소장의 얼굴은 지금 생각해 보니 꿍꿍이가 가득했다.

"안녕하세요, 저는 주해성 남자 친구 현이수라고 합니다. 제 가 해성이한테 잘못한 게 있어서 요즘 그 여자가 아주 많이 저

기업입니다. 사과를 하고 싶은데 도움을 좀 받을 수 있을까요? 물론 정당한 심부름 페이는 지불하겠습니다라고 했어."

"그 말을 믿어요?"

"직접 찾아가서 의사 명함도 주고, 같이 찍은 사진도 보여 주고 관계 증명을 위해 최선을 다했거든."

못 말리겠다. 미우려다가도 어이가 없었고 화가 나다가도 맥이 빠졌다.

"하아. 생각할 시간을 달라고 했잖아요."

그가 특별히 '걸어서 귀가'라고 요청했기에 해성은 바이크를 가져오지 않은 참이었다.

"생각할 시간을 줬다간 나쁜 쪽으로 결론 날까 봐 겁이 나서."

그는 해성을 뒤따라 그림자를 밟듯 걸었다.

묘했다. 12년 전에도 이렇게 해성의 뒤를 쫓아다니는 게 그의 일이었다.

우습게도 또다시 반복되고 있다.

"집에 갈 거지?"

먼지 취급하기로 한 건가. 해성은 주변을 두리번거리다 버스 정류장에서 집으로 가는 버스를 골라 탔다. 이수는 해성이 앉은 자리 앞에 손잡이를 잡고 섰다.

"내가 누구 스토커를 한 적이 있거든. 아주 어린 여자애였어. 중학생이었고 주해성이라는 이름이었어. 그 애는 모르겠지만, 2년 정도 쫓아다녔었어."

이수는 밑도 끝도 없이 불쑥 이야기를 시작했다.

"그 애 엄마가 시켰거든. 자기 딸이 어떻게 지내는지 지켜보라고."

이전에는 해성의 감정 따위야 손바닥 보듯 환했는데 지금은 모르겠다.

"그래서 난 그 애에 대해 아는 게 많아. 교복 치마 밑에 체육복 받쳐 입는 거, 문구점 뽑기를 광적으로 좋아했던 거, 툭하면 엄마 납골당 가서 끅끅대며 울었던 거."

그의 잔잔한 목소리가 해성의 머리 위로 내려앉았다.

"엄청 잘 웃었던 거, 꼬집는 장난을 좋아하는 거, 운동장 조회할 때 졸다가 뒤로 넘어간 적 있는 거, 쪽팔리니까 기절한 척한 것까지 그 애 흑역사를 너무 샅샅이 알아."

해성이 벨을 누르고 버스에서 하차했다. 이수는 곧바로 따라 내렸다. 이런 그가 징글징글할지도 모르겠다. 하지만 생각할 틈 따위는 주고 싶지 않았다.

그 같은 머저리는 역시 버리는 게 낫겠다는 생각을 하고 말 테니까.

"12년이 지나고 다시 그 애를 만났어. 철저한 계획하에. 그런데 뭔가 이상했어. 내가 아는 주해성은 잘 웃고, 장난도 잘 치고, 표현이 다채로웠던 반짝이는 애였는데, 다시 만난 주해성은 꼭 옛날의 나 같았어. 퍼석하고 메마르고 삭막해서 전혀 다른 사람 같았어."

집 근처가 아닌 조금 멀리 떨어진 정류장에서 내린 탓에 다시 열심히 걷는 중이었다.

"그런데 아니더라. 감쪽같이 사라진 줄 알았던 그 애가 여전히 있더라. 그 앤 내가 생각했던 것보다 더 강하고, 예쁘고, 사랑스럽더라."

알려 주고 싶었다. 사기가 아닌, 남자 현이수가 여자 주해성에게 빠지게 된 길고 긴 이야기를.

"계획 같은 건 어느 순간 의미가 없어졌어. 이게 내가 의도한 게임인지, 아닌지 헷갈리기 시작했고, 난 내가 그 애에게 빠졌다는 걸 인정했어."

고집스럽게 한 번도 돌아보지 않는 모습마저 사랑스럽다.

"나는 되게 불쌍한 놈이야. 눈 뜨고는 못 봐 줄 정도로."

맨션이 보였다. 해성의 걸음이 빨라졌다.

"나는 사랑해, 좋아해 이런 말이 제일 쉬워. 옛날엔 필요하다면 처음 보는 여자한테도 그렇게 말했었어. 여자는 마음으로 아는 게 아니라 머리로 아는 거라고 생각했어."

해성이 좋아했던 상냥한 현이수는, 그녀의 말대로 환상이었을지도 모른다.

따뜻한 솜이불처럼, 달달한 솜사탕처럼 그렇게 사랑이 다인 남자는 그가 아닐지도 몰랐다.

"나한테 사람과 사람의 관계는 비즈니스였어. 그게 제일 명확했고, 간편했고, 깨끗했거든."

자신의 진짜 얼굴 같은 건 이제 모호했다. 그는 마음만 먹으면 매너 좋은 사업가, 여자 보기를 꽃 보듯 하는 한량, 친근한 옆집 총각, 비열하고 천박한 깡패가 될 수도 있었다. 하고자 하면 그 무엇이라도 연기할 수 있었다.

"그래. 아무리 좋게 포장하려고 해도 진짜 현이수는 재활용도 안 되는 쓰레기야."

하지만 해성과 있을 때는 그러지 않았다. 머릿속으로 계산하지 않았다. 그저 어떻게 하면 해성이 웃을지, 행복해할지 그런 실없는 일들만 생각했다.

"그럼에도 불구하고 사랑해."

해성을 중심으로 그의 우주가 돌았다.

"적어도 모르는 사람 보듯 외면은 하지 말아 줘라."

이렇게 질척하게 굴어 본 적이 없다. 그녀가 그를 밀어낼 때마다 가슴이 뜯기고 부서졌다. 그리고 그는 그렇게 진창이 된 가슴을 어떻게 보듬어야 하는지 모르는 멍청이였다.

"처음으로 여자를, 머리가 아니라 마음으로 안고 싶어졌어. 너와 나의 관계는 믿음과 신뢰가 기반이기를 바랐고 사랑해, 좋아해 이 말이 제일 어려워졌어. 주해성이 나한테 그래. 현이수라는 쓰레기를 사람이고 싶게 만들었어."

정말이었다. 밥 먹듯 했던 거짓말은 죽을 때까지 하고 싶지 않아졌다.

"계획은 진즉에 망했어. 내가 너 때문에 많이 행복해졌거든. 그런 사람을 어떻게 이용해. 아무리 쓰레기라도 고이 아껴 둔 순정은 있는 건데."

이수는 자조적으로 웃었다. 엘리베이터 앞에서 멈춰 선 해성은 문이 열리자 올라탔다. 돌아선 그녀는 울 것 같은 얼굴이었다.

"배신감이 문제면 차라리 욕을 하고 때려. 서로 마주 보고 죽도록 괴롭히자. 안으로 삼켜서 곪게 하지 말고, 박 터지게 싸우자."

"뻔뻔해."

"알아. 그런데 그런 뻔뻔함이 아니면 난 너한테 내세울 게 없어."

해성이 그를 원망스레 쏘아보다 그의 손등을 이로 꽉 물어 버렸다.

엘리베이터가 15층에 도착하자 해성은 바로 내렸다. 이수는 손등을 살필 여력도 없이 바로 해성을 쫓아갔다.

"해성아! 그거! 가지고 들어가."

이수는 해성보다 앞서서 그녀의 집 앞에 놓아둔 상자를 들어 내밀었다.

"네가 그렇게 궁금해하는 주희정이라는 사람의 속. 눈으로 봐. 여기서부터 푸는 게 맞는 것 같아."

잠시 망설이던 해성은 이내 빼앗듯 상자를 들고 집으로 들어가 버렸다.

"하, 5시간 기다리고 30분이라……. 사랑의 상처도 얻었고."

이수는 닫힌 문을 씁쓸하게 보며 이 자국이 진하게 남은 제 손등을 내려다보았다. 통증이 아픈 게 아니라, 여기 새겨진 해성의 상처가 아팠다.

이수는 돌아서려다가 박스 옆에 놓아두었던 손바닥만 한 비닐봉지를 들어 현관 고리에 걸었다. 해성을 위해 준비한 오늘

분의 뽑기였다.

해성은 거실 테이블 위에 올려놓은 상자를 무릎 위로 가져왔다. 뚜껑을 열자 보이는 건 둥그런 구체들이었다.

뽑기였다. 모두 세 개였다.

정확히 이수를 만나지 못한 날들만큼의 개수.

해성은 뽑기를 옆에 두고 그 밑의 내용물을 꺼냈다. 오래된 종이와 사진들이었다.

"이게 다 뭐야……?"

수백 장은 될 것 같은 종이 뭉치들은 모두 그녀에 대한 보고서였다. 날짜와 날씨, 그녀의 일과, 교우 관계, 사진까지…….

일과만 간략하게 서술된 종이에 어느 순간 감상이 덧붙기 시작했다.

[안 좋은 일이 있는 것 같다. 표정이 종일 우울하다. 알고 보니 금요일. 납골당 가는 날.]

[꼬맹이 주제에 남자들한테 인기가 꽤 있음. 짓궂은 장난을 치는데 주해성을 좋아하는 게 확실함.]

[할머니랑 싸웠는지 집에서 울면서 나옴. 짜증 나.]

해성은 손에 들고 있던 종이들을 무릎 위로 내려놓았다. 중학교 2학년 때의 기록이 제일 많았다.

"그래서 뭐. 어쩌라고……!"

희정이 범죄자의 딸로 살게 하고 싶지 않았다며 목에 핏대를 세우고 토로했던 말들이 머릿속을 울렸다.

해성은 손에 쥔 종이를 왈칵 구겨 쥐었다.

이수는 여기서 푸는 게 맞는 것 같다고 이 상자를 주었지만 아니었다. 손을 뒤통수에 댄 채 경찰에게 체포되는 희정의 모습이 그녀의 가슴 어딘가를 콕콕 찔러 댔다.

"옳은 게…… 맞는 게 대체…… 뭔데……?"

해성은 고개를 숙였다. 그런데 상자 속에 아까는 보지 못한 봉투가 눈에 들어왔다.

다른 것들처럼 낡지 않은 새것이었다. 봉투 겉에는 그녀의 이름이 적혀 있었다.

[읽기 싫어도 읽었으면 좋겠다. 이건 나와 네 엄마의 역사니까.]

악필이었다. 알아보기도 힘들었다. 하지만 노력해서 꾹꾹 눌러 쓴 티가 났다.

[엄마는 영안실에서 처음 만났어. 시체 닦는 아르바이트를 했었는데, 물에 빠졌는지 홀딱 젖은 아줌마가 맨발로 뛰어 들어왔지.]

그의 편지는 두서없이 시작됐다.

[엄마는 자기 대신 장례를 치를 신원 미상의 시체를 찾았고, 난 그걸 제공해 줬어. 그게 인연이었어. 급여가 좋은 아르바이트를 소개해 준다고 했고, 엄마와 함께한 아르바이트 보수는 내가 1년을 뼈 빠지게 일해도 못 벌 돈이었지. 그 후로 엄마와 함께였어. 어느 날은 엄마가 날 부르더니 널 지켜보라고 했어. 자기 딸인데, 잘 지내고 있는지 궁금하다면서. 놀랐지. 피도 눈물도 없는 아줌마인 줄 알았는데 말이야.]

이수와 처음 만났던 날이 떠올랐다. 그건 기가 막힌 우연이 아니었다. 필연이었다.

"뭐 해? 아우, 피곤해."

현관문의 잠금쇠가 풀리고 퇴근한 윤희가 터덜터덜 들어왔다.

[좋아하더라. 사진을 같이 보고한 날에는 밤에 혼자 그 사진만 들여 다보고 있더라. 너에 관해선 아주 딸불출이었어. 그렇게 금쪽같은 자식 을 왜 버렸는지 물었지.]

"오늘 진짜 재수 옴 붙은 날이야. 아침부터 되는 일이 하나도 없는 거 있지."

그녀의 옆에 털썩 앉은 윤희가 TV를 켜며 게으르게 늘어졌다.

[자기가 사고를 하나 쳤는데 그것 때문에 딸이 위험해서 신분 세탁 은 해야 했다고 하더라. 생각해 보니 범죄자 엄마를 둔 것보다는 없는 게 낫지 않겠냐면서. 이기적이었지만 입장 바꿔 생각하면 그럴 수도 있 다는 생각도 들더라.]

― 다음 소식입니다. 최근 중국에서 들여온 장물을 불법 경 매한 일당 중 사기꾼 주 모 씨에 대해서 검찰은…….

윤희가 움찔하며 TV 채널을 돌리려 하는 걸 해성이 못 하게 막았다.

"괜찮아."

TV에는 희정이 경찰 포토라인에 서 있는 모습이 방송되고 있었다.

내가 당신을 이해해야 하는 거예요……?

그럴 수도 있다고.

그럴 만했다고…….

"네가 내 변호사라고?"

이수를 마주 본 희정은 어이없다는 듯 실소를 흘렸다.

"직접 대면하려면 그게 제일 그럴듯해서요. 앉아요, 엄마."

이수는 손에 쥐고 만지작거리던 열쇠고리를 주머니에 넣고 자리에 앉았다.

"너랑 내가 다시 볼 일은 없을 거라고 생각했는데."

"볼 일이 왜 없겠어요. 내가 사랑하는 여자 엄마잖아."

희정의 표정이 잠깐이지만 굳었다. 하지만 그녀는 곧 다시 여유로운 얼굴을 가장했다.

"왜 그랬어요?"

이수는 다짜고짜 물었다. 희정은 그런 이수의 반지르르한 얼굴을 물끄러미 바라보았다.

"혹시 나한테 한 짓을 반성해서요?"

"웃기는 소리 한다. 너 언제부터 그렇게 감상적이 됐니? 난 그때 나의 선택은 옳았다고 믿어. 한번 후회하기 시작하면 걷잡을 수 없지. 인생 자체가 무기징역감이니까."

반성하지 않는다. 후회도 않는다. 그걸 되새기는 순간 자신이 살아온 삶이 송두리째 무너지리라. 그러니까 하지 않겠다. 희정은 고집스럽게 생각했다.

"……너랑 내가 마주 앉아서 할 얘기는 하나밖에 없어. 해성이는 어쩌고 있니?"

주희정다운 고집과 말에 이수는 눈을 내리깔았다.

"좀처럼 나를 만나 주지 않아요. 옛날에 나한테 그런 방법도 좀 알려 주지 그랬어요."

"방법?"

"이런 상황이 생겼을 때 사람 마음을 다시 돌리는 법이요. 진심으로."

그의 말에 희정이 고개를 돌리며 씁쓸하게 웃었다.

"그걸 알았으면 나도 이러고 있진 않겠지."

쇠창살이 삭막하게 가린 창을 바라보았다. 출소한 지 3개월 만에 다시 돌아오고 말았다.

"……여기 좋아요?"

"너라면 좋겠니?"

"싫을 것 같아서 해 본 말이에요."

"일이 마음대로 안 풀리는 모양인데 포기하지 마. 해성이 혼자 두려고 내가 여기 들어앉아서 명한이랑 정모까지 끌어들인 거 아니야."

희정이 날카로운 눈으로 그를 응시했다.

"나라도 괜찮겠어요?"

"안 괜찮아. 하지만 누구라도 총알받이는 있어야 할 거 아니야. 해성이가 지금 가장 원망하는 대상은 너고, 그거 네가 다 받아 내야지. 그 애 속 다 풀어질 때까지."

냉랭하게 하는 말이 차갑지만 한편으로는 따뜻했다. 희정의 주체는 항상 해성이었다.

"……자기 자식 아닌 사람한테는 참 잔인하네요, 엄마."

이수는 자리에서 일어났다.

"다음엔 너 같은 가짜 말고 제대로 된 변호사 보내."

"변호사 수임료 비싸요. 엄마가 낼 거면 승소율 좋은 사람으로 찾아서 보낼게."

등 뒤로 문이 닫혔다. 자리에 홀로 남은 희정은 이수가 나간 문을 바라보다 자리에서 일어났다. 몸을 돌리려다 멈칫했다. 이수가 앉아 있던 자리 바닥에 뭔가 떨어져 있었다.

가까이 다가가 보니 옛날에나 유행했던 캐릭터 모양의 열쇠고리였다. 이수가 갖고 다닐 만한 건 아니었다. 하지만 옛날에도 종종 봤었다. 마스코트처럼 갖고 다녔었다.

"이걸 아직까지 갖고 있어?"

희정은 등 뒤에서 그녀를 데리러 온 소리가 들려 열쇠고리를 얼른 옷 속으로 넣었다.

병원도 그만두고 백수가 된 그는 정말 할 일이 없었다. 그가 하루 동안 하는 것은 대체적으로는 해성을 기다리는 일이었다.

"오늘 일은 끝난 거야? 지나가다가 마침 시간이 그럴 것 같길래. 우연이네."

일을 마치고 사무소로 돌아온 해성을 맞이하며 그는 손을 흔들었다.

"계속 이럴 거예요?"

계속된 눈도장에 해성은 거의 반포기 상태였다. 결국 그의 근성이 이긴 셈이었다.

"원하는 게 뭐예요?"

"다시 네가 날 보는 것, 날 의지하는 것, 날 사랑하는 것, 나랑 노는 것."

이 대화 역시 며칠간 쳇바퀴 돌듯 되풀이되는 대화였다. 해성은 고개를 가로저었다. 몸을 돌려 사무소를 향해 터벅터벅 걸었다.

"아직도 생각 중이야? 앞으로 얼마나 더 생각 중이어야 할까?"

그가 묻는 말, 그 어떤 것에도 대답할 수가 없었다.

"좋아. 이렇게 사람 피 말리는 거면 이것도 기쁘게 받아들일게. 결과만 좋으면 돼."

이수가 머리 위에서 말했다. 그를 괴롭히는 게 즐거운 건 아니었다.

"또 올게. 난 늘 네가 보고 싶더라."

해성은 이수의 배웅을 뒤로하고 사무실로 들어왔다.

"수고했어요. 해성 씨 앞으로 택배가 왔더군요. 확인해 보세요."

"택배요?"

그녀가 들어서자 사무를 보던 김 소장이 턱짓으로 그녀의 자리를 가리켰다.

책상 위에는 작은 상자 하나가 단정하게 놓여 있었다.

뭔가를 주문한 적이 없는데 이상했다. 의아한 얼굴로 상자를 이리저리 뒤집어 보았다. 발신인도 따로 적혀 있지 않았다.

"소장님, 근데 이거…… 따로 주소도 적혀 있지 않은데, 어떻게 왔어요?"

소장이 고개를 들고 눈을 깜빡였다.

"택배 기사님이 주해성 씨 앞으로 온 거라고 해서 거기 두라고 했을 뿐인데요?"

택배에는 그녀의 이름만 덩그러니 쓰여 있었다. 택배를 열자, 안에는 완충재와 함께 휴대폰 하나가 덩그러니 놓여 있었다.

해성은 그것을 들어서 뒤집어 보다가 다시 박스 안에 두었다. 이게 뭐든 종일 돌아다녔더니 정리하고 집에 가서 쉬고 싶은 마음이 더 컸다.

그런데 박스 속의 휴대폰이 울리기 시작했다.

"……여보세요?"

— 설마 이수랑 다시 행복할 건 아니죠?

낯선 남자의 목소리가 전화 너머에서 울렸다.

"누구……세요?"

— 나 정모예요. 이수 친한 형, 서정모.

해성은 목구멍으로 침을 꼴깍 삼켰다. 현재 이명한은 희정과 함께 검거된 상태였지만 정모의 행방은 모호해 수배가 내려진 상태였다.

— 할 얘기가 있으니 8시까지 길동 J 정비소로 와요.

"내가 왜 가야 해요?"

이수는 정모가 그녀에게는 접근하지 않을 거라고 했다. 명한과 달라서 그럴 사람이 아니라고 했다.

— 와야 할 겁니다.

전화는 끊겼다. 해성은 끊어진 전화를 막막하게 내려다보았다. 경찰에 신고해야 한다. 직접 마주하는 것보다 바보 같은 일은 없다. 곧장 '112'를 누르던 해성은 통화 버튼 앞에서 망설였다.

이수에게는 친형 같은 사람이었다. 납골당에서 죄책감에 짓눌려 일그러지던 그의 얼굴을 봤다.

"하……! 진짜 못 살아. 내 팔자, 내가 꼬는 거지 뭐!"

해성은 번호 키패드를 지우고 이수의 번호를 눌렀다. 통화음이 채 두 번도 울리기 전에 이수가 전화를 받았다.

"서정모 씨한테 전화가 왔어요. 길동 J 정비소 8시에서 보자고 했어요."

J 정비소를 앞에 둔 이수는 착잡한 얼굴로 간판을 올려다보았다. 늦은 시간이 아닌데도 불구하고 정비소는 셔터를 내리고 있었다.

"나는 현이수가 아니라 주해성을 불렀는데, 네가 왔네?"

"그렇게 됐네."

"보통 이런 상황에서는 사랑하는 사람을 지키겠다고 당사자에게는 말하지 않고 오지 않나?"

"드라마를 너무 봤어, 형."

정모가 정비소의 사각지대에서 천천히 걸어 나왔다.

"……스타일 다 죽었네, 서정모."

"이 상황에 스타일이 살면 말이 되겠냐?"

약 열흘간의 도피 생활이 패션 피플 서정모의 각을 다 죽였다. 정모가 좋아했던 페도라는 흔적도 없고, 허름한 차림의 초라한 남자가 보였다.

"상관없는 해성이한테 그러는 건 반칙이지."

"왜? 너도 내가 소중하게 생각하는 걸 망가뜨렸잖아. 똑같이 해 주는 게 잘못된 거냐?"

이수는 씁쓸하게 웃었다. 해성에게 장담했다. 정모가 그녀를 건드리는 일은 없을 거라고. 하지만 예상이 보기 좋게 빗나갔다.

"진짜…… 서정모 안 같다."

"나다운 게 뭔데?"

"의리에 살고 의리에 죽는 것. 쓰레기 현이수한테 내 동생 하면서 투정 부리는 것."

이상했다. 정모에게 화가 나지 않았다. 정모가 보잘것없는 그의 인생에 채워 준 자리가 적지 않아서 화보다는 복잡한 감정이 먼저 들었다.

"장난하냐? 그런 놈은 옛날에 죽었다."

정모가 한 걸음을 더 앞으로 디디며 품 안에 손을 넣었다.

"내가 경찰을 불렀을 거라는 생각은 안 했어?"

"상관없어. 어차피 이판사판이다."

희정의 돌발 행동으로 모든 일을 망쳐 버렸다. 희정이 그와 명한을 공범으로 엮었고 명한은 무슨 수를 쓰기도 전에 검거되었다. 가까스로 도망쳐서 몸을 숨겼다. 이렇게 허무하게 끝낼 수는 없었다. 그는 정현이의 죽음에 대한 책임을 물어야 했다.

"네가 그렇게 두 눈 시퍼렇게 뜨고 돌아다니면 정현이가 하늘에서 두 발 뻗고 자겠냐."

핏발 선 눈으로 이수를 쏘아보던 정모는 바로 이수에게 달려들었다. 몸을 쓸 줄 모르는 놈이 아니었다. 그런데 이수는 그에게 저항하지 않았다. 그가 밀치는 대로 옆으로 쓰러졌고 그가 내지르는 주먹에 그대로 맞았다.

"못 자겠지. 정현이는……."

고개가 옆으로 꺾인 이수가 자조적으로 말했다. 정모는 다시 한번 주먹을 휘둘렀다. 이수의 고개가 반대쪽으로 돌아갔다. 정모는 얼굴을 일그러뜨렸다.

"제기라아아알!"

마구잡이로 밑에 깔린 이수를 향해 분노를 퍼붓던 정모는 소리를 버럭 내질렀다.

"왜 가만히 있어, 이 자식아! 왜 맞고만 있어!"

"……다 때렸으면 얘기 좀 하자."

이수가 뭉개진 발음으로 말하며 힘없이 웃었다.

"할 얘기 없어! 네가 정현이랑 똑같이 죽어 버리지 않는 이상 너한테 할 말 없어!"

"그 얘기를 하자고. 정현이가 죽었던 날에 대해서."

"뭐라고 지껄이려고. 네 탓이 아니었다고? 내가 그 말 믿을 거 같아? 꺼져! 이 새끼야!"

정모는 광기 어린 얼굴로 이수에게 고래고래 소리 질렀다.

"형이랑 나랑 12년이야. 내 말도 들어 줘야 할 거 아니야."

"네가 정현이한테 한 짓은, 12년 알고 지낸 형 동생 사이에 할 짓이었냐?"

정모의 핏발 선 눈에서 눈물이 뚝뚝 떨어졌다.

"네가 죽인 거나 마찬가지야. 너만 아니었으면……! 너만 아니었으면 정현이, 그렇게 죽지 않았어!"

"사고였어!"

이수가 정모를 밀치고 일어나며 말했다. 떠밀려 바닥에 널브러진 정모가 낄낄거리며 웃었다.

"하, 사고? 그래, 그때도 그랬지. 사고였다고. 늦었다고. 그렇게 말하는 게 쉬웠겠지!"

"쉽지 않았어!"

"무슨 말인들 못 해! 너 죽여 버릴 거야. 내가 반드시 너……!"

둘의 소리가 커지자 드물게 길을 지나가던 사람들의 이목이 빈 정비소 안쪽으로 쏠렸다. 그들을 돌아본 이수는 정모를 다시 돌아보았다.

"수배 내렸더라. 몸 먼저 사려. 잡히지 말고. 불법 경매, 이명한이 벌인 일이잖아."

이수는 돌아섰다. 사람이 좋아서, 자신에게는 없는 인간미가 참 좋아서 정모와 지금까지 왔다. 가족처럼, 친형처럼, 무슨 일이 있어도 갖고 함께할 각오로 가져온 인연이었다.

"거기 서! 서라고 했어! 서라고!"

큰길로 향하는 그에게 정모가 다시 달려들었다. 이수는 근처 전봇대에 보이는 쓰레기봉투를 집어 정모를 향해 던졌다. 봉투가 터지며 속에 든 내용물들이 정모에게 쏟아졌다.

"머리 좀 식혀!"

옆으로 나뒹군 정모를 내려다보다 다시 몸을 돌렸다. 사과를 할 생각이었다. 인제 와서 사과한들 달라지는 건 없지만 그래도 제대로 사과를 하고 싶었다.

"내가 잘했다는 게 아니라고……!"

정모와 함께 지지고 볶았던 12년의 세월이 그를 약하게 만들었다. 이수는 큰길로 나와 걸었다. 해성이 보고 싶었다.

또 슬그머니 눈앞에 나타나서 찰 거머리처럼 들러붙으면 인상을 쓰겠지. 무슨 얘기를 해야 그 예쁜 얼굴이 조금이라도 덜 찌푸려질까.

"뭐야! 꺄악!"

"미쳤나 봐!"

"아아악!"

갑자기 사방에서 비명 소리가 비산했다. 이수는 의아한 얼굴로 돌아보았다. 그리고 눈을 부릅떴다. 비명을 지르는 몇몇 사람이 건물 쪽으로 정신없이 뛰었다.

검은 차량 한 대가 브레이크가 고장 난 것처럼 도보 위로 돌진하고 있었다.

"거기! 조심해요!"

누군가 외쳤다. 그도 차를 피하려고 했다. 그러나 차 운전석에 앉은 인물과 눈이 마주친 순간 굳었다. 정모였다.

"아, 저 양아치. 이명한한테 물들었어. 그러게 그 새끼랑 놀지 말라니까……!"

이수는 차에 받혀 보닛 위로 굴렀다가 바닥으로 떨어졌다. 세상이 순식간에 깜깜해졌다. 그 와중에도 해성의 얼굴만 떠오르는 걸 보면 정말 자신은 답이 없었다.

늦게 배운 도둑질이 더 무섭다더니.

"하……아!"

늑골이 나갔나. 뱃가죽이 욱신거렸다. 팔은 제대로 붙어 있나. 죽지는 않겠지. 반병신이 되면 안 되는데.

별별 생각이 두서없이 그의 머릿속에 차 들었다.

"이봐요! 괜찮아요? 바로 구급차 부를게요! 저기요!"

누군가 정신없이 머리 위에서 소리쳤다. 시야가 뿌옇다.

"사람이 치었어요!"

"차는 뺑소니 쳤어! 그 남자, 죽은 거 아니죠?"

이수는 속으로 욕을 읊조렸다. 원래 교통사고 환자는 이렇게 함부로 몸을 쭈물거리면 안 되는데. 어디가 어떻게 부러졌을지 모르니까 전문 인력이 올 때까지는 그대로 두는 게 좋았다.

"정신 놓지 마요! 이봐요!"

그 와중에도 해성이 보고 싶었다.

화내는 거 말고 웃는 얼굴. 우는 거 말고 웃는 얼굴.

"해……서……."

이수는 느릿하게 눈꺼풀을 끔뻑였다. 목울대가 꾸르륵거렸다.

해성은 거실을 왔다 갔다 하며 테이블 위에 놓아둔 휴대폰을 빤히 보았다. 시간은 밤 9시를 넘어가고 있었다.

"야, 정신 사납게 왜 이렇게 왔다 갔다 거려? 좀 앉아."

소파에 앉아 TV를 보고 있던 윤희가 면박을 주었다. 해성은 윤희의 옆에 엉덩이를 걸치고 앉았다.

이미 만나도 진즉에 만났을 텐데 이수로부터는 아무런 연락이 없었다.

그가 꼭 그녀에게 보고를 할 의무는 없지만 그 남자 요즘 하는 행동으로 봤을 땐 뭔가 피드백이 있을 거라고 생각했다.

"괜히 말해 줬나……?"

둘의 사이를 알기에 걱정이 되는 건 어쩔 수가 없었다. 전화를 먼저 해 볼 수도 있겠지만 선뜻 하기가 망설여졌다.

"그렇게 똥줄 타 할 거면 그냥 시원하게 전화해 봐."

"안 해. 내가 왜 해."

윤희가 발을 뻗어 테이블 위의 휴대폰을 미는 걸, 해성이 다시 제자리로 돌려놓았다.

"나는 내 친구를 정말 끔찍하게 아끼거든? 힘들게 살아온 거 아니까 남자를 만나도 기왕이면 능력 좋고, 착하고, 다정하고 네 속 안 썩일 그런 사람 만나길 바랐다고."

손 위에 턱을 괴고 윤희가 한숨을 쉬었다.

"하지만 마음 가는 건 어쩔 수 없다는 걸 내가 이제 알잖아. 그렇게 걱정하고 고민하는 것 자체가 여전히 사랑한다는 소리 아니야?"

"그렇게 쉬운 게 아니야."

"그래. 그렇겠지. 난 그 사기꾼 마음에 안 들어. 하지만 네 마음을 존중할 거야. 너도 네 마음을 존중해 줘. 내가 보기엔 아무리 옆에서 뜯어말려도 너 현이수 못 끊는다. 사랑이 무서운 게 뭔 줄 알아?"

윤희가 헛헛하게 웃으며 덧붙였다.

"그 사람의 선악 여부를 떠나서 자꾸만 이유를 갖다 붙이게 된다는 거야."

"이유?"

"응. 내 애인 어머니가 우리 엄마 찾아왔던 거 알지? 생각해 봐. 내 성격이면 그거 안 순간 그 남자, 갖다 버렸어. 그런데 그 남자를 사랑하니까 그 남자도 그 엄마 옆에서 힘들었을 거라고 내가 내 자신을 설득하고 있더라."

그런 일이 있었다면 뒤도 돌아보지 않고 떠났을 게 윤희였다.

"그래서 여전히 만나고 있어. 이유야 가져다 붙이면 그만인 거야."

심드렁한 윤희의 말끝에는 쓸쓸함이 묻어 있었다.

"쉽지 않으면, 너도 이유를 만들어. 그걸로 스스로를 설득할 수 있을 테니까. 그럼 네 마음도 좀 쉬울 거야. 물론 난 응원하고 싶지는 않지만."

그를 사랑해도 되는 이유가 필요했다. 싫어하고 밀어내고 안 되는 이유는 너무 많은데 사랑해도 되는 이유가 부족했다.

"아, 나 교대 시간이다."

윤희가 갑자기 자리에서 벌떡 일어나 분주하게 움직였다. 홀로 남은 해성은 한숨을 쉬며 TV 채널을 돌렸다. 케이블 TV 뉴스에서 장물 불법 경매 관련하여 주모자인 명한은 징역 7년을 받았고 희정은 징역 4년을 구형받았다는 보도가 흘러나왔다.

'나도 엄마야. 내 자식이 잘 살았으면, 행복했으면 하고 바라. 내 선택으로 네가 행복할 줄 알았어. 그게 옳은 줄 알았어. 미안해. 그때 너한테 아무것도 물어보지 않아서.'

스스로 자수하러 가기 전, 희정이 차에서 했던 말이 떠올랐다. 사기꾼 주희정이 아닌 엄마의 얼굴을 한 그녀는 낯설었다.

"이유……라."

해성은 눈을 밑으로 내리깔았다. 희정이라면 이유를 줄지도 몰랐다.

사랑해도 되는 이유

✦

그녀가 세상에서 가장 사랑하는 사람은, 그녀를 넌더리 날 정
도로 싫어했다.

"난 대체 뭘 하고 산 거니."

악명이 자자했던 장물아비와 거래가 틀어져 5년 정도 죽은
듯이 지낸 적이 있었다. 해성이가 5살 때였다. 자신의 속으로
낳았지만 잘 모르던 딸에 대해 많이 알게 된 시간이었다. 그 시
기를 기점으로 철이 들었다.

"누군 처음부터 네가 좋았는지 알아."

날 때부터 '엄마'로 태어나는 사람은 없다. 모성은 아이가 크
면서 같이 키워 가는 것이었다. 정이 없는 그녀도 종일 함께 해
성과 붙어 있다 보니 그 시간이 소중했고 즐거워졌다. 그때까
지만 해도 세상에서 가장 중요한 건 자기 자신이었는데, 그 생

각이 바뀌었다.

"그때 네 옆에 주저앉아야 했을까."

장물아비는 끝내 그녀를 찾아냈고 목숨을 위협했다. 그때 깨달았다. 자신의 삶이 아이에게 얼마나 위험한지를.

희정은 자조적으로 웃었다. 아이의 안전을 위해서라고, 생계를 위해서라고 스스로에게 핑계 대며 죽음을 가장했다.

"이 정도면 꽤 괜찮은 엄마는 되는 줄 알았는데. 착각이었네."

해성의 말대로 물어본 적이 없었다. 이런 엄마라도 원하냐고 말이다.

"주희정!"

간수가 문 위에 작게 뚫린 창살 달린 창 밖에서 무뚝뚝한 얼굴로 말했다.

"면회!"

"찾아올 사람이 없을 텐데……?"

일전에 이수도 다녀간 후라 희정은 의아해하며 면회실로 향했다. 칸막이로 나뉘어져 있는 공간에는 그녀 외에도 다른 죄수들이 접견을 온 사람과 이야기를 나누고 있었다.

"여기예요."

희정은 면회를 온 사람을 보고 순간 몸을 굳혔다. 그녀를 보러 오리라곤 생각하지 못했던 사람이 앉아 있었다.

"생각보다는 괜찮아 보이네요."

어디론가 도망가고 싶다는 생각을 억누르고 희정은 겨우 자리에 앉았다. 고개를 들 수가 없다. 자신이 입은 죄수복이 창피

했고 초라했다.

"여기까지는 왜……?"

애써 마음을 가다듬었다. 예쁘게 잘 자란 해성을 보고 싶은 욕심이 수치심을 이겼다.

"네가 올 만한 곳이 못 돼."

"엄마는…… 있어도 되는 데고요?"

'엄마'라는 말에 가슴이 왈칵 죄어 왔다.

"여기는 지낼 만해요?"

"……여기 생활이야 다 똑같아. 다를 거 없어……."

"4년 받았다고 뉴스에서 봤어요."

"그래."

"기네요."

"……7년도 살았는데 반절밖에 안 되는데 뭐."

그녀가 애써 웃으며 말했으나 해성의 딱딱한 얼굴은 좀처럼 풀어질 줄을 몰랐다. 희정은 떨리는 손을 꽉 부여잡고 숨을 작게 들이마셨다.

"죄목이 다르니까요. 억울하지 않아요? 불법 경매요."

다시는 못 볼 줄 알았다. 그렇게 치를 떨었으니까. 이전처럼 흥신소라도 고용하지 않는 한 그림자도 못 보겠구나 했다.

"억울하긴, 내가 해 온 짓이 얼만데."

어쩌면 이번이 마지막일 수도 있다. 내내 눈을 마주치지 못하고 내리깔고 있던 희정은 고개를 들었다.

"안 어울려요. 자기반성."

그녀는 사람 속 읽기라면 둘째가라면 서러운 사람인데 해성의 속내만큼은 도무지 읽히지 않았다. 자신의 죄업에 대한 얘기는 그다지 좋은 화제가 아니었다.

"아, 이수에게 줄 게 있는데."

말을 돌리려던 희정은 아차 싶었다. 하지만 뱉은 말을 주워 담을 수도 없었다.

"줄 거요?"

희정은 수감복 안쪽에 넣어 두었던 열쇠고리를 꺼내 보여 주었다.

"이수가 흘리고 갔어. 일전에 왔었거든."

희정은 생각 없이 열쇠고리를 내밀다가 멈칫했다. 그녀와 해성 사이에 유리 막이 있다는 걸 깨달은 탓이다. 스스로가 어이없었다.

"그거 낯이 익은데……."

"이수가 늘 가지고 다니던 거니까. 이깟 싸구려를 왜 그렇게 소중하게 들고 다녔는지는 나도 몰라. 너도 내내 같이 있었으면 봤을 순 있겠다. 그런데 지금은 줄 수가 없구나."

희정은 씁쓸하게 웃으며 다시 수감복 안에 그것을 넣었다. 해성은 고개를 미미하게 가로저었다.

최근에 본 것이 아니었다. 이수가 저걸 가지고 다니는 걸 본 적 없었다.

"더 옛날에 봤는데……."

해성이 고민하는 사이, 희정은 뒤쪽을 힐끔 보았다. 그녀를 주시하고 있는 간수가 보였다. 싱긋 웃어 보였다. 아무것도 아니라고 증명하듯이.

"그래서…… 내 얼굴이 보고 싶어서 온 건 아닐 테고, 이유가 있겠지?"

희정은 마음을 다잡았다. 해성에게 좋은 엄마가 아니었다면 끝까지 그렇게 남는 게 나을지도 몰랐다.

"맞아요. 설명을 들으러 왔어요."

왜 자신이 죽음을 가장했어야 했는지에 대한 이유라도 들으려고 온 것일까. 조금 전의 다짐은 잊어버리고 기대감이 솟아올랐다.

"내가, 현이수를 계속 사랑해도 되는 이유를 줘요."

"뭐?"

"엄마면……, 내가 정말 행복하길 바라면."

해성은 주먹을 움켜쥐며 희정을 간절하게 보았다. 이미 거세게 불기 시작한 미친 바람에게 옳고 그름을 가리는 분별력 같은 건 없었다.

"내가…… 내가 현이수한테 망설임 없이 갈 수 있게, 그 사람을 계속 사랑해도 되는 이유 좀 대 줘요."

"네 마음에 뭐가 걸려서 가기 망설여지는 거면 안 가는 게 좋아. 그것도 방법이야."

이수는 밤새 연락이 없었다. 정모를 잘 만나고 왔는지, 무슨 얘기를 했는지 물어보지 않아도 알아서 말해 줄 것 같았는데 소식이 없었다. 그를 밀어내기만 하는 자신에게 지쳤나 싶어 겁이 더럭 났다.

"나 그 사람 정말 좋아해요. 사랑해. 날 보며 웃는 것도, 안아 주는 손도, 속 뒤집는 말장난도, 말하지 않아도 내 기분이 어떤지 다 알아채 주는 것까지 너무 좋아요."

희정이 도무지 이해할 수 없다는 얼굴로 그녀를 보았다.

"그 사람이 전부예요. 그러니까 내가 그 사람 손을 잡을 수 있는 이유 좀 말해 줘요."

해성의 얼굴이 아프게 일그러졌다. 희정은 차마 아무 말도 하지 못했다.

"내가 느끼는 배신감 따위는 아무것도 아니겠구나. 중요한 건 이게 아니었구나. 그렇게 납득할 만한 이유가 필요해요."

"……그렇게까지 해야 하니?"

"외롭고 지쳐 가던 내 인생을…… 채워 준 사람이니까요. 그 이유가 불순했더라도…… 그 사람으로 인해 행복했으니까."

희정은 다리 위에 올려 두었던 손으로 주먹을 꽉 쥐었다. 해성이 이수에게 매달리는 게, 딸을 홀로 뒀던 그녀의 업보같이 느껴졌다.

"난 그 사람을 잘라 내든지, 잡든지 둘 중에 하나를 선택해야 해요. 나도 이해가 안 돼. 그 사람은 날 속이고 기만했죠. 사실은 정나미가 떨어지고도 남아야 되는데. 그런데 이 감정이 통제가 안 돼요."

해성은 횡설수설했다. 희정은 완연한 여자의 얼굴을 한 딸의 얼굴을 멀거니 보았다.

"예전에 그 사람 때문에 교도소 갔던 거라면서요. 그 사람한테 무슨 짓을 한 건데? 내가 그 사람한테 갈 수 있을 정도의 사연은 돼요? 나 지금 지푸라기라도 잡으러 온 거예요."

감방에 틀어 앉아 골백번을 더 생각해도 해성의 짝으로 이수는 아까웠다.

"이수는……."

이수는 분명히 매력적인 아이였다. 뛰어난 외모와 화술, 탁월한 연기력과 치밀한 이성. 하지만 남자로는 아니었다. 그녀가 아는 이수는 사랑 같은 걸 할 수 있는 놈이 아니었다. 하지만 정말로 해성을 사랑하는 것처럼 행동하기도 했다.

"생각해 봐."

"뭘요?"

"이수, 너 지키려고 원수 같은 나한테 부탁했어. 구태여 시간을 번답시고 인질로 잡혀서 장물 운반까지 했다고. 그것만으로도 충분하지 않아?"

그 이기적인 놈이 오로지 해성이가 안전하기를 바라며 했던 짓이다. 그것까지 의심할 수 있을까.

"네가 필요한 이유라고 하는 거, 말해 줄 순 있어. 그런데 내가 이유를 주면, 넌 나 보고 살래?"

"거래를 하자는 거예요?"

"세상에 공짜는 없어."

해성이 기가 막힌다는 얼굴로 그녀를 보았다. 하지만 그녀로서는 본심이 튀어 나간 것이었다. 다시는 볼 수 없을 것 같아서.

희정은 황망한 얼굴로 해성을 보다 실소를 흘렸다.

"아니……거래는 필요 없어. 말이 헛나갔다. 내가 네 엄만데 해 달라는 얘기 못 해 줄 게 뭐겠니."

희정은 풀기 없이 웃고는 손을 흔들었다.

"얘기가 길 거야. 하지만 이게 네가 원하는 얘기인지 아닌지 판단은 네가 하는 거야."

희정은 해성과 눈을 맞췄다.

자신과 달리 곧고 정직한 눈이었다. 다행이었다. 못난 엄마를 두고도 이렇게 잘 자라 주어서.

"8년 전에 이수가, 팀을 떠난다고 했었어. 의대 과정이 끝나 레지던트 수련을 앞뒀을 때였지. 돈은 벌 만큼 벌었으니 이제 놀 시간이 없다고 말이야. 그런데 그건 이수 사정이었고, 내 입장은 아니었어. 이수를 잡아 두기 위해 난 이수 엄마를 찾았어."

희정은 희끗히끗하게 웃었다. 해성의 얼굴을 제 안에 새겨 넣었다. 이 이야기가 끝나면 해성은 정말 그녀를 안 볼지도 몰랐다.

"……이수 엄마는 섬으로 팔려 가 살고 있었어. 남자를 잘못 만난 탓에 평생을 일해도 갚지 못할 빚이 물려 있더라고. 내 딴엔 다행이었어. 이수가 돈을 벌어야 할 이유가 생겼으니까, 이 정도면 이 애가 다시 팀을 나가겠다는 소리는 안 하겠다 싶었지."

그녀를 보는 해성의 눈이 경악으로 물들었다. 아니, 경멸인가.

그 눈을 바로 볼 수가 없어 희정은 눈을 내리깔았다.

"저 사람이 네 엄마인데 네가 책임을 져야지 않겠냐고 설득했어. 그런데 이수가 마지막으로 본 건 제 엄마 시체였어. 내가 이수 친모한테 얘가 당신 아들이라고 말을 했거든."

얼굴이 화끈거렸다. 해성이 보기가 쪽팔려서 혀라도 깨물고 싶었다.

자신이 이수에게 한 짓은 그런 짓이었다. 이제야 피부로, 가슴으로, 머리로 와닿았다.

"자살을 했다더라. 서울로 올라온 이수는 아무 말도 안 했어. 평소랑 똑같았지. 그리고 같이 한 마지막 일에서, 내 뒤통수를 쳤어. 그길로 교도소행이었고. 나는……."

희정은 말끝을 흐렸다. 자신이 새삼 끔찍하고 형편없어서 고개를 들 수가 없었다. 유리 벽 너머 앉아 있던 해성이 자리에서 벌떡 일어나는 게 느껴졌다.

고개를 들어 보니 거기에 해성은 없었다. 눈가에 눈물이 핑 돌았다.

"나는…… 7년간 복역했어……."

희정의 눈썹이 이지러졌다. 가슴이 꽉 메어 왔다. 주먹으로 가슴뼈 위를 두어 번 쿵쿵 내려쳤다.

"흐읍……!"

목울음을 삼켜 냈다. 이수가 본다면 당신은 울 자격 같은 건 없다고 조소할지도 몰랐다. 희정은 새어 나오는 울음을 막으려 입가를 꽉 눌렀다.

희정의 말이 채 끝나기도 전에 밖으로 나온 해성은 바이크에 오르려다 멈칫했다. 희정이 보여 줬던 낯익은 열쇠고리가 어디서 봤던 것인지 기억났기 때문이다.

"납골당……!"

12년 전, 희정의 납골당을 들락거릴 때 엄마 친구라는 사람의 호의를 몇 차례 받았었다. 마치 키다리 아저씨 같은 분이었다.

"어째서 이게 이수 씨한테……?"

열쇠고리는 당시 그녀가 뽑기에서 뽑은 장난감 중 가장 아끼는 것이었다. 어느 날부터 그 친구분이 더 이상 오지 않았기에 혹시나 하는 마음으로 짧은 편지와 함께 열쇠고리를 남겨 두었다. 후에 다시 갔을 때 열쇠고리와 편지가 없어져서 가져가셨구나, 했었는데.

"그럼 그 친구라는 사람도 이수 씨였던……!"

'늘 지켜보고 있었어. 스토커였어.'

이수가 그녀를 줄기차게 쫓아다니며 했던 고백이 떠올랐다.

정말로 늘 지켜보고 있었다. 아주 먼 옛날부터.

그때도, 그날도, 어떤 날들도 그녀를 지켜보았고 도와주었다. 지금처럼.

"씨, 현이수, 이 사기꾼!"

그는 계속 호소했다. 진심이라고. 많이 좋아했노라고. 아주 예전부터.

이수를 만나야 했다. 지금 당장.

해성은 곧바로 바이크를 타고 맨션으로 향했다. 1504호 앞에 서서 벨을 눌렀다.

"이수 씨! 문 좀 열어봐요!"

문을 두드리고 벨도 계속 눌렀지만 응답이 없었다. 해성은 바로 전화를 걸었다. 진즉에 전화를 걸었으면 됐는데 머리가 하얘지니까 그 생각도 못 했다.

"전화는 왜 꺼 둔 거야? 뭐 하는 거야."

평소엔 뻔질나게 눈앞에 나타나더니 오늘은 코빼기도 보이지 않았다. 전화를 수차례 해도 기계음은 휴대전화 전원이 꺼져 있다고 안내할 뿐이었다.

"이수 씨! 나 주해성이에요!"

다시 한번 문을 쿵쿵 두드렸다. 희정이 말했던 '이유'가 그녀를 초조하게 내몰았다. 희정이 저질렀던 짓을 생각하면 자신 따윈 꼴도 보기 싫어야 하는데 그는 개의치 않았다. 그렇다면 그녀도 당연히 가야 했다. 미안해서 못 가겠다고 하는 건 사치다. 자신이 느낀 배신감 따위, 이수가 느낀 것에 비할 바가 못 됐다.

"얼른 와요. 이번엔 내가 기다릴 테니까."

해성은 이수의 집 앞에 기대섰다. 자신이 너무 늦지 않았기를 바랐다.

밤새 응급이 쉴 새 없이 터져서 정신이 반쯤 나가 있던 윤희
는 눈살을 찌푸렸다. 어째서인지 전체적으로 병원 분위기가 어
수선했다.

"무슨 일 있어? 여기 모여서 뭐 하는 거야?"

윤희는 고개를 갸웃거렸다. 외상외과가 있는 3층에 유독 의
료진들이 붐볐다. 윤희는 쑥덕거리는 인턴들에게 물었다.

"아, 최 선생님. 어, 그게……. 왜 성형외과 현이수 선생님
아시죠?"

"그 인간, 병원 그만뒀잖아."

사감이 있다 보니 말이 거칠게 튀어 나갔다.

"아, 그게 그렇긴 한데…… 어젯밤에 교통사고 나서 병원에
실려 오셨어요."

윤희는 자신이 헛소리를 들은 줄 알았다. 하지만 울상인 인
턴들의 얼굴을 보니 헛소리는 아닌 것 같았다.

"그 말, 사실이야?"

"네, 정말이에요!"

"그래서 어떤데! 죽었어?"

어깨를 거칠게 잡아 다그치듯 묻자 놀란 인턴이 눈을 빠끔거
렸다.

"예? 죽었, 그건 아닌데요."

윤희는 의료진들 사이를 헤치고 병실 앞까지 뚫고 갔다. 병

실 앞에는 정말 이수의 이름이 적혀 있었다. 안으로 들어가 침대를 확인했다.

"……어떻게 된 거예요?"

"어젯밤 10시경에 뺑소니 사고로 실려 왔어요. 지금 현재 상황은."

"해성……."

윤희는 이수에게 눈을 돌렸다. 몽롱하게 눈을 뜬 그가 그녀에게 손을 뻗었다. 윤희는 돌아서 병실을 나왔다.

"저 사기꾼 놈이 저 지경에도……!"

손톱을 물어뜯으며 한숨을 내쉬던 윤희는 힘들어하던 해성의 얼굴을 떠올리곤 바로 해성에게 전화를 걸었다.

"너 현이수 선생님한테 마음 없어? 끝난 거야? 아니면 쥐뿔만큼이라도 남아 있어?"

— 갑자기 전화해서 무슨 소리를 하는 거야?

"그러니까 확실하게 말해 보라니까? 지금 네 마음이 어떤지?

— ……좋아해. 그래서 그 사람한테 가려고. 그런데 왜 그래?

윤희는 뒤를 돌아보았다.

병실에 누워 있는 이수가 보였다. 머리에 감고 있는 붕대나 주렁주렁 달린 링거, 부목이 대진 다리까지. 아직 차트를 본 건 아니지만 상태가 심각해 보였다.

"현이수, 어젯밤에 뺑소니 사고로 병원에 실려 왔어."

— ……뭐?

한참을 있다가 전화 너머에서 해성이 겨우 반응했다.

"현이수 선생, 지금 병실에 누워 있다고."

전화가 끊겼다. 윤희는 잘한 짓인지 판단이 서지 않아 한숨을 쉬었다.

"아, 최윤희 선생님!"

윤희는 휴대폰을 가운 주머니에 넣으며 돌아보았다. 이수의 담당의였다. 응급실 인턴으로 자주 보던 의사였다.

"저기 혹시 현이수 선생님이랑은 사이가……?"

"내 친구가 현 선생님 애인이에요."

"아, 그러십니까? 지금 현이수 선생님 상황이 사실……."

이야기를 듣던 윤희는 눈썹을 치켜올렸다.

불길한 예감은 반드시 들어맞는다. 해성은 정신없이 뛰었다.

뺑소니라니. 차 사고라니.

손이 덜덜덜 떨렸다. 이 상태로 바이크를 모는 건 안 될 것 같아 택시를 잡아탔다. 머리가 하얗게 얼어붙었다. 해성은 기도하듯 두 눈을 꼭 감았다. 마지막으로 보았던 이수의 서글픈 얼굴이 떠올라 심장이 문드러지는 것 같았다.

병원에 도착하자 외과 병동이 있는 3층까지 단번에 뛰어 올라갔다.

"윤희야, 이수 씨 병실이 몇 호라고 했지?"

해성은 바로 윤희에게 전화해 병실 호수를 물었다.

— 310호야. 앞에 의료진들 바글바글할 텐데. 내가 내려갈게. 기다려 봐.

해성은 바로 310호로 향했다. 윤희의 말대로 앞에는 두어 명의 의료진들이 안을 들여다보고 있었다.

"잠시만요. 좀 들어갈게요."

해성은 그들을 제치고 안으로 들어갔다. 병원 특유의 소독약 냄새가 코를 알싸하게 찔렀다. 1인실이라 침대는 하나뿐이었다.

"아…… 어떡해!"

입에는 산소 호흡기가 끼워져 있었고 전신에 주렁주렁 매달린 용도를 알 수 없는 선들과 다리에 댄 깁스까지 보자니 밑도 끝도 없이 가슴이 먹먹해졌다.

"저, 죄송한데 현이수 선생님과는 어떻게 되시죠? 병실 방문은 보호자 동반만 가능……."

침대 아래쪽에 서 있던 의사가 그녀의 팔을 살짝 잡아서 해성은 곧바로 몸을 비틀었다.

"현이수 씨 여자 친구예요. 그러면 괜찮죠? 지금 이 사람 상태가 어떤 거예요? 괜찮은 거예요?"

심장이 무겁고 축축하게 젖어 들었다. 침대 위에 고요하게 눈을 감은 남자가 그녀의 눈에 아리게 박혀 들었다.

많이 다친 건가. 심각한 건가. 의식 불명은 아니겠지.

이성적인 판단을 내릴 수 없는 머리가 불안하게 일렁이며 그녀를 좀먹었다.

"지금 묻고 있잖아요! 괜찮은 거냐고요! 왜 대답을 안 해요!"

조용하기만 한 담당의 반응에 해성은 저도 모르게 신경질적으로 소리를 질렀다. 절망감이 그녀를 덮쳤다.

무릎이 후들거렸다. 속이 까맣게 꺼졌다. 풀어야 할 얘기도 많았고 사랑할 시간도 부족했다. 충분히 사랑받지 못했고, 충분히 사랑하지 못했다.

"저기, 그러니까 지금 현 선생님은……."

이제 그를 밀어내지 않기로 했다. 한데 그러한 다짐이 무색하게 이렇다. 어째서 뺑소니 사고 같은 걸 당했을까. 어젯밤에 정모와 만났을 텐데 대체 무슨 일이 있었던 걸까.

"그러니까……."

의사는 눈이며 코가 빨개져선 어쩔 줄 몰라 하는 그녀를 보고 당황한 듯했다.

"그러니까 현이수 선생님은 병원에 들어올 때부터 상태가 좋지 않았습니다. 산소 공급이 잘 안 됐어요. 60까지 떨어져서 기관 절개를 했는데……."

"거기까지만 해!"

병실 문이 거칠게 열리며 윤희가 들어왔다. 날카로운 눈으로 담당의를 쏘아본 윤희가 곧장 다가왔다.

"나랑 잠깐 얘기부터 하자, 해성아."

"무슨 얘기? 이 사람 상태가 어떤지 먼저. 아니, 네가 알려 줘. 그게 차트예요?"

윤희가 다시금 그녀를 진정시키듯 어깨를 잡았다.

"이게 지금 네가 생각하는 그런 상황이 아니야."

"그런 상황이 아니라니?"

"보이는 만큼 크게 다친 게 아니라고."

짜증스럽게 얼굴을 구긴 윤희가 담당의가 갖고 있던 차트를 가져와 깁스를 한 이수의 다리를 탁, 쳤다.

놀라서 식겁한 해성과는 다르게 윤희의 표정은 별달리 변화가 없었다.

"사고로 실려 왔을 당시 기도 폐쇄, 산소 농도 40, 지금은 코마, 앞으로도 그리 낙관적인 상태는 아니다라는 게 그쪽이 쓴 시나리오라고 했죠, 현이수 선생님?"

눈은 해성을 향해 있었지만 윤희의 질문은 침대 위의 이수에게로 향했다.

"그래요. 그게 시나리오예요."

해성은 흠칫 놀라 뒤를 돌아보았다. 중상을 입고 의식 불명인 것처럼 보였던 이수가 눈을 뜨고 그녀를 보고 있었다.

"내가 다치거나 해야 그 금칠한 얼굴, 겨우 보여 주냐. 치사하다, 진짜. 주해성."

탁하게 갈라진 목소리가 들렸다.

"뭐…… 뭐가 어떻게…… 괜찮……. 아니, 시나리오……?"

이수가 입꼬리를 태연하게 말아 올렸다. 해성은 멍해졌다. 지금 상황이 제대로 이해가 되지 않았다. 윤희가 인상을 벅벅 그으며 침대 위의 이수를 쏘아보았다.

"뭐긴 뭐야. 절찬 연기 중이지. 저 인간, 내가 보기엔 진짜 아닌데……. 그렇게 좋니?"

윤희가 그녀의 귀에 대고 속삭였다. 해성은 눈만 끔뻑였다. 이수가 자리에 비스듬히 앉아 그녀를 따뜻한 눈으로 바라보았다.

"아무리…… 아무리 철이 없어도……!"

어떻게 이런 사기를 치나!

순식간에 머리끝까지 열이 올랐다. 해성은 그대로 이수에게 달려들어 마구잡이로 주먹을 휘둘렀다.

"사람이 어떻게 그래요! 어떻게 이따위……!"

"네가 올 줄 몰랐으니까. 이럴 줄 알았으면 진즉에 어디라도 하나 정말 부러지는 건데……."

맞는데도 좋단다. 이를 악물고 손이 닿는 대로 마구 내리쳤다.

"아, 저기, 그, 그 사고는 진짜인데……! 아주 멀쩡한 건 아닌……!"

"말리지 마. 저 인간은 맞아도 싸. 아주 반 죽어야 돼."

윤희의 냉랭한 목소리가 들려왔다. 하지만 금세 힘이 빠진 건 해성이었다. 해성은 침대에 걸터앉아 울었다. 늘 이 남자는 그녀를 이렇게 엉망진창으로 휘저어 놓았다. 정말 나쁜 놈이었다.

"나 때문에 우는 거야?"

끄윽거리며 울음을 삼키려 했지만 도무지 멈춰지지가 않았다. 그녀가 울수록 이수의 얼굴에 서린 웃음이 더욱 짙어졌다.

"나 때문에 무서웠어?"

"흐윽, 꺼져요……!"

이수가 그녀의 팔을 확 끌어당겼다. 무너지는 그녀의 몸을 이수가 그녀의 몸을 끌어안았다. 맞닿은 가슴 너머에서 빠르게 박동하는 심장이 느껴졌다.

살아 있다. 이젠 이 남자를 놓지 않을 거다. 서럽게 우는 가슴을 달랬다.

"확실하게 말하는데 널 속이려고 한 건 아니야. 네가 올 줄도 몰랐어. 이 무대는 널 위한 게 아니라 다른 사람을 위한 거거든. 그런데 기다리는 놈은 안 오고, 고맙게도 네가 왔네."

"그럼 지금이라도 가요?"

"아니."

하는 말이 얄미워 금방이라도 일어나려 하자 이수가 그녀를 꽉 조여 안았다. 숨 쉬는 것조차 답답할 지경이었지만 저를 옭아 맨 그의 팔이 더없이 안심이 되었다.

"……미안해요."

해성은 작게 읊조렸다. 그녀를 안은 이수의 팔에 힘이 더욱 바짝 들어갔다.

"아아, 그동안 네가 날 갖은 핍박과 무시로 일관해 아프게 한 것 때문이라면."

"엄마한테 들었어요. 7년 전에 엄마가 당신을 붙잡아 두기 위해 했었던 일. 너무 미안해. 이런 말로는 다 전할 수 없겠지만, 미안해요."

어떤 말로도 사과는 될 수 없을 것이다. 그는 그런 일이 있었음에도 불구하고 그녀에게 다가왔다. 사랑했고, 호소했다.

"많이 주저하고 망설여서도 미안해요. 당신이 그럼에도 불구하고 내게 와 줬듯이 나도 이젠 다른 건 모르겠어. 그냥 뻔뻔하게 사랑할래. 이런 나라도 괜찮아요?"

그는 조용했다. 불안한 마음에 몸을 살짝 떼어 그를 보았다. 이수의 얼굴엔 웃음이 사라져 있었다. 해성은 허겁지겁 변명했다.

"그렇게 욕하고 밀어내 놓고 인제 와서 이런 내가 웃길지도 몰라. 하지만 나는 그래서 더 당신 옆에 있어야겠어. 나 없으면 안 된다고 했잖아요. 외롭다며. 그러니까 같이⋯⋯!"

말은 끝맺을 수 없었다. 이수가 그대로 그녀의 목을 당겨 입술을 부딪쳐 왔다. 윗입술을 간질이고 아랫입술 역시 담뿍 머금었다. 짧고 강한 키스였다.

다급하게 닿아 온 만큼 순식간에 멀어진 입술은 그녀의 입술 위에서 숨을 흩트렸다.

"너 때문에 가슴이 다 너덜거려서 남아나질 않아. 독하더라."

그녀의 이마에 이마를 맞댄 이수가 투정 부리듯 말했다.

"어떻게 사람 가슴을 이렇게 걸레짝이 되게 만들어 놓고 사랑한다는 말 한마디로 다 없던 일을 만들어 버리냐."

코를 맞비빈 이수가 눈꺼풀에 가려져 있던 눈을 들었다. 따뜻한 시선이 그녀를 향해 둥글게 휘었다.

"억울해 죽겠네."

다시 한번 가볍게 쪽, 입을 맞춘 이수가 그녀를 껴안으며 짙은 숨을 내뱉었다.

"미안해요."

"아니야. 미안할 일은 내가 더 많이 했는데. 그러니까 미안하다고 하지 마. 넌 잘못한 거 없어. 다 내 잘못이지."

그가 그녀의 귓바퀴에 대고 중얼거렸다.

해성은 피식 웃으며 이수의 목 뒤로 팔을 둘러 더 깊이 안았다. 이곳이 그녀가 있을 곳이었다.

이 남자여야 했다. 이 안에서 그녀는 비로소 행복했다.

"친구야, 여기 눈 여러 개 있거든? 러브신은 대충 찍자."

윤희의 퉁명스러운 목소리가 그들 사이를 갈랐다. 그제야 정신이 번쩍 들었다. 어느새 침실을 둘러싼 커튼이 완벽하게 쳐져 있었다. 얼굴이 화끈해졌다.

"보이는 건 가릴 수 있어도 소리는 어쩔 수가 없거든? 그 뒤는 나중에 하자."

해성은 자책하며 이수에게서 떨어지려 했다. 그러나 이수가 그렇게 두지를 않았다. 그녀의 허리를 감아 안은 이수가 그녀의 목덜미에 얼굴을 묻으며 숨을 깊게 들이켰다.

"이, 이수 씨! 저기, 그만해요."

해성이 당황하는 걸 보고 이수는 빙글빙글 웃기만 했다.

"떨어지기 싫은데, 계속 안고 있고 싶은데 안 되겠지?"

"나, 나중에 둘이 있을 때요."

"약속했다?"

집요하게 약속을 받아 낸 이수가 그제야 그녀에게서 거리를 벌렸다.

"그럼 이제 열어도 되니?"

"아, 어, 미안해. 죄송합니다."

커튼을 열자 윤희와 담당의가 보였다.

병실 문은 닫혀 있었다.

"진짜 놀랍다고밖에 할 말이 없다. 해성이 네가 이런 캐릭터였구나."

"그만해……."

"사랑이 무섭긴 무서운 거야. 사람을 이렇게까지 변하게 하다니."

놀리는 윤희의 말에 해성은 그 자리에 재가 되어 사라져 버리고 싶었다. 다른 화제가 필요했다. 눈을 굴리던 해성은 목을 가다듬었다.

"어, 그래서 지금 이 상황은 뭔데요? 어떻게 된 거예요? 시나리오라뇨?"

"네 남자 친구가 정말 말도 안 되는 일을 벌였잖아. 병원에서 이래도 되나 몰라. 교통사고 나이롱환자들이랑 다를 게 하나도 없네."

받아치는 윤희의 얼굴이 못마땅했다. 해성은 의아한 얼굴로 이수와 담당의를 번갈아 보았다.

"최윤희 선생 말 틀린 건 없어. 사실은 그냥 타박상 정도야. 다리뼈에 금 살짝 가고. 차에 치였는데 이 정도면 오히려 양호한 거지."

느긋한 그의 말에 말문이 막혔다.

"사고인데 다행인 게 어디 있어요. 거기다 뺑소니라고 들었는데……."

이수가 씁쓸하게 웃다가 담당의를 보았다.

"아, 이쪽은 우동국이라고 응급실 인턴인데 잠깐 빌렸어. 그런데 이제 보니까 역할을 좀 바꿔도 될 것 같네."

이수가 윤희를 보며 씨익 웃자, 윤희가 질색하며 얼굴을 찡그렸다.

"나는 사기 행위에는 가담 안 해요."

"하지만 얘보다는 최 선생님이 보다 전문적으로 보이잖아요?"

"물론 제가 더 훌륭하게 그 역할을 할 수 있긴 하겠죠. 하지만 안 한다고요."

"해 주세요. 누가 절 위해서 해 달라는 겁니까? 해성이를 위해서죠."

"여기서 해성이가 왜 나와요?"

"이걸 끝내지 않으면 해성이가 자꾸 위험한 일에 얽힐 수도 있으니까요."

윤희와 이수 사이가 팽팽하게 대립되었다. 가운에 손을 꽂아 넣은 채 이수를 째려보던 윤희가 이내 동국으로부터 차트를 앗아 들었다.

"우동국, 이제 가 봐."

"그냥 이렇게요? 너무하십니다! 단물만 쏙쏙 빼 드시기입니까?"

"약속은 지켜. 걱정 말고."

항의하는 듯하던 담당의가 이수의 말에 곧바로 얼굴을 활짝 개며 꾸벅 허리를 숙였다.

"감사합니다. 어서 쾌차하십시오!"

동국이 나갔고 윤희가 가슴 앞으로 팔짱을 끼며 한숨을 쉬었다.

"누가 전직 사기꾼 아니랄까 봐. 쟤를 어떻게 구슬린 거예요?"

"족보를 준다고 했죠."

"족보요?"

"내가 성형외과 보드에 지원할 때 공부한 족보요."

윤희는 고개를 설레설레 저었다. 분명 과 톱으로 성형외과에 지원한 이수의 화려한 이력이라면 탐낼 만했을 것이다. 이런 가짜 차트를 줄줄 읊는 한이 있더라도 말이다.

"대단하시네요."

"칭찬, 고마워요. 최 선생."

"사정은 인턴한테 들었으니까 따로 설명해 주지 않아도 돼요. 이 병실 콜을 내가 받으면 되는 거죠? 그럼 난 이제 가 볼게요. 해성아, 난 오늘 당직이라 집에 안 가."

해성은 상황이 일단락되는 것 같자 안도했다.

윤희가 나가자 해성은 이수를 돌아보았다. 타박상뿐이라지만 어쨌건 간에 붕대를 감고 앉아 있는 그를 보니 마음이 편치만은 않았다.

"그 사정, 나한테는 말 안 할 거예요? 어제 서정모 씨 만나고 나서 사고 난 거죠? 대체 뭐가 어떻게 된 건데요?"

"맞아. 어제 정모 형 만났어. 그리고 나서 이렇게 된 거고."

"잘…… 해결된 거예요?"

"해결보다는…… 오히려 악화됐달까. 그래서 어떻게든 해결해 보려고 이러고 있는 거고."

"무슨 말이에요?"

"정말 네가 올 줄은 몰랐어. 기다리는 사람이 있었거든."

"그게 서정모 씨예요?"

해성은 이마를 찌푸렸다. 이수가 쓰게 고개를 끄덕였다.

"내가 죽었는지 확인하러 올 것 같아서 그 사람이 듣기를 바라는 멘트를 아까 그 인턴한테 시킨 거야. 이젠 최윤희 선생이 해 주겠지만. 이 모든 일을 제대로 해결한 뒤에 너한테 연락하고 싶었어. 그러니까 조금만 기다려 줘. 더 이상 켕길 거 없이, 속이는 거 없이 발가벗은 마음으로 갈 테니까."

이수의 입술이 그녀의 이마에 닿았다. 남자의 진심도 함께 닿았다. 현이수라는 남자의 민낯을 본 기분이었다.

그리고 그것은 그녀가 알던 그와 별반 다르지 않았다. 가만히 이수를 바라보던 해성은 문득 머릿속을 스치는 생각에 의뭉스레 미소지었다.

"정말 켕길 거 없이, 발가벗으려면 할 말이 있을 텐데요?"

"내가? 또? 뭐? 내가 또 뭐 말 안 한 거 있어? 없을 텐데?"

그녀가 눈을 가늘게 뜬 채 시험하듯 보자 이수가 고개를 마구 저었다.

"12년 전에 나 쫓아다녔다고 했죠. 얼마나 쫓아다녔어요? 혹시 키다리 아저씨 노릇한 적은 없어요?"

"키다리 아저씨?"

"캐릭터 열쇠고리, 아직도 갖고 있었다기에 놀랐어요."

"캐릭터 열쇠……? 아, 그거……!"

"대체 혼자서 갖고 있는 얼마나 나와의 기억이 많은 거예요. 정말로 더 이상 숨기지도, 덮어 두지도 말아요."

"그때 있었던 일을 다 얘기하면 며칠 밤을 새워도 모자랄 텐데."

"그래도 해요. 뭐든 해요. 꼭 나와의 일이 아니라도 뭐든요. 걸어온 길에 잘못이 없다고 할 순 없겠지만, 난 당신이 바른길을 걸어가도록 옆에서 잡아 줄 거예요."

"앞으로?"

"그래요. 앞으로. 다시는 이런 허튼짓 못 하게."

미래를 약속하는 말 같았다. 어쩌 점점 해성에게 길들여지고 있는 기분이었다. 이수는 지금만큼은 말 잘 듣는 어린아이가 되기로 했다.

"그럼 난 잘 부탁할게."

해성이 입을 비죽이며 그의 손을 꼭 마주 잡았다.

문이 소리 없이 조심스럽게 열렸다. 이수의 침대 옆에 앉아 있던 윤희는 자리에서 일어났다.

'최 선생, 이거 하나만 명심해요. 원래 위험한 사람은 아니지만

지금은 장담할 수 없어요. 그러니까 내 상태만 전달하고 그대로 자연스럽게 병실을 나가면 돼요. 알겠죠?'

자정이 다 되어 그녀는 이수의 병실로 호출되었다. 그녀가 오자 이수가 비장한 얼굴로 말했고 그 분위기에 압도되어 윤희도 순순히 고개를 끄덕일 수밖에 없었다.

"……누구세요? 환자 면회 시간은 지났는데요."

윤희는 이수가 일렀던 대사를 최대한 자연스럽게 읊으며 돌아보았다.

"……현이수 씨 친구인데, 상태가 어떻습니까?"

검은 캡 모자를 깊숙이 눌러쓴 남자의 얼굴은 잘 보이지 않았으나 체구가 왜소한 편이었다.

"불을, 켤까요? 1인실이라 상관은 없을 텐데요."

"아뇨! 이수가 깰까…… 봐서요."

병실은 어두웠다. 창으로 들어오는 희미한 달빛이 전부였다.

"전 현이수 선생님 동료예요. 걱정돼서 여기 있는 거고요. 지금 현재 상태는……."

윤희는 애써 태연하게 차트를 들고 그대로 읽었다.

"병원에 들어왔을 때부터 상태가 좋지 않았어요. 산소 농도가 60퍼센트까지 떨어졌었죠. 기도가 막혀서 기관 절개를 해야 했는데, 다행히 겨우 살아난 상태예요. 지금은 의식 불명 상태고요."

차트에서 눈을 뗀 윤희는 마지막 대사도 완벽하게 이었다.

"차도는 지켜봐야 하겠지만 솔직히 그리 낙관적이지만은 않습니다. 혹시 현이수 선생 가족 연락처를 안다면 마음의 준비를 하는 게 좋겠다고 일러두는 게 좋겠어요. 그럼 저는 이만."

고개를 까닥인 윤희는 유감이라는 얼굴을 가장한 채 병실을 나와 등 뒤로 문을 닫았다. 이어 서둘러 문에서 떨어진 뒤 잰걸음으로 걸어 병동 데스크로 가 수화기를 들었다.

"왔어요."

자신이 할 일은 끝났다. 해성에게 자신의 역할은 완벽하게 수행했다는 문자를 남긴 그녀는 자신의 구역인 내과로 향했다.

한편 적막이 짙게 깔린 병실 안. 캡 모자를 깊이 눌러쓴 정모는 침대로 다가가 누운 사람을 조용히 내려다보았다. 산소 호흡기에 피가 번진 붕대까지 얼핏 보면 확실히 위중해 보이긴 했다.

"……꼴 좋다."

차로 친 건 우발적이었고 고의였다. 꾹꾹 담아 뒀던 감정을 한번 끄집어내서 터뜨리기 시작하니 제어가 되지 않았다. 증오라는 급류에 휩쓸려 거세게 부서졌다. 자신이 원귀라도 된 것 같았다.

"그냥 죽지. 다시 볼 일 없게."

희정의 제보로 천안의 폐건물이 경찰에게 들통나고 명한이 검거됐다. 희정이 물고 늘어지기로 한 건 그와 명한뿐이었다. 목숨과도 바꿀 수 있다던 그 잘난 딸 때문이었을 거다.

"그냥 내가 하는 대로 당하지 그랬냐. 꼴이 이게 뭐냐."

오랜 시간 공들여 준비했던 복수가 모두 엉망이 되었다. 정모는 무감각한 얼굴로 이수를 내려다보다 품 안에 손을 넣었다가 뺐다.

정현과 그, 이수가 함께 찍은 사진이었다. 다시는 돌아올 수 없는 좋았던 날들이었다.

"그냥 놔둬도 죽겠지만, 편히 자기가 죽는지도 모르고 죽는 건 싫네."

정모는 공허한 눈으로 손을 뻗었다. 어차피 벼랑 끝이었다. 여기서 더 나아질 상황이라는 건 없었다.

"미안해, 형. 그냥은 못 죽어."

막 이수의 목을 양손으로 감쌌던 정모는 갑작스러운 목소리에 움찔했다. 어느새 이수는 눈을 뜬 채 그를 보고 있었다.

"살아야 할 이유가 너무 많아. 그래서 못 죽어. 지난 12년을 다 파묻어 버릴 만큼 내가 미운 거, 알겠어. 그래서 이러는 것도 알겠어. 그런데 정현이가 죽은 건 정말 사고였어."

그를 설득하는 이수의 말은 그의 귀 반대편으로 빠져나갔다. 인제 와서 무슨 말을 한들 정현이는 없다. 돌이킬 수 없는 사실이었다.

"그날, 정현이가 컨디션이 많이 안 좋았어. 의료 실수가 있었고 환자 보호자와 싸움도 났어. 병원에서 일하다 보면 누구나 받는 스트레스였어."

"정현이를 몰라? 달래 줬어야지! 옆에서 다독여 줬어야지!"

"그럴 수가 없었어! 그날따라 유독 예민하게 굴어서 분위기가 안 좋았어. 그래서 말을 좀 세게 했어. 나가서 머리 좀 식히고 오라고 했어. 그렇게 나갔는데 죽어서 돌아왔더라. 그렇게 될 줄은 나도 몰랐어."

"인제 와서…… 그러면 내가 그랬냐 하고 웃을 줄 알았냐?"

"아니. 지금이라도 진실을 말해야 한다고 생각했으니까."

"그래서 네 탓이 아니다, 이거냐고!"

인제 와서 책임을 회피할 생각은 없었다. 자신이 책임져야 할 부분이 있으면 마땅히 책임져야 했다. 하지만 이런 식은 아니다. 이건 정모의 인생도 길거리로 내모는 꼴이었다.

"내가 나가라고 소리쳤고, 정현이가 나갔고, 트럭에 치였고, 그렇게 죽었어. 내게 원인이 없지는 않아. 하지만 무서웠어. 나 때문에 소중한 사람이 죽었다는 게, 내가 가족처럼 생각하는 형이 목숨 같은 동생을 잃었다는 게!"

"그럼 그 생각을 먼저 했어야지! 나한테 말을 했어야지! 덮을 게 아니잖아!"

"나한텐 형도 소중한 사람이니까! 이 사실을 알면 형한테 내가 버려질까 봐 무서웠어! 그래서 입을 다물었어."

"제기랄, 닥쳐……!"

정모는 이수의 목을 꽉 잡았다. 얼굴 위로 정모가 흘린 눈물이 후두둑 떨어졌다.

"나는 형한테 사과를 하고 싶었어. 비겁하게 이제야 말이야."

"그때 말했어야지. 내가 널 의심하고, 실망하고, 죽여 버리고 싶을 만큼 원망을 키우기 전에 미리 말했어야지! 그럼 적어도……!"

이수가 손으로 정모의 팔뚝을 잡고 희끗하게 웃었다.

"형도, 내가 엄마한테 그랬던 것처럼 원망할 대상이 필요한 거야?"

정곡을 찔렸다. 정현이를 직접적으로 죽인 건 트럭이었다. 계속해서 따져 묻게 되었다. 병원에 있어야 할 애가 왜 그 시간에 가운 하나만 입고 거리를 배회하고 있었는지.

왜 하필 정현이었는지.

"너 편한 대로 생각해. 인제 와서 이유가 뭐가 중요해."

어린 동생을 먼저 보낸 합당한 이유를 찾고 알게 되면 나아질 것 같았다. 원망할 게 필요했고 그 대상이 이수였다.

"……이 이야기에서 행복한 건 너뿐이잖아. 이 나쁜 새끼야!"

내내 잠잠했던 이수가 손을 들어 자신의 목에서 정모를 떼어냈다.

"미안해. 못 죽어. 지키고 사랑해야 할 여자가 있거든. 그날, 그렇게 병원에서 내쫓아서 미안한데, 정현이한테 죽도록 미안한데 나 못 죽어. 미안해, 형."

이수가 서글프게 미소 지었다.

"이제 그만하자, 형!"

자리에서 일어난 이수는 일단 저를 억누르고 있는 정모를 밀쳤다. 바닥으로 넘어진 정모는 이를 악물었다.

"이래 봐야 달라지는 건 없잖아!"

어차피 정모는 힘으로 이수를 이길 순 없었다. 목을 죄었던 정모의 온도는 온몸이 펄펄 끓는 용광로 같았다. 정모가 가진 원망의 열감이었고 억울함의 온도였다.

"정현이는 나한테⋯⋯ 개같이 산 내 인생에 하나 남은 양심이었어."

"알아. 내가 모르겠어?"

"젠장! 알아? 안다는 새끼가 그런 짓을 해?"

외모 가꾸는 일에 목숨을 걸었던 서정모가 꾀죄죄한 몰골로 아이처럼 울었다.

"제대로 말한 적이 없었어. 미안해. 형. 진짜 죽도록⋯⋯ 미안해."

"미안해? 인제 와서 미안하면⋯⋯ 끝나냐⋯⋯?"

정모는 몸을 웅크려 엎드리고 토하듯 소리 내 울었다. 정현의 상을 치르면서도 멋이 죽는다고 속 시원하게 울지 않았는데 말이다.

"흐어어어엉! 흐어어어어어⋯⋯! 내가, 으어어어어⋯⋯!"

이수는 정모를 바라보았다. 자신이 참 잘못 산 것 같았다. 의리로, 정으로, 악으로, 거칠지만 서툴게 가족을 위해 살아온 남자에게 자신은 무슨 짓을 저지른 것일까.

"미안해⋯⋯."

입에 담는 것도 죄스러웠다. 직접적으로 정현을 죽인 건 아니었지만, 그 원인에 일조한 것은 사실이었다. 그에게 행복해질 자격 따위는 없지만, 그래도 살고 싶었다.

"닥쳐⋯⋯!"

"미안해, 형. 그 말밖에 할 수 없어서 미안해⋯⋯!"

그의 인생은 온통 거짓말뿐이었지만 이 마음만큼은 진심이었다.

자신이 잘못 산 인생에 대한 속죄는 반드시 할 것이다. 하지만 지금은 아니었다. 이기적이라고 손가락질 받아도 그럴 수 없었다.

"……도망가."

정모를 내려다보던 이수가 문득 나직하게 말했다. 하지만 정모는 바닥에 엎드린 채 흐느끼기만 했다.

"도망가라고, 서정모!"

그는 한때 유능한 사기꾼이었고 자신에게 앙심을 품은 사람을 처리하는 데 통달했다.

싹을 깨끗이 잘라야 그가 무탈했으니까.

하지만 더 이상 잃을 것 없이 바닥에 꿇은 남자에게 그렇게까지 할 수가 없었다.

다른 사람도 아닌 서정모니까. 그의 형이니까.

"곧 경찰이 들이닥칠 거라고! 그러니까 도망가!"

이수는 정모의 어깨를 틀어쥐고 강하게 말했다. 정모가 그를 공허하게 올려다보았다.

"내가, 경찰에 신고했어! 수배 내린 불법 경매범 서정모를 신고했다고……! 지금이라도 도망가라고!"

정모를 좋아했다. 형처럼 따랐고, 동생처럼 돌봤다. 언젠가 다시 돌아와 복수를 운운할 수도 있었다. 하지만 그땐 그때다.

지금은 이 상처 입은 작고 미련한 짐승에게 차마 또다시 상처 입힐 수가 없다.

"……그랬겠지, 개자식아……!"

정모는 자리에서 일어나는 대신, 그의 손을 밀어내고 허탈하게 웃었다. 밖에서 십 수 개의 발소리가 들렸다.

"빨리 도망가라고!"

동시에 병실 문이 열리고 경찰들이 들이닥쳤다. 반항할 의사가 없는 정모를 바닥에 짓누르고 체포했다.

"이 나쁜 새끼야! 얼마나 잘 사는지…… 보자! 내가 너 지켜볼 거야, 그 더러운 양심 갖고 얼마나 기깔 나게 사는지 내가……!"

그것은 저주였다. 정모가 핏발 선 눈으로 그를 죽일 듯이 쏘아보았다.

"내가 너 반드시 지켜본다고! 이 새끼야……!"

정모가 체포되어 나가고, 그는 정적이 내려앉은 병실에 홀로 남았다. 착하게 살지 않은 것이 후회되었다. 단 한 번도 찾아본 적 없던 신에게 처음으로 기도했다.

앞으로 남은 생은 후회할 일 만들지 않고 살 테니, 저 말이 씨가 되는 일은 없기를.

"……들어가도, 돼요?"

침대 위에 걸터앉아 멍하게 있던 이수는 고개를 들었다. 닫혔던 문이 열리고 해성이 얼굴을 내밀었다.

"왜…… 아직도 여기 있어? 집에 간 거 아니었어?"

"……갈 수가 없어서요. 일이 생기면, 윤희한테 연락해 달라고 했어요."

"그랬어……? 하하, 일이 생겼고 이제 끝났어."

"정말로 다 끝난 거예요?"

이수는 입꼬리를 끌어 올렸다. 몸에 힘이 들어가지 않았다. 결국 자신이 살기 위해 가족 같았던 형을 신고했다. 경찰에게 넘겼다. 허탈했고 착잡했다.

문가에 서 있던 해성이 그에게 다가와 머리를 안아 주었다.

"괜찮아요. 괜찮을 거예요. 미안해요."

목적 없는 위로의 말이었다. 그는 가족을 잘라 낸 거나 마찬가지였다.

"네가 뭐가 미안해. 다 내 잘못인데."

해성은 그의 머리를 더 깊이, 꼭 안아 주었다.

"나 같은 놈이 널 사랑해도 될까. 이건 너한테 너무 짐이 되는 일이 아닐까."

해성은 마음이 아팠다. 손에 닿는 그의 볼에서 축축한 감각이 느껴졌다.

그에게 정모가 얼마나 각별했는지 알고 있다.

"널 위해서, 날 위해서 더 나은 사람이 될게. 네가 말하는 바른길로 갈게. 그렇게 살도록 노력할게."

"다시는 남의 마음에 상처 남기는 일은 우리 하지 않기로 해요."

그녀가 할 수 있는 일은 이수를 안아 주는 것뿐이다. 나는 이제 당신의 옆에 있을 거라고 안심시켜 주는 것뿐이다.

그거라도 할 수 있어서 다행이라고 해성은 생각했다.

해피엔딩

✦

퇴원 수속을 밟고 온 해성은 투덜거리며 이수의 짐을 챙겼다.

"별거 아니라면서 3주나 입원하고."

"원래 교통사고는 후유증이 심해서 차도를 봐야 한다고 하니까. 내가 처음부터 누누이 말했잖아. 환자는 의사 말을 잘 들어야지."

"그래서 정말 괜찮은 건 맞대요?"

"맞아. 그러니까 퇴원시켜 주지."

이수는 꿀이 뚝뚝 떨어지는 눈으로 해성을 응시하다 그녀의 손을 꽉 잡아 왔다.

"고마워. 나 혼자 퇴원해도 되는데 와 줘서."

"……당연히 와야죠. 남도 아니고."

"남이 아니면?"

금세 장난기를 머금고 얼굴을 들이미는 이수다. 해성은 콧잔등을 찌푸린 채 얄미운 그의 볼을 꼬집었다.

"집까지 운전은 내가 할게요."

"그래."

"밥은 가면서 사 먹어요. 오전에 계속 일해서 음식 할 시간이 없었어요."

"그래."

"먹고 싶은 건 있어요?"

"네가 좋아하는 거, 네가 먹고 싶은 거."

가방 지퍼를 닫던 해성이 눈을 가늘게 뜨고 그를 보았다.

"지금 뭐예요?"

"뭐가?"

"왜 이렇게 순종적이에요?"

"그냥 너한테 항상 감사하기로 했거든. 네 말은 뭐든지 다 오케이야. 날 이제부터 현순종이라고 불러줘."

잠시 그를 바라보던 해성이 고개를 절레절레 저었다. 장난기가 다분했다.

"그리고…… 재판 보고 왔어요."

"……그래? 안 가도 된다니까 뭐 하러 갔어."

그녀가 챙기는 짐 가방을 자신의 손으로 가져온 이수가 씁쓸하게 말했다. 이틀 전 진행된 정모의 재판 이야기였다.

"궁금하잖아요. 알고는 있어야죠."

"도망가서 꽁꽁 숨어 살아도 모자랄 판에 뭐."

"징역 6년 받았어요. 그러니까 6년은 괜찮아요. 안 숨어도 돼."

정모가 출소 후 다시 그를 찾아올지도 모른다. 그 사실이 가슴을 묵직하게 짓눌렀다.

"그리고 정모 형님 얼굴은 괜찮아 보였어요. 지내기엔 나쁘지 않은가 봐요."

"……다행이네."

"일부러 외면하지 마요. 잃고 싶지 않은 사람이면 계속 문을 두드려요."

해성을 앞세우고 병원 복도를 걷던 이수는 뜻밖의 말에 움칫했다.

"원래 사람 마음이 제일 어려운 거잖아요."

아마 예전의 현이수였다면 그냥 도망갔을 것이다. 하지만 이 여자는 그의 등을 밀어 주고 용기를 준다.

"청주 교도소에 수용될 거래요."

"우리한테 옳은 선택일까. 형을 찾아가는 게."

"당신에게 좋은 선택을 하길 바라요. 그게 앞으로를 위해서도 좋을 테니까."

그와 함께하는 미래를 꿈꿔 준다. 그것만으로도 고마웠다. 해성이 곁에 있다면 그는 얼마든지 좋은 사람이 될 수 있을 것 같았다.

"나 진짜 못났네."

"그걸 이제 알았어요?"

운전석에 오르며 해성이 피식 웃었다.

"그럼 현순종 씨, 저녁은 감자탕으로 해요. 아팠으니까 영양 보충하려면 아무래도 고기가 좋을 것 같아요."

"그래."

그는 싱글 웃었다. 이 여자의 말이라면 그게 무엇이라도 좋았다. 그는 그렇게 물들어 갔다.

"아, 그리고 어제저녁에 새 원장이 왔었어. 다시 병원에 들어오라는 제안을 받았어."

"그래서 어떻게 할 건데요?"

"내가 어떻게 했으면 좋겠어?"

그가 묻자 해성이 기가 막힌 얼굴을 했다.

"이수 씨 일이잖아요?"

"내 일이 네 일이니까. 네 일이 내 일이고. 무엇이든지 의논해야지."

"사람이 갑자기 변하면 어디 아픈 거래요."

"아파. 교통사고 났잖아."

한마디도 허투루 안 넘어간다. 현이수가 맞았다. 해성은 그가 저러는 의미를 알 것 같았다.

"앞으로 어떻게 살 거예요?"

"어떻게?"

"의사 면허까지 사기는 아니죠? 그래서 들통났다거나."

"설마! 우와, 진짜 날 어디까지 바닥이라고 생각하는 거야? 의사가 사기로 7년이나 할 수 있는 일 같아?"

이수가 정색했다. 장난으로 던진 말에 저렇게까지 반응할 줄은 몰랐던 탓에 해성은 눈을 동그랗게 떴다.

"성실하게 살 거야. 의사 면허는 양심적으로 딴 거야. 그러니까 성형외과의로 단단하게 살 거야. 그래서 내 가족이 될 네가 돈 걱정 같은 거 안 하게 할 거야. 지킬 거야."

"가족이 될 거라뇨?"

"그 말 그대로."

그가 넉살 좋게 빙글 웃었다.

"난 아직 잘 모르겠는데요. 가족이 된다는 건 일생일대의 중요한 선택이잖아요. 앞으로 두고 보고요."

장난기가 발동한 그녀가 어깨를 으쓱이자 세상에서 제일 무서운 말을 들었다는 듯이 이수의 얼굴이 하얘졌다.

해성은 입꼬리를 씰룩였다. 아직 그녀에겐 그에게 속았다는 분함이 남아 있었나 보다.

"농담이지?"

"아닌데요?"

전세가 역전되는 순간이었다. 해성은 눈웃음을 해사하게 지었다.

🛵

"당사자가 면회는 거절하겠다고 합니다."

그럴 거라고 생각은 했기에 이 순간이 그렇게 당혹스럽진 않았다.

"그럼 영치금은 어디에서 넣죠?"

이수는 상대로부터 대답을 듣고 등을 돌렸다. 정모를 위한 영치금을 두둑하게 넣고 밤늦게까지 고심해서 쓴 편지도 부탁했다. 남자에게 직접 쓴 손 편지를 주게 되는 날이 올 줄 몰랐다.

"청주까지 와서 빈손으로 돌아가게 생겼네."

이수는 교도소를 나오며 뒤를 돌아보았다. 자칫 삐끗했다면 그가 있을지도 모르는 곳이었다.

하지만 희정 덕분에 그 신세는 면할 수 있었다. 그녀의 행동이 해성을 위한 것이라 해도 그에겐 은인이나 마찬가지였다.

"어떻게 됐어요?"

이수는 이곳까지 운전기사를 자처해 동행해 준 해성을 향해 씁쓸하게 웃었다.

"퇴짜 맞았지, 뭐."

"그래도 싸지, 뭐."

말과는 달리 해성이 그의 손을 꽉 잡고 손등을 엄지로 문질렀다.

"이수 씨는 용서받고 싶어요, 아니면 그냥 마음이 풀릴 때까지 사과를 하고 싶은 거예요?"

해성이 조심스레 묻는 질문에 이수는 관자놀이를 긁었다.

"……그냥 미안하다고 진저리 나게 말하고 싶어. 용서는 바라지도 않아. 이기적인 게 여기서 다 들통나네. 내 속 풀겠다고 싫다는 사람한테 매달리는 꼴이니까."

"이수 씨가 옳다고 생각하는 대로 해요. 서정모 씨는, 친형 같은 사람이잖아요. 그럼 할 수 있는 데까지 해 봐요. 혹시 알아요. 정모 형님도 나처럼…… 마음 돌릴지. 두 사람이 쌓아온 시간들을 믿어 봐요."

걱정은 된다. 끝까지 정모가 그에 대한 복수심을 버리지 않을까 봐.

하지만 그렇게 되지 않도록 노력할 것이다. 끊임없이 두드리고 두드릴 것이다. 안전하다고 보장받은 당분간은.

이수는 따뜻하게 일렁이는 해성의 눈을 보다가 문득 중얼거렸다.

"날도 좋은데 데이트하고 싶다."

"팔자 좋은 소리."

"요즘 구박이 느는 거 알아?"

"내가요?"

"응. 네가. 아니라고는 못 할걸. TV는 적당히 봐라, 부탁한 건 좀 그때그때 해 달라, 분리수거 날짜가 언제인지는 아냐, 언제까지 놀 거냐, 일용직이라도 해서 돈 벌어야 하는 거 아니냐. 무시무시하다고."

"그래서 불만이에요? 성실하게 산다며. 요령 안 피우고, 남 속도 안 썩이고."

"그건…… 내가 그랬지."

잘못했던 그의 과거를 벌주듯 해성은 퍽퍽했다. 그럼에도 불구하고 그녀가 곁에 있어 준다는 것만으로도 감사했기에 그는 늘 꼬리를 말 수밖에 없었다.

"그래도 먹이를 줘야 뭘 해도 할 맛이 나지."

그가 퉁명스럽게 말했지만 먹이를 줘야 하는 대상은 듣는 건지 마는 건지 반응이 없었다.

오늘도 글렀나. 심술이 나려 했다. 그런데 운전을 하던 해성이 갑자기 핸들을 돌렸다. 서울로 가는 방향이 아니었다.

얼마간 달리자, 갈대밭이 흐드러진 평야가 눈에 들어왔다. '갈대 둥지'라고 적힌 팻말로 보아 갈대로 이름난 명소인 듯했다.

"여기는 왜?"

평일 오전이라서인지 관광 온 사람들은 별로 없었다. 고요하고 평화로운 곳이었다.

"먹이를 달라면서요."

차를 세우고 그를 향해 몸을 튼 해성이 얄궂게 미소 지었다. 그 반짝이는 눈에 가슴이 쿵 내려앉았다. 아직도 이 여자에게 반할 구석이 있었나 싶어 어이가 없었다.

"먹이를 줘 볼까 해서요."

"⋯⋯어떻게?"

짜릿한 떨림이었다. 이수는 목구멍으로 침을 꼴깍 삼킨 채 눈꼬리를 접었다. 그를 따라하듯 눈매를 이쁘게 접은 해성이 그의 볼을 잡고 입술을 가볍게 쪽 맞췄다.

"먹이요. 이제 좀 할 마음이 들어요?"

"⋯⋯겨우 이걸로? 감칠맛만 나는데. 화만 나."

콧잔등을 찡그린 해성이 그를 흘겨보곤 차에서 내렸다.

그리고 차를 돌아 조수석 문을 열고 그가 맨 안전벨트를 풀어 주었다.

"내려 봐요."

"먹이가 부족하다니까?"

키스를 바랐기에 투정을 부려 봤다. 하지만 해성은 그의 손을 잡아끌어 갈대밭으로 들어갔다. 계절은 어느덧 깊어 가을이었다.

"걸을 만해요?"

퇴원한 지 얼마 안 된 그를 해성이 사려 깊게 살폈다.

"걸을 만은 한데, 먹이는 여전히 부족해."

미련이 짙었다. 해성은 웃음을 터트리며 더 깊이 갈대밭 사이로 들어갔다. 해성은 자신의 키만큼이나 크게 자란 갈대밭 가운데 멈췄다.

"이리 와 봐요."

해성이 그의 가슴 부분의 옷을 움켜쥐고 서서히 당겨 내렸다. 얼굴이 가까워졌다.

"왜 여기까지 와서 해야 하는데?"

"⋯⋯다른 때는 무서울 정도로 여자 속마음을 알더니, 요새 바보가 됐나 봐요. 주변을 봐요. 예쁘잖아요."

"예뻐서 여기까지 와서 키스를 해?"

"응. 예뻐서요. 나도 분위기에 약했나 봐요."

익살스럽게 볼을 둥글게 그리고 웃은 해성이 다시 그의 입에 입술을 맞췄다. 가볍게 머금었다. 볼 위로 잘게 떨리는 여자의 속눈썹이 느껴졌다.

"더 해 줘."

해성의 입술이 떨어지려 해서 이수는 성급하게 다가갔다. 이미 여러 번 겪어 봤으면서 해성은 그의 소유욕을 물로 보는 경향이 있었다. 지은 죄가 있어 얌전하게 참는 것도 모르고.

"하고 싶은 사람이 와야죠."

이수는 해성의 말에 십분 공감했다. 그러므로 그가 먼저 다가갔다. 작은 볼을 감싸고 조그맣고 달콤한 입술을 머금었다. 사랑하는 만큼 소중하게 그녀에게 닿았다.

달달한 향이 풍기는 잇새로 욕심이 흠뻑 밴 숨결을 불어넣으며 몇 주 동안 허기졌던 욕망을 채웠다.

어느새 가는 허리가 그의 손에 휘감겼고 해성의 가는 손이 그의 목을 둘러 안았다. 맞닿은 가슴에 엉긴 심장이 불에 달군 듯 뜨거워졌다.

"알아요? 이수 씨. 고작 세 계절이에요."

그를 만나고 고작 세 계절이었다. 봄의 끝에서 여름을 지나 가을까지.

"아니, 널 알아 온 계절을 따지면 12년 전부터니까 48계절이지."

"그렇게 계산하는 게 어디 있어요."

"당연히 있지. 48계절 동안 난 널 가끔 생각했거든. 지금은 미치게 생각하고."

코를 맞대고 속살거리는 해성의 말을 그는 정정해 주었다.

"이렇게 행복해도 되는지 모르겠어요."

"안 될 건 뭔데. 언제 무슨 일이 생길지 모르니까 서로를 마주 보고 있는 순간엔 아낌없이 사랑하는 게 맞지 않아?"

그를 물끄러미 보던 해성이 안심시켜 주듯 그의 볼을 쓸었다.

"……자꾸 무슨 일이 생길 것 같아요? 불안해요?"

"불안해. 지은 죄가 많아서. 이럴 줄 알았으면 깨끗하게 살걸. 하늘을 우러러 한 점의 부끄러움 없이."

"하늘을 우러러 한 점의 부끄러움 없이 사는 사람이 어디 있어. 그건 꿈같은 소리예요."

"아아, 진짜 자고 싶다."

해성의 따뜻한 위로에 이수가 거침없이 뱉었다. 퇴원한 지 얼마 안 됐다며 해성은 '휴식'을 핑계로 밤늦게 그와 함께 있는 것을 조심했다. 하지만 그게 더한 스트레스가 된다는 걸 이 여자는 모를 것이다.

"그러면 조금 덜 불안할 것 같아. 정말 행복할 때 아낌없이 사랑해야 한다고."

이런 감언이설에 넘어가기에 해성은 그라는 남자를 너무 잘 파악했다. 그래서 이수는 툭하면 유혹했다. 한 번쯤은 마음이 약해서 넘어가 주지 않을까 하고.

"후후, 그래요?"

"응. 난 오늘 너무 마음이 아픈데. 퇴짜 맞았잖아."

그는 어쩔 수 없는 사기꾼일까. 해성의 얼굴에 망설이는 기색이 어리자 속으로 쾌재를 불렀다.

하지만 정말이지 이렇게 잔머리를 굴리고 싶을 정도로 이 여자를 갖고 싶었다. 남자이기 때문인지, 짐승이기 때문인지는 모르겠지만 품에 안아야 이 여자의 존재에 비로소 안심할 수 있을 것 같았다.

"……내일 윤희가 당직이에요."

"……외박 돼?"

해성이 멋쩍은 듯 콧잔등을 찡그리며 고개를 끄덕였다. 최윤희라는 시어머니 맞먹는 방해꾼 덕분에 해성이 더 그의 품에서 쉽게 도망칠 수 있었다. 이수는 만세라도 부르고 싶었다.

"……어머!"

해성이 갑자기 그의 품 안으로 떠밀려 들어왔다.

아래를 보니, 어린 아기가 해성의 종아리를 붙잡고 있었다. 탱탱한 볼과 조그만 손이 감탄스러울 정도로 귀여웠다.

"어머, 죄송합니다. 언제 여기까지 왔어? 현아야!"

갈대숲 사이에서 달려온 아기 엄마가 아이를 데리고 갔고 해성은 그곳으로부터 눈을 떼지 못했다.

"……해성아, 아기 좋아해?"

왜냐고 묻는 듯한 그녀의 얼굴에 이수는 진심을 담아 말했다.

"널 닮은 아이를 갖고 싶은 생각이 들어."

갈대숲에 바람이 불자 우수수 몸을 흔든다. 해성의 얼굴이 붉어졌다.

이번 생만 이렇게 행복하겠다고, 이 순간이 영원히 계속되기를 이수는 바랐다.

저 너머 어딘가에서 깔깔거리는 사람들의 웃음소리가 들렸

다. 바람에 흐트러진 해성의 머리칼을 귀 뒤로 넘겨 주고 하얀
이마 위에 조용히 입 맞췄다.

🛵

"원래 꿈이 선생님이었어요. 그래서 내년엔 사범대 시험을
치려고. 본인은 머리가 굳어서 안 될 테니 괜히 시간 낭비, 돈
낭비 하고 싶지 않다는 걸 얼마나 밀어붙였는지 몰라요."

희정은 만면에 웃음을 문 채 주절대고 있는 이수를 어이없게
보았다.

"엄마도 알겠지만 본인이 의지만 있으면 나이가 대수겠어요?"

"동의를 구하는 거야?"

"아니, 칭찬을 해 달라고요. 해성이의 밝고 건강한 미래를
위해서 예비 사위가 이렇게나 노력하고 있다고 티 내잖아요."

이수는 못해도 두 달에 한 번씩은 그녀가 수감되어 있는 교
도소로 면회를 왔다.

"원래 그런 노력은 모르게 해야 하는 거 아니니? 왼손이 한
일을 오른손이 모르게 하라. 우연처럼 알게 돼야 감동이 있는
거잖니."

"그런 바보 같은 말이 어디 있어요. 자랑하고 싶어서 득달같
이 온 사람한테. 반년 동안 얘기해서 이룩한 쾌거라고요."

희정은 작게 고개를 저었다. 늘 이수가 돌아가면 다음에는
면회를 거절하겠다고 다짐한다. 하지만 어김없이 두 달이 지나

면 해성의 소식이 궁금해 이 자리에 앉아 있게 되었다.

"지난달에 해성이가 같이 사는 친구가 결혼을 해서 해성이, 내 집으로 이사 들어왔어요. 장장 2년 만에 행복한 우리 집이 된 거지."

희정은 얄밉게 미소 짓고 있는 이수를 째려보았다. 아직 식도 안 올렸다. 둘이 동거한다는 소리를 듣고 좋아할 엄마가 몇이나 될까.

자신이 이런 꼰대 같은 생각을 하게 될 줄은 몰랐지만 순식간에 단전 깊은 곳에서부터 열이 확 치받쳤다.

"물론 해성이도 고민 많이 했어요. 하지만 사람 파악하는 데 2년이면 충분하잖아요. 안 그래요?"

그녀는 여전히 이수가 마음에 차지 않았다. 자신이 잘난 건 없지만 그래도 해성이 짝으로는 화목한 가정에서 자란 성실하고 착한 남자가 좋겠다는 미련을 버릴 수가 없었다.

남녀 사이는 모르는 일이니 저러다가 헤어질 수도 있지 않을까 희망을 걸기도 했다. 하지만 두 달마다 한 번씩 오는 이수는 늘 그녀의 속을 뒤집어 놓았다.

"……그러면 심부름센터 일은 계속."

"계속해요. 공평한 게 좋다고 매달 생활비도 내고 집안일도 분담했어요. 해성이가 맥가이버인 거는 알아요? 못 하는 게 없어. 못 박는 못이 없고 조립 못 하는 물건이 없어. 전자기기는 또 어떻고. 일당백이라니까요?"

그래, 그게 내 딸이다. 내 속에서 나온 내 딸!

왜 내 딸을 너 같은 사기꾼 나부랭이가 자랑을 하는데!

또다시 혈압이 홧홧하게 오르려 한다.

"음식은 얼마나 맛있게 하는데. 인스턴트의 늪에서 헤어 나오고 나니까 요즘 배에 살도 좀 붙는 것 같아요. 사랑이 불러서."

입을 확 찢어 버리고 싶다. 해성이는 한 번을 오지 않는데, 그다지 보고 싶지 않은 낯짝은 툭하면 와서 자랑질만 늘어놓는다. 해성이에 대해 들을 구석이 여기밖에 없다는 것이 참 아쉬웠다.

"나 살 좀 찐 것 같지 않아요?"

이수가 상체를 뒤로 젖혀 그녀에게 배 부근을 내보였으나 그다지 이수를 주의 깊게 살펴본 적은 없기에 그냥 입을 꾹 다물었다. 그러자 이수가 어깨를 으쓱이곤 웃으며 말을 돌렸다.

"그래서 여기 생활은 어때요? 살 만해요?"

"밖이든 안이든 사람 살라고 만들어 놓은 데인데 못 살 건 뭐야."

"에이, 걱정이 돼서 한 말인데 반응이 너무 싸늘하니까 무안하다."

무안하라고 한 소리였다. 희정은 할 얘기 있으면 해 보라는 뜻으로 뚱하게 이수를 보았다.

"인생을 달리 살아 볼 마음은 있어요?"

"뭐?"

이수가 약간 뜸을 들이다 물었다. 희정은 눈을 치켜떴다.

"달리 살아 볼 마음이 있다면 해성이랑 엄마 사이, 나도 같이 노력할게요."

"……그게 노력한다고 될 건 아니라고 생각하는데. 무엇보다 날 끔찍하게 싫어하는 애야. 자기 인생에서 사라져 달라고 했다고."

그녀가 자조적으로 웃자, 이수가 속을 알 수 없는 얼굴로 그녀를 물끄러미 보았다.

"내가 몇 달에 한 번, 여기 오는 거 해성이도 알아요."

희정은 저도 모르게 허리를 곧추세웠다.

"그런데 가지 말라고 막은 적도 없고, 거길 왜 가냐고 물은 적도 없어. 그래서 나는 엄마한테 하는 것처럼 집에 가서 해성이가 듣건 말건 요즘 엄마가 어떻게 사는지 열심히 떠들어요."

의외였다. 2년 전, 이수를 사랑할 이유가 필요하다고 찾아왔던 이후로 머리카락 하나도 볼 수 없었던 아이였다.

"정말 싫었다면 막았을 거예요. 해성이가 막았으면 난 당연히 여기 안 올 거고. 내가 엄마한테 무슨 빚이 있다고."

희정은 눈썹이 파르르 떨렸다. 자신의 사정이 궁금하긴 하다는 얘기일까.

궁금증이란 건 관심에서 파생된다. 머릿속이 술렁였다.

"해성이도 안 궁금한 건 아닌 거야. 다만 아직 말로 할 용기가 없는 것뿐이죠."

아주 미움 받는 것만은 아닐지도 모른다는 생각이, 기대가 살며시 피어났다.

"나는……."

입을 여는 순간 눈시울이 뜨거워졌다. 그녀는 한 아이의 엄마로 살아온 시간보다 자신을 위해 사기꾼으로 살아온 시간이 더 길었다.

"엄마, 나아지려면 엄마도 노력이란 걸 해야 해요. 늘 해성이에게…… 숨기고 참게만 했잖아요."

이수가 말하는 달리 살아 볼 생각이라는 건, 그런 삶을 버리는 것을 말하리라.

하지만 그런 삶을 상상하면 자신은 무기력하기만 했다. 할 줄 아는 게 없었다. 할 줄 아는 거라곤 상대가 원하는 말을 하는 것, 남을 속이는 것 그리고 상처 주는 것뿐이었다.

"방법이 다를 뿐이지, 엄마도 자기 딸을 많이 사랑하는 엄마잖아요."

하나만 알고 살아온 인생이 달리 어떻게 살아갈 수 있을까.

"나는……."

한순간에 참 많은 생각이 들었다. 희정은 몇 번이고 입을 들썩이다 이수를 보았다.

이수는 강남에서 내로라하는 유명한 성형외과에 들어갔다. 종합 병원만큼 다양한 케이스를 접하기 어렵다는 리스크를 빼면 꽤 만족스러운 연봉을 받고 보장된 출퇴근 시간과 휴무를 누리며 평범한 일상을 보내고 있었다.

"해 보니까 별거 아니에요."

그녀의 속을 읽은 것처럼 이수가 덧붙였다. 이수는 이 생활을 버리는 데 성공했지만 그녀는 자신이 없었다. 그녀가 일궈

온 세상이었고 이룩한 결과물들이 버젓이 업적처럼 존재했다.

"나는…… 주희정이야."

달라진다 해도 해성과의 관계가 나아진다는 보장 따위 없었다. 이수의 과거 얘기에 뒤도 돌아보지 않고 뛰쳐나갔다.

"주희연은……19년 전에 죽었어. 살아남은 건 주희정이야."

가뜩이나 형편없는 엄마인데 제가 사랑하는 남자에게 그런 짓까지 했었다니 온갖 정나미가 다 떨어졌을 것이다. 겁이 났다.

"주희정은 사기꾼이야. 너도 알잖아."

사람이 살아가는 데 정답은 없다. 그저 순간의 선택이 옳은 일이길 바랄 뿐이다.

"그 이름 빼면 시체라고."

이수는 눈썹을 내리깔았다. 이 말도 해성에게 전할지 모른다. 실망하겠지.

그 애에게는 여전히 미안했다. 하지만 이런 엄마라면 정말 인생에서 사라져 주는 게 최선일지도 몰랐다.

"맞아요. 엄마가 탁월한 사기꾼인 건 내가 제일 잘 알죠."

이수는 입고 있던 상의 재킷 안쪽에 손을 넣어 하얀 카드를 꺼냈다. 그리고는 그것을 펼쳐서 그녀가 볼 수 있도록 유리 막에 붙여 보였다.

"우리, 결혼해요."

신랑 현이수, 신부 주해성이라는 글씨가 희정의 눈에 크게 박혀 들었다.

"해성이 명예도 있는 건데, 동거라는 형태로 오래 있을 생각은 없어요."

그녀를 놀리듯 이수가 씩 웃어 보였다.

"주희정이라도 엄마가 해성이 엄마인 건 변하지 않아요. 좋은 엄마는 따로 없어요. 좋은 엄마 되려고 발악하지 마. 어차피 엄마는 안 돼."

'행복하게 잘 살겠습니다'라는 문구 역시 희정의 눈에 아프게 읽혔다.

"그래도 하나밖에 없는 딸 결혼식인데, 멀쩡히 살아 있으면서 죽은 사람인 척은 하지 마요. 해성이나 나나 버림받는 데는 이골이 난 인생들이야. 알잖아요."

"무슨 소릴 하는 거야! 내 신세 지금 몰라서……!"

"이번에 광복절 특사로 나온다는 소문 들었어요. 한 번이라도, 제대로 엄마 노릇 좀 해요. 내 여자 내 덕분에 참 많이 웃는데, 그래도 엄마가 줄 수 있는 마음하고는 다르잖아."

이수가 자리에서 일어났다. 희정은 입술을 자근자근 깨물었다. 이수와 해성의 결혼식은 8월이었다. 그녀가 광복절 특사로 나간다면 못 갈 이유는 없었다.

"……저 나쁜 놈……! 저 여우 같은……!"

희정은 이수가 없는 자리에 대고 욕을 퍼부었다. 해성이가 결혼을 한다. 속이 시커먼 여우에게 걸려 홀라당 심장을 내어 주고 코가 꿰어 버린다.

예쁘겠지. 눈부시게 아름답겠지.

그 모습을 제 두 눈으로 직접 보고 싶은 욕심이 들었다. 자신은 정말 구제 불능이었다.

***

행동력 하나는 기가 막힌 남자 덕분에 해성은 청혼을 받아들이고 단 석 달 만에 결혼식장의 신부 대기실에 앉아 있었다.

"후우. 윤희 말을 들을 걸 그랬나?"

하객 아르바이트를 고용할 걸 그랬나 하는 후회가 슬쩍 들려했다. 신부 대기실은 고요하기만 했다. 결혼을 축하해 줄 친구들이 거의 없기 때문이었다.

그녀답지 않게 의기소침해지려는 속을 해성은 가까스로 다독였다. 본래의 그녀라면 상관없었지만 이수의 입장 때문에 신경이 안 쓰일 수가 없었다.

"나는 대체 뭐 하고 살았냐……."

속이 다 타들어 갔다. 강남의 큰 성형외과에서 근무하는 이수다. 동료 의사며 이전 병원에서의 지인들, 병원 거래처 사람들 등 이수가 형식상 초대해야 하는 사람이 기백은 넘어가는 형편이었다.

"조금 썰렁하긴 하네요."

스냅 촬영을 위해 부른 사진 기사와 눈이 마주치자 그가 어색하게 웃었다.

해성도 따라 웃을 수밖에 없었다. 속으로 조용히 하객 아르바이트를 역시 불렀어야 했다며 다시 한번 후회했다.

"자, 이쪽 보세요. 턱은 좀 당기시고 허리는 펴시고요."

해성은 사진 기사를 향해 기계적으로 웃어 보였다. 조금 전 사무소의 김 소장이 무뚝뚝한 얼굴로 다녀갔고 윤희는 아직 도착 전이었다.

개인적으로는 친구 하나만 제대로 돼도 충분하다고 생각했지만 개미 한 마리 얼씬거리지 않는 상황에 착잡해지는 마음은 어쩔 수가 없었다.

"해성아."

대기실에서 사진 기사와 어색한 시간을 보내고 있던 해성은 고개를 들었다. 대기실 입구에 신랑인 이수가 서 있었다.

"다시 봐도 눈부시게 예쁘다."

여전히 낯부끄러운 말을 창피한 줄 모르고 하는 남자다. 하지만 어느새 그녀도 물들었나 보다. 그 유치한 말에 기분이 좋아졌다.

"컨디션은 괜찮아?"

가까이 다가온 이수가 그녀의 앞에 몸을 낮추고 앉았다.

"예복 구겨져요! 얼른 일어나요."

그녀가 눈을 동그랗게 뜨며 손을 파닥였지만 이수는 고개를 가볍게 젓고 해사하게 미소 지었다.

"긴장되지 않아?"

"……긴장은요. 괜찮아요. 그냥 혹시…… 나 때문에 곤란하지는 않아요?"

"곤란해? 뭐가?"

이수가 의아한 얼굴로 물었고 해성은 조용하기만 신부 대기실을 둘러보았다.

"내가 손님이 너무 없어서 이상하게 본다거나……."

"최 선생 말고는 아직 주변에 결혼한 친구 없지?"

해성은 반년 전 윤희의 결혼식을 떠올렸다. 그걸 윤희의 결혼식이라고 해야 할까. 윤희 부모님의 손님들로 인산인해를 이루었었다.

"최 선생 결혼식에서 밥 먹을 때, 우리 뒤에 앉아 있던 사람들이 했던 말은 기억나?"

해성은 고개를 끄덕였다. 이수가 장난스러운 얼굴로 그녀의 손을 꼭 잡고는 덧붙였다.

"결혼식 하객들이 기억하는 건 밥이야. 밥이 맛있으면 게임 끝난다고."

이수의 확신 어린 어조에 해성은 눈꺼풀을 끔뻑이다가 이내 웃음을 터뜨렸다. 맞는 말이었다. 그날 윤희의 결혼식은 한강이 내려다보이는 큰 고급 호텔에서 진행되었는데, 유럽풍으로 장식된 홀이 무척이나 아름다운 곳이었다.

"맞아요. 밥이 답이죠."

그렇게 아름다웠던 결혼식장에도 불구하고 하객들의 화제는 오로지 하나였다.

오, 식사 맛있다! 나중에 또 누가 여기서 결혼식 했으면 좋겠다!

"그러니까. 쓸데없는 걱정은 하지 마."

이수가 안심시키듯 콧잔등을 찡긋거렸다.

"그보다 드레스는 불편하지 않아? 숨쉬기 답답하다거나 앉아 있는 게 힘들다거나."

"전혀요. 괜찮아요. 이수 씨가 더 피곤하고 힘들 것 같은데."

그 일 이후로 2년이 가까운 시간이 지나도록 이수는 늘 이렇게 한결같이 그녀를 대했다. 사실 석 달이라는 짧은 시간 동안 결혼을 준비하며 바빴던 것은 그녀가 아니라 이수였다.

그는 그녀의 승낙이 떨어지자마자 마치 토네이도처럼 결혼을 준비했다. 그녀는 그저 이수가 가져오는 식장 리스트, 드레스 리스트, 스타일숍 리스트, 스튜디오 리스트 중 선택만 하면 되었다.

이수는 가끔 보면 뭔가 불안해하는 것 같아 보였다. 그녀를 속였었다는 전적 때문인지는 몰라도 그녀의 눈치를 보았고 기분을 헤아렸고 살뜰히 챙겼다.

"조금만 더 버텨 보자. 이제 정말 식만 올리면 끝이니까."

이 눈치 빠른 남자는 아직까지도 이것만은 눈치채지 못한 모양이다.

그녀가 세상에서 가장 아름다운 것처럼 말하는 남자를, 언제라도 그녀의 다리가 되어 주겠다며 어깨를 빌려주는 남자를 이미 그녀는 헤어 나올 수 없게 사랑한다는 것을.

"끝이 아니죠. 시작이죠."

해성은 손을 뒤집어 이수의 손을 맞잡았다.

"내가 현이수의 아내가 되고, 이수 씨가 주해성의 남편이 되는 건 이제 시작이잖아요. 고마워요. 나랑 결혼해 줘서."

잠시 그녀를 멀거니 보던 이수가 더없이 부드럽게 웃으며 일어났다. 그리고 그녀의 이마 위에 가볍게 입을 맞추었다.

"나야말로. 이렇게 우격다짐 밀어붙인 결혼에 응해 줘서 고마워. 하자투성이인 남자를 사랑해 줘서 고맙고, 함께 살아가 주기로 결정해 줘서 고마워."

사랑 하나만 바라보고 온 길이었다. 사랑 하나만 보고 선택한 남자였다. 온통 긁어 부스럼뿐인 인생에 유일하게 욕심 낸 남자였다.

"해성아!"

신부 대기실 안쪽으로 누군가가 얼굴을 불쑥 내밀었다.

"오빠!"

그녀가 환하게 웃자 이수가 옆으로 비켜서며 원봉을 맞았다. 펜팔 친구라도 된 것처럼 편지를 주고받고 전화로만 안부를 물었다.

언제 돌아올 거냐는 물음에도 조금만 더 벌고 돌아오겠다며 씩씩하게 웃던 원봉이었다.

"예쁘다, 우리 해성이! 진짜…… 너무 예쁘다."

그녀의 결혼 소식을 전하자 배에서 뛰어내려서라도 날짜에 맞춰 돌아오겠다더니 이렇게 당일이 되어서야 왔다.

"내가 널 어떻게 키웠는데 결국 이렇게……!"

2년간 해 온 거친 뱃일 덕분인지 얼굴이 까맣게 그을리고 몸이 제법 다부져진 원봉은 눈물을 글썽거렸다.

"내가 진즉에 알아봤지! 보통 인연이 아니었잖아! 현 선생이랑 결혼하게 될 줄 알았지! 아, 이거 참! 오빠가 널 어떻게 키웠는지 알잖아. 눈물이 다 나려고 한다!"

주원봉 성격 어디 안 갔다. 해성은 웃음을 터트렸다. 아직 원봉이 빚을 갚을 날은 멀고도 멀었지만 이전에 한창 사고만 칠 때보다는 확실히 마음도 편했고 얼굴도 밝아 보였다.

"진즉에 아셨다고요?"

그녀를 보며 눈물을 찍던 원봉의 눈이 이수에게로 돌아갔다. 눈이 마주치자 원봉이 슬그머니 시선을 피한다.

"흐응, 아셨구나. 전 그때 워낙 절 싫어하시길래 조금 걱정했습니다."

"싫, 싫어하긴 누가?"

"난 이 교제 반대야라고 분명히…… 그랬지 않으셨습니까?"

이수가 한쪽 입꼬리를 틀어 올린 채 말꼬리를 잡고 늘어지자 원봉이 입술을 우물거렸다.

"이수 씨, 장난 그만 쳐요."

"형님이 워낙 재미있으셔서 뭔가 자꾸 짓궂어지고 싶잖아."

버릇처럼 고개를 숙이던 원봉이 바로 얼굴을 치켜들었다. 그러자 이수는 빙글 웃었다.

"형님 반찬 먹고 싶네요. 음식 정말 잘하시잖아요."

"뭐, 그렇지. 배에서도 장난 아니었다고. 다들 어찌나 더 퍼먹어 대는지, 함장님 말씀에 따르면 식자재값이 두 배는 올랐대!"

단순한 원봉의 어깨가 금세 수직으로 상승했다. 해성은 웃음을 머금었다. 이런 원봉의 모습 또한 이수가 없었다면 볼 수 없었으리라.

"……오빠도 좋은 사람 만나야지."

"뭐? 무슨 그런 말을 해? 빚 다 갚고 나서 얘기야. 오빠 철들었다고. 이 상태면 어떤 여자를 데려와도 고생길이 훤하잖아. 너 하나 고생시켰으면 됐지. 오빠도 양심 있다?"

"해성아!"

원봉이 질색을 하는 와중에 대기실로 또 다른 반가운 얼굴이 들어왔다. 윤희였다.

"드디어 가는구나! 이 계집애!"

윤희는 죽고 못 살았던 환자와는 결국 헤어진 후, 선을 통해 만난 모 대학의 교수와 반년 전 결혼했다.

남녀 간의 짜릿한 감정은 없지만 대화가 잘 통하는 사람이라며 웃었다. 그 또한 윤희가 선택한 삶이었다.

"축하해! 너무 예쁘다! 나 결혼할 때보다도 예뻐. 행복해야 된다?"

윤희가 그녀의 눈을 보며 따뜻하게 말한다. 해성은 괜스레 가슴이 찡해져 눈물이 핑 돌았다.

아무도 오지 않는 대기실에 앉아 하객 아르바이트를 고용할 걸 그랬나, 걱정했던 순간이 무색했다. 단 두 명이었지만 대기실이 꽉 찬 느낌이었다. 마음이 그랬다.

"현 선생님도 멋지더라. 하기야. 그 인간은 인물값 빼면 뭐 쓸 만한 게 있긴 하니?"

"그 인물값 빼면 쓸 만한 거 없는 현 선생, 여기 옆에 있는
데요."

이수가 손을 들었지만 윤희는 힐끔 보곤 바로 안면 몰수했다.

"이거 참."

쓰게 입맛을 다신 이수는 해성의 귓가로 고개를 내렸다.

"그럼 난 이제 가서 식 준비할게."

"옷 구겨지니까 너무 막 다니진 마요."

"알겠어."

웃으며 대답한 이수가 대기실 입구를 향했다. 하지만 바로
나가지는 않고 입구에 서서 해성을 보며 고요하게 웃었다. 사
랑하는 사람들에게 둘러싸여 있는 그녀가 눈이 부시다는 듯이
말이다.

"해성아! 이 괘씸한 계집애! 결혼한다고 청첩장만 달랑 보내
면 다야?"

"연……수? 지영이도! 가은이까지! 이렇게 올지 몰랐어."

기억도 가물가물한 중학교 시절 친구들이 연이어 들이쳤다.

"윤희가 하도 난리를 쳐 대서 온 거야. 축하해. 너무 예쁘다."

"근데 네 신랑은 뭐 하는 사람이라니? 누가 보면 모델인 줄
알겠어."

"맞아. 깜짝 놀랐잖아. 대체 어떻게 만난 거야? 윤희한테 들
으니까 의사라며?"

"부럽다, 계집애!"

다들 돌아가면서 정신없이 말을 쏟아붓는 통에 대답할 사이

도 없었다. 친구들이 수다를 떠는 사이, 윤희를 보자 그녀가 어깨를 으쓱였다.

고마웠다. 식을 올리기 전, 올 사람이 없다며 걱정하는 그녀의 속내를 털어놓은 건 오로지 윤희뿐이었다.

"자, 그럼 모여 보세요!"

한구석에 존재감을 지우고 있던 사진 기사가 씩씩하게 나서서 친구들을 모았다. 해성은 활짝 웃었다. 자신이 꼭 잘못 살아오지만은 않은 모양이었다. 그렇게 얼마나 웃고 떠들었을까.

"신부님, 곧 입장하셔야 하세요."

대기실 문이 열리며 예식장 직원이 들어와 알렸다. 해성은 도우미의 도움을 받아 예식장으로 향했다.

이수나 그녀나 둘 다 부모님이 없기에 함께 동반 입장하기로 했다. 먼저 와 서 있던 이수가 그녀의 손을 강하지만 부드럽게 맞잡았다.

"떨려?"

"생각보단 괜찮은 것 같아요."

"그래? 난 떨려서 다리가 다 후들거리는데."

그녀의 머리 위에서 작게 속삭인 이수가 씨익 웃었다. 마주 웃은 해성은 앞을 보았다. 결혼 행진을 알리는 음악이 홀에 울려 퍼졌고 이수가 먼저 걸음을 뗐다.

"신랑, 신부 입장합니다!"

크고 단단한 손이 그녀를 지탱해 줬다. 그녀가 앞으로 평생 믿고 갈 손이었다. 사람들의 박수 소리가 우렁차게 울려 퍼졌고 해성은 입가에 미소를 띤 채 이수의 손을 잡고 단상 끝까지 걸어갔다.

"주해성을 나의 아내로 맞아 맹세합니다. 진실한 삶을 살겠습니다. 거짓뿐인 내게 마음으로 다가와 준 당신에게 진실한 마음, 진실한 말, 진실한 생각, 진실한 행동으로 보답하겠습니다."

이수는 사랑의 서약을 담담하게 읽어 내려갔다.

결혼 준비를 그에게만 맡겨 놓은 것이 미안해, 서약은 간단하게 하자고 했지만 이수가 거부했다. 본인이 직접 쓰겠다며 말이다.

그리고 며칠을 고치고 또 고치며 적어 내려간 것이 바로 이것이었다.

"언제나 당신이 원하는 때 거기에 있겠습니다. 힘들 때면 당신의 다리가 되고, 지지대가 되고, 그늘이 되겠습니다."

해성은 부케를 잡은 손에 힘을 잔뜩 주었다.

'진실'이라는 단어가 주는 무게를 아는 것은 그녀와 그뿐이었다. 서약에는 지난 2년간 입 밖에 내어 말하지 못한 그의 진심이 고스란히 담겨 있었다.

더 이상의 거짓말은 없을 거라는.

진심으로 당신을 대할 거라는.

"당신을 처음 본 순간부터 사랑하지 않았던 순간은 없습니다. 진실한 마음 하나로 당신을 평생 사랑하겠습니다. 나의 신부에게."

해성은 눈썹을 내리깔았다. 눈물이 후두둑 떨어졌다.

자신은 여전히 불안했을지도 몰랐다. 언제고 그가 거짓말을 할 거라는, 자신을 속일 거라는, 그래서 상처받을지도 모를 거라는.

"이로써 두 사람이 부부가 되었음을 선포합니다. 두 사람은 돌아서세요."

해성은 주례의 지시에 따라 하객을 향해 돌아서 인사를 하고 고개를 들었다. 홀을 메운 많은 사람들이 이수와 그녀에게 박수를 보내고 있었다.

"화장이 지워져도 예쁘다, 내 아내는."

이수가 그녀에게만 들릴 정도로 말했다. 슬쩍 보니 이수가 해사하게 웃고 있었다.

참 불가사의하다. 지금까지도 이 남자의 웃음 하나에 속절없이 설렜다.

"그러는 이수 씨도 늘 멋있어요. 내 심장이 뛰게요."

해성도 웃으며 다시 앞을 보았다. 그러다 눈 끝에 걸리는 어떤 사람에 눈을 크게 뜨고 그쪽을 보았다.

"엄……마……?"

자신의 눈을 의심했다. 닮은 사람일지도 모른다는 생각이 먼저 들었다.

"거봐. 올 줄 알았다니까."

하지만 옆에서 이수가 확인 사살을 해 줬다.

"너를 보고 싶은 욕심 하나는 정말 어마어마하거든. 저 아줌마."

그가 차갑게 식어 가는 그녀의 손을 덥히듯 꽉 쥐며 중얼거렸다.

"엄마, 맞아요……?"

"응. 미안해. 내 마음대로 초대해 버렸어."

이수가 지나가는 말로 광복절 특사 이야기를 꺼낸 적이 있었다. 두 달 전에 이수가 희정의 면회를 다녀온 직후였다. 관심 두지 않았다.

특사로 나온대도 낯짝이 웬만큼 두껍지 않고서야 결혼식을 올까 싶었다. 하지만 자신은 희정의 낯짝을 간과한 모양이었다.

"갑자기 나한테 정나미가 떨어졌다고 부케 던지고 가 버릴 건 아니지?"

이수가 딱딱하게 굳은 그녀의 얼굴을 보고 표정을 풀어 주려는 듯 농담처럼 말했지만 귀에 들어오지 않았다.

"해성아, 난 그냥……."

이수의 목소리가 먼 데서 들려왔다. 검정색 바지 정장을 깔끔하게 차려입은 희정이 하객들 틈에 섞여 그녀를 보고 있었다.

어떻게 이렇게 희정의 얼굴이 한눈에 들어왔는지 모르겠다. 희정은 울 듯 얼굴이 우그러져 있었다.

"네가 혹시 화를 내도, 난 내가 잘한 거라고 믿어."

이수가 그녀의 손을 꽉 움켜쥐었다. 희정과 눈이 마주쳤다. 놀랐는지 고개를 숙이고 사람들 틈 사이로 허겁지겁 뒤로 물러났다. 교양에 죽고 우아에 사는 주희정답지 않게 초라한 행색이었다.

"죄송합니다. 죄송합니다."

사람들과 부딪치고 연신 사과를 하며 예식장 입구까지 나간 희정은 식장 안을 돌아보았다.

해성은 턱에 힘을 바짝 주었다. 자신에게 희정은 좋은 엄마는 아니었다. 하지만 희정의 희생 덕분에 이수가 그녀의 곁에 있을 수 있었고, 희정으로 인해 이수와 알게 됐다. 아이러니했다.

"……나도 날, 내 속을 모르겠어요."

해성은 멍하니 중얼거렸다. 결혼식 끝을 알리는 행진을 하면서도 해성은 눈을 희정에게서 뗄 수 없었다. 여전히 희정을 털 끝만큼도 이해할 수 없었지만, 엄마였다.

"자! 사진 찍겠습니다. 신랑, 신부 측 가족분들은 앞으로 나와……. 아, 제가 실수를."

해성은 희정을 보다가 한숨을 작게 내쉬었다. 이수나 그녀나 일가친지 하나 없이 하는 결혼이었다. 하지만 그녀에게는 적어도 엄마가, 저를 낳아 준 엄마가 있었다.

"친구분들은 앞으로 나와 주시고, 신랑, 신부도 이쪽으로 와 주십시오."

그녀를 울 듯 웃는 듯 보고 있던 희정이 입을 벙긋거렸다. 짧은 말이었다.

'축.하.해. 행.복.해.'

해성은 저도 모르게 아랫입술을 물었다. 어째서인지 울컥 마음이 죄어 왔다. 눈물이 핑 돌았다. 이수가 문득 그녀의 손을 잡아당겼다. 보자 그가 고요하게 웃고 있었다.

"인사하자."

이수가 희정 쪽으로 몸을 틀었다.

"감사합니다!"

이수가 크게 소리 내어 말하며 허리를 넙죽 숙였고 해성도 얼떨결에 숙였다. 그리고 고개를 든 순간 보았다. 소리 없이 울며 환하게 웃는 희정을 말이다. 완연한 엄마의 얼굴이었다.

해성은 눈썹을 내리깔았다. 입가가 희미하게 휘었다.

"울다가 웃으면 부끄러운 데 털 난다. 내가 아무리 네가 좋아도 부끄러운 데 털 난 건 좀 그래, 해성아."

이수가 그녀의 귀에 대고 속삭였다. 어이가 없어 보자, 그가 그녀의 눈가에 어린 눈물을 조심스럽게 닦아 주었다. 안도가 되었다. 이 남자가 그녀와 함께 걸어갈 사람이라는 사실이.

"……사진…… 찍어도 돼요?"

"응?"

"엄마랑."

해성은 어렵사리 말했다. 이 남자가 당연하게 들어주리란 것은 대답을 듣지 않아도 알았다.

"해성아, 갈 데가 있어서 그런데 맨션 앞으로 나와 줄래?"

이수는 상자를 내려다보며 작게 한숨을 쉬었다. 오늘도 거절당하면 다섯 번째였다.

"이번에도 어물쩍 넘어가면 진짜 멘탈 회복이 안 될 것 같은데."

그는 상자가 들어 있는 트렁크를 닫고 곧 맨션 입구에 나타날 해성을 기다렸다.

그날 이후, 근 2년에 가까운 시간이었다. 무너진 신뢰를 쌓아 올리는 일이란, 그가 살아오면서 해 온 그 무엇보다 힘든 과정이었다.

"어떻게 된 거예요? 일은 어떻게 하고요? 무슨 일 있는 건 아니고? 설마 결국 잘렸다거나?"

곧 맨션 입구에서 나타난 해성이 의아한 얼굴로 다가왔다. 무슨 상황인지 파악이 되지 않았기 때문인지 급하게 휴대폰과 지갑만 손에 든 상태였다.

"무슨 일은 아니고…… 반차 냈어. 우선 차에 타자."

"어디 가는데요?"

이수는 자신의 웃음이 자연스러워 보이길 바라며 입꼬리를 끌어 올렸다.

"비밀이야. 멀지는 않으니까 걱정하지 마."

"또 무슨 꿍꿍이에요?"

해성이 눈을 가늘게 좁혀 떴다. 이수는 속으로 꿍얼거렸다. 네가 다섯 번이나 날 찼기 때문이야.

"무슨 일 생긴 줄 알고 깜짝 놀랐잖아요. 오징어볶음 하고 있었는데, 내가 불은 잘 껐었나?"

같이 살던 친구 윤희가 결혼을 하고, 그의 끈질긴 설득 끝에 해성은 룸 셰어라는 단서를 달아 한 달 전에 그의 집으로 들어왔다. 애인의 집에 얹혀사는 것 같은 인상은 싫었던지 '룸 셰어 계약서'라는 것을 만들어 와 그의 앞에 들이댔다. 생활비는 반반씩 부담, 공과금도 반반씩 부담, 집안일 역시 분담.

"잘 껐을 거야."

"불도 다 소등했는지 기억이 잘 안 나요."

"불은 오히려 껐다 켰다 하는 게 전기세 더 나올걸."

"정말로 병원에서 무슨 일 있었던 건 아니죠?"

"무슨 일?"

이수는 운전을 하며 해성을 힐끔 보았다.

"병원 회식도 가뭄에 콩 나듯 가고, 일 끝나면 바로 집으로 달려오거나, 우리 회사로 오거나 하잖아요. 사회생활을 너무 자기 편의대로 하면 사람들한테 미움 사지 않아요?"

"지속적으로 회식에 참여 안 하는 만큼 평소에 잘하니까 괜찮아."

"회식은 왜 안 가는 거예요?"

"주해성이랑 같이 있는 게 더 좋으니까."

그의 칼 같은 대답에 해성이 도리어 꿀 먹은 벙어리가 되었다. 차 안에 잠시 정적이 깔렸다.

"……그렇게까지 노력하지 않아도, 이제 의심 안 해요."

해성이 문득 중얼거리곤 콧잔등을 찌푸리며 볼을 부풀렸다.

"한번 의심하기 시작하면 끝이 없는 거지만, 지난 2년간 꾸준히 노력해 줬고, 일관성 있었잖아요. 애초에, 사랑하는데…… 의심한다는 건 나한테도 힘든 일이니까 너무 내 위주로만 맞추지 말고, 이수 씨도."

"나도 사랑하니까."

어떻게 보면 그들은 한 번 깨졌다가 이어 붙인 관계이기도 했다. 연인 사이에 '믿음'과 '신뢰'라는 게 그랬다. 자신의 죄가 더없이 컸고, 뼈를 갈아 먹을 만큼 후회했기에 다시 그때 같은 일이 발생하도록 둘 순 없었다.

"사랑하니까 그러고 싶은 거야. 내 남은 모든 순간은 다 네거야. 내가 그러고 싶어. 네가 귀찮아해도 어쩔 수 없어. 나도 내가 이렇게 집착이 심할 줄은 몰랐으니까."

"……못 살아."

해성이 피식 웃음을 흘리곤 기어 위에 있는 그의 손을 잡았다. 이수는 손을 뒤집어 그 손을 맞잡았다. 슬그머니 좀생이 같은 마음이 피어오르려 했다.

그럼에도 불구하고 '결혼할까?'란 말에 '무슨 소리예요.'라는 말을 다섯 번쯤 반복했다. 사랑한다면서 결혼은 생뚱맞은 소리 취급한다. 그래서 그는 오늘 날을 잡았다.

"그런데 진짜로 어디 가는 거냐니까요?"

거리에 차가 점점 드물어지는 걸 보고 해성이 인상을 찌푸렸다.

"비밀이라니까. 도착하면 알게 될 텐데 뭐가 그렇게 급해."

해성의 성향이라면 닭살 돋는 정식 이벤트는 싫어할 거라 생각했었다. 그래서 밥을 먹는 와중이라거나, 영화를 보는 중이라거나, 같이 청소를 하다가 눈이 마주쳤을 때 물었었다.

'이렇게 사는 것도 좋지 않아? 동거보단 결혼이 낫지. 결혼할까?'

'무슨 소리예요? 우린 엄연히 룸을 셰어하는 사이예요. 동거는 무슨?'

'우리가 한집에 드나드니까 옆집 학생이 묻더라. 결혼했냐고. 대답하기 곤란했지 뭐야. 이참에 그냥 결혼할까?'

'하하하, 그 학생도 순진하네. 요즘 애들 같지 않아요. 그죠? 그러고 보니까 그 애, 대학 때문에 혼자 서울로 왔댔죠?'

'해성아, 난 너랑 결혼하고 싶어.'

'이미 같이 살잖아요. 결혼한 거나 마찬가지죠, 뭐.'

세 번쯤 이런 식으로 거절을 당하니 도 닦는 기분이 되었다. 이수는 그 뒤의 두 번도 이런 식으로 대화를 차단당했고 정말로 마음의 상처를 받았다. 아직도 자신을 믿지 못하는 걸까. 2년으로는 아직은 많이 부족했던 걸까.

하지만 곧 해성도 여자라는 데 생각이 미쳤다. 정식 프러포즈가 없었기 때문에 해성이 그저 농담으로 치부했을 수도 있었다.

"거의 다 왔으니까."

"여기는……?"

목적지에 거의 도착하자 해성이 익숙한 주변 풍경에 눈을 동그랗게 떴다.

"말한 적…… 없는데 어떻게 알았어요……?"

"언제는 내가 키다리 아줌마라도 되는 줄 알았다며."

그가 씨익 웃으며 대답하자 눈을 깜빡이던 해성도 이내 맥없이 웃었다.

"매년 혼자 왔었지?"

"떡 벌어진 제사상까지는 어려워도…… 기일은 챙겨야지 싶어서요. 날 키워 주신 분이니까."

이곳은 해성의 외할머니가 안치되어 있는 납골당이었다. 그리고 가짜 주희정의 납골당도 함께 있었다.

제 엄마에 대한 배신감 때문에라도 다시는 발걸음하기 싫은

곳일 수도 있는데, 그래도 매해 해성은 외조모의 기일을 이렇게 늘 챙겨 왔었다.

"먼저 가서 있어. 난 챙길 게 좀 있어서."

"챙길 거요?"

해성이 차에서 내리다 물어보자 이수는 트렁크로 돌아가 거기서 상자 대신 그 옆에 있는 검은 봉투를 들어 보였다.

"예전에 말했었지? 할머니가 살아 계셨을 때 믹스 커피를 엄청 좋아하셨다고."

"설마 챙겨 왔어요?"

"응. 그러니까 먼저 가 있어. 위치는 아니까 먼저 가도 돼."

해성은 고개를 끄덕이곤 몸을 돌렸다. 그녀가 돌아서 가는 걸 보고 나서야 이수는 상자를 챙겨 들었다.

커피는 이미 보온병에 타 두었다. 하지만 그보다 더 중요한 게 있다. 오늘의 주인공은 특별 주문한 이 상자였다.

"후우. 오늘까지 거절당하면, 멘탈이 조각 나서 내일 일어날 수나 있을까. 하……!"

이수는 깊은 한숨을 뱉곤 걸음을 옮겼다. 다섯 번의 거절 끝에 담이 다 쪼글쪼글해졌다. 거절당한 후에 표정 관리하느라 정말 죽을 뻔했다.

"할머니, 자주 못 와서 미안해. 외롭진 않았어? 오늘은 나 혼자 온 거 아니야. 인사시켜 주고 싶은 사람이 있어."

해성의 조곤한 목소리가 그리움으로 물들었다. 그도 알고 있다. 할머니와 둘이서 꾸려 온 해성이의 삶은 힘들었기에 더 끈끈했으리라.

"안녕하세요, 할머니. 현이수입니다. 전직 사기꾼이지만 현재는 개과천선한 성형외과 의사죠."

해성이 먼저 무슨 말을 하기도 전에 앞으로 나선 그는 허리를 정중하게 숙여 인사했다.

눈을 들자 주름진 얼굴로 수수한 미소를 짓고 있는 해성이 할머니의 사진이 보였다.

"소개도 안 했는데 그렇게 넙죽 인사를 해요?"

"떨려서 그랬지. 처음, 제대로 인사드리는 거잖아."

그가 넉살 좋게 대꾸하자 해성이 웃음을 흘리다 눈썹을 치켜올렸다.

"그런데 그건 또 뭐예요? 웬 상자?"

이수는 손에 들고 있는 상자를 내려다보았다. 프러포즈에 적당한 타이밍이란 게 과연 존재할까.

"커피는요?"

그새 이 여자의 관심은 검은 봉투로 옮겨 갔다. 알면서 모르는 척하는 걸까, 정말 관심이 없어서 예의상 묻고 마는 걸까.

해성은 검은 봉투에서 보온병을 꺼내 유골함 앞으로 가져갔다.

"할머니, 커피 오랜만이지. 나는 지금까지 이렇게 할머니 커피타 올 생각도 못 했는데. 가끔 보면 이 사람도 생각이 참 깊어."

"그 말은, 내가 생각이 평소에는 짧다는 얘기야?"

"그렇게는 얘기 안 했는데요?"

해성이 장난스러운 웃음을 문 채 어깨를 으쓱였다. 사기꾼이랑 살다 보니까 점점 만만치가 않아진다.

"우리 할머니한테는 할 말 없어요? 여기까지 왔는데."

이수는 잠시 해성을 물끄러미 내려다보다 몸을 돌려 유골함 앞의 할머니 사진을 바라보았다.

"할 말 다 해도 돼?"

"해요. 우리 할머니가 얼마나 현명한 사람이었는데. 이수 씨가 무슨 말을 하든 다 들어 주실 거예요."

이수는 입고 있던 셔츠의 주름을 탁탁 펴고 사진 속 할머니와 눈을 맞췄다.

"할머니, 음, 지금쯤 절 욕하고 계실지도 모르겠네요. 이제까지 있던 일을 다 보셨던 거라면 말이에요."

그가 자조적으로 말을 잇자 오히려 해성이 움찔했다.

"그런데 그건 2년 전 얘기고, 지금은 오로지 주해성이라는 여자 하나만 보고, 하나에게만 충성하며 행복하게 살고 있습니다. 그것도 다 보고 계셨죠?"

"……다 아실 거예요."

"그럼 그것도 아세요? 제가 이 여자랑 얼마나 결혼하고 싶어 하는지."

뜬금없이 어퍼컷이었다. 해성이 그를 돌아보곤 눈을 동그랗게 떴다.

"지금 할머니한테 고자질하는 건데요. 이 여자가 눈치가 없는 건지, 모르는 척하고 싶은 건지, 아니면 지금도 날 못 믿겠는 건지 결혼 얘기만 하면 자꾸 모르쇠 해요."

"내가 언제 그랬다고⋯⋯!"

"아니라고?"

눈이 마주치자 해성이 눈을 굴리며 입을 다물었다. 이수는 다시 할머니 사진을 보았다.

"결혼이라는 말에 에둘러 무시당한 게 다섯 번입니다. 고민을 많이 했어요. 내가 정식으로 프러포즈를 안 해서 이럴까."

"그게 아니라."

해성이 항변했지만 이수는 담담히 속풀이를 하듯 말을 계속 이었다.

"공연장을 빌려, 이벤트를 해서 청혼하면 되려나. 그런데 내가 아는 주해성이라면 욕만 먹을 것 같고. 결혼 얘기만 나오면 말을 돌리는 이유는 뭘까요?"

"이수 씨! 그게 아니라."

"내가 문제일까, 아니면 해성에게도 말 못 할 이유가 있을까."

해성이 복잡한 얼굴로 그를 올려다보았다.

"제가 지금부터도 청혼을 할 건데, 이번에도 거절당하면 정말 멘탈 나갈 것 같아요. 오늘은 이 여자가 부디 거절하지 않게 해 주세요. 할머니 손녀, 제가 남은 평생 최선을 다해서 아끼고 사랑할 거거든요."

심장이 크게 고동쳤다. 고양된 긴장감 탓이었다. 이수는 해성을 향해 내내 손에 들고 있던 상자의 뚜껑을 열었다.

"이렇게 해도 안 되고, 저렇게 해도 안 되니까 남들처럼 제대로 청혼할게. 평생 아끼고 사랑하고 최선을 다할게. 살면서 그 어떤 시련이 닥쳐도 네 옆에서 널 지지하고 응원하는 사람이 될게. 평생 널 위해 여기 서서 네 편이 될게."

해성의 눈이 상자 안에 머물렀다. 별거 아니었다. 꽃이 가득 장식되어 있는 상자였다.

하얀색 분홍색, 노란색의 장미들이 아기자기하게 공간을 채우고 있었다.

가운데 네모난 공간에는 그가 며칠을 공들여 고른 반지가 있었고, 상자 뚜껑에는 그와 해성이 함께 찍은 사진들과 함께 '결혼해 줘'라는 글씨가 박혀 있었다.

"많이 부족한 나지만, 나랑 결혼해 줄래, 주해성?"

손끝이 희미하게 떨렸다. 어떤 이유로든 해성이 미안하다고 말할 것 같아 가슴이 다 굳는 기분이었다.

"이수 씨, 난……!"

한참을 상자를 바라보던 해성이 고개를 들고 고개를 가로저었다. 동시에 그의 가슴이 산산조각 나는 것 같았다.

"거절……이야? 정말……?"

"난…… 난 할 수 없어요."

해성의 눈가가 빨개졌다. 천하의 현이수도 지금만큼은 머릿속에 이 상황을 무마할 그 어떤 말도 떠오르지 않았다. 어째서라는 의문만 가득했다.

"난…… 부족한 건 나인걸요. 난…… 난 아무것도 없어요. 지금은, 지금은 할 수가 없다고요."

"……지금은?"

"난 가진 게 없어요. 결혼이라는 걸 그냥 결혼하자, 결혼했다! 그렇게 끝나는 게 아니잖아요. 그런데 난 가진 게……!"

이수는 상자를 손에 꽉 쥐었다. 해성이 어째서 지금까지 그렇게 못 들은 척했는지 감이 잡힐 것 같았다.

"가진 게 왜 없어."

"결혼도 돈이 있어야 한다고요. 그런데 난 정말 가진 게."

"넌 날 가졌잖아. 내 게 다 네 거야. 하…… 정말이지. 그런 이유로 넌 날 그렇게 상처 준 거야?"

"그런 이유라뇨! 나한테는 중요한……!"

기어코 해성의 눈에 그렁그렁 눈물이 찼다.

"누구는 매번 모른 척하고 싶어 그랬겠어요? 하고 싶어도 그럴 상황이 되어야 하죠. 아무리 돈을 아득바득 모아도 모자란 것 같아서 나는."

"해성아. 누가 나한테 시집올 때 돈다발 들고 오래? 난 너만 있으면 되는데."

"모르는 게 아니라."

이수는 상자 속에 있는 반지를 빼 방심한 해성의 약지에 끼워 주었다. 역시나 제 주인을 찾은 듯 찬란하게 반짝거렸다.

"넌 준비할 거 아무것도 없어. 그냥 몸만 오면 돼. 나랑 결혼하는 게 싫어서……는 아닌 거지? 그건 맞지?"

"맞아요. 하지만."

"신혼여행은 네가 정해. 네가 알아서 준비하고. 다 너한테 맡

길게. 비용도. 대신 결혼식 준비와 신혼집 준비, 가구는 다 내가 하게 해 줘.”

“그건 불공평해요!”

해성이 다시금 반기를 들려는 걸 이수는 얼굴을 가까이 대고 간절하게, 진심을 담아 말했다.

“나는 여전히 불안해. 언제고 네가 나에게 실망해서 떠날까 봐. 그래서 비겁하지만 결혼이라는 제도를 빌려서 네 곁에 있고 싶어. 그래서 그래. 안 될까? 진짜 오늘까지 거절당하면 난, 어떻게 회복해야 할지 감도 안 잡혀. 제발.”

“나는.”

“할머니도 싫으실 거야. 식도 안 올린 손녀가, 연인이랑 동거한다는 걸 좋아하실 리 없잖아.”

해성의 눈썹이 아래로 축 처졌다. 당연히 할머니가 좋아할 리 없었다.

“행복하게 해 줄게. 늘 사랑할게. 최선을 다해서 네 옆에 있을게. 네 편이 될게. 나랑 결혼해서 내 아내가 되어 줘. 나랑 행복하게 살아 줘.”

이수는 해성의 입술 위에서 속삭였다. 해성의 얼굴이 이지러졌다.

“결혼해 줘.”

“……이런 나라도 정말 괜찮겠어요……?”

“너니까 결혼이 하고 싶은 거야. 달리 하고 싶겠어? 너니까 속박되고 싶은 거라고.”

거절의 사유가 경제적인 것이라곤 생각도 못 했다. 하지만 그건 중요하지 않았다. 길고 긴 어둠의 터널을 지나 해성에게 닿았다. 비로소 빛이 있는 곳에 섰다.

"……말은 참 예쁘게 해."

해성이 피식 웃었다. 이수는 울 듯 웃을 듯 파르르 떨리는 작은 입술에 입을 맞췄다.

"결혼해 주라. 너 없으면 죽을 것 같아."

쪽, 쪽.

새 부리 쪼듯 가볍게 입을 맞췄다. 곧 해성에게서 맑은 웃음소리가 흘러나왔다.

"혼자 준비하게 하는 건 싫어요. 얼마 되진 않겠지만, 이수 씨가 가진 거에 보탤게요."

해성이 우물거렸다. 일단 지금은 무조건 고개를 끄덕여야 했다. 이수는 열렬히 응했다. 하지만 해성의 돈을 쓰진 않을 것이다. 그건 그녀를 위해 남겨 놔야 했다.

그녀가 그에게 오는 것은 그에게 있어 돈 따위보다, 세상 그 어떤 것보다 귀하다고 어떻게 말해야 알아들을까.

"결혼……해요. 우리."

"고마워. 잘할게. 정말. 사랑해."

"나도 사랑해요."

해성이 깊이 안겨 왔다. 그는 가슴 깊이 해성을 안으며 웃었다. 드디어 성공했다.

외전 **결혼 후일담**

◆

폐백은 하지 않기로 했다. 해성이나 이수 모두 친척이라 부를 만한 어른들이 없기 때문이었다.

"왜! 내가 있는데! 내가 줄게! 내가 할 수 있어!"

뒤늦게 나타난 원봉이 빈 폐백실 앞에서 되지도 않는 고집을 피워 댔다.

이미 예복으로 갈아입은 뒤였다. 해성은 뒤늦게 속상해하는 원봉을 보며 한숨을 쉬었다.

"오빠. 폐백은 신랑 쪽 식구들만 하는 거야. 오빠는 신부 쪽이니까 폐백을 해도 어차피 들어오면 안 돼."

"그런 법이 어디 있어! 나도 엄연히 친척 어른인데!"

"폐백이라는 전통이 그런 거래. 시댁 어른들한테 저 시집왔어요, 하고 인사하는 거잖아. 요즘은 안 하는 결혼식도 많아. 내가 이상하고 불쌍한 게 아니라니까?"

해성은 지친 한숨을 쉬었다. 새벽녘부터 서둘러 얼굴에 한 화장이 갑갑했다. 몇 개나 꽂았는지 알 수 없게 틀어 올린 머리도 두피가 당겨 아팠고 밤새 잠을 설친 탓에 피곤했다.

누구를 위한 결혼인지 모르겠다.

"해성아, 오빠 주머니를 걱정하는 거라면 그러지 않아도 돼. 너 시집갈 때 주려고 한 푼, 두 푼 정말 열심히 모았다니까?"

원봉이 정장 안주머니에 손을 넣다가 얼굴을 굳혔다.

"형님, 그 돈은 빚을 갚는 데 쓰시죠? 아직 한참 멀었잖아요?"

"그, 그건 내가 알아서 성실하게!"

"하루라도 빚을 청산하고 배를 그만 타는 게 해성이 걱정을 덜어 주는 일이 아닐까요?"

틀린 말이 단 한 군데도 없어 원봉의 얼굴이 푸르죽죽해지자, 이수가 사악하게 입꼬리를 끌어 올렸다.

"밥은 먹었어? 여기 밥 맛있다고 소문난 데야."

원봉을 놀리는 이수의 옆구리를 팔꿈치로 쿡, 찍은 해성이 앞으로 나서서 원봉의 등을 떠밀었다.

"아, 아직 안 먹었어. 네가 너무 예뻐서 뭘 못 먹었지."

"그럼 얼른 가서 먹어. 나도 곧 인사하러 갈 테니까."

원봉을 식당으로 보낸 해성은 볼을 부풀리곤 이수를 흘겨보았다.

"그렇게 보지 마. 형님이 너무 놀려먹기 좋은 사람인 게 문제니까."

이수는 얼른 꼬리를 내렸다. 그는 아마 평생을 가도 이 작은 여자의 말에 토를 달 수 없을 거였다.

"알았어. 오늘은 더 이상 안 할게. 이제 우리도 슬슬 인사 하러."

"잠깐만요. 잠깐만 기다려 줘요."

그가 해성의 손을 잡고 식당으로 이끌려고 하자 해성이 팔을 잡아 누르며 멈췄다. 해성의 시선은 한곳에 머물러 있었다. 그쪽으로 고개를 돌렸던 이수는 고개를 끄덕였다.

"바……쁘지 않니?"

그곳에는 희정이 서 있었다. 해성이 다가가자 망연하게 서 있던 희정이 바짝 긴장해서 눈꺼풀을 정신없이 깜빡였다.

"바빠요."

"……그……래. 그럼 얼른 가 봐. 나는 신경 쓸 거 없다."

하지만 희정의 말에도 불구하고 해성은 움직일 기미가 없었다. 기묘한 침묵이 흘렀고, 참다못한 희정이 몸을 돌리려 할 때였다.

"여기까지는 이수 씨가 불렀다고요?"

해성은 희정의 고운 얼굴을 물끄러미 바라보았다. 희정은 반대로 눈을 제대로 바라보지 못했다.

"언제, 나왔어요?"

지금은 9월 초입이었다. 광복절 특사 이야기를 듣긴 했지만 진짜 다시 보게 될 줄은 몰랐다.

"광복절에……."

"나온 지 보름은 넘었다는 얘기네요."

"그래. 그렇게 됐네."

"어디서 지냈어요?"

희정이 미웠다. 하지만 하나뿐인 엄마였고, 희미하지만 어린 시절, 좋은 추억도 남아 있다.

단지 속였고, 버렸고, 죽은 척했다. 배신감이 컸고, 원망 역시 컸다. 자신의 인생에서 필요 없는 사람이라고 생각했지만, 많은 일이 있었다.

"……그냥 호텔에서…… 있었어."

"다른 일은, 없어요?"

"다른 일? 무슨……? 아…… ."

해성은 맑은 눈으로 희정의 얼굴을 뚫어지라 응시했다.

'다른 일'이 가리키는 건 명확했다.

"하던 일은, 계속할 생각이에요?"

해성은 주먹을 꽉 움켜쥐었다. 희정과 그녀의 사이가 평화롭기를 바란다면 입 밖에 내어선 안 될 질문이었다. 하지만 짚고 넘어가야 했다.

"……솔직해야 하는 거지?"

"그랬으면 좋겠어요. 거짓말이라면 신물이 나서요."

담담하게 말하자 잠시 눈을 내리깔았던 희정이 희끗하게 웃었다.

"당분간은 그럴 생각 없어. 어렵게 이은 고리, 내 손으로 다시 끊어 내고 싶진 않거든. 네가 어떻게 생각할지는 모르겠지만, 나 여기 굉장히 어렵게 용기 내서 왔어."

"당분간……이요."

시원치 않은 대답이었다. 해성은 그 말을 끝으로 입을 다물었다. 그렇다고 돌아서지도 않았다.

"……예쁘구나. 현이수 저놈한테 주기에는 아까울 정도야."

저도 모르게 고개를 숙였던 해성은 눈을 들었다. 나이가 무색하게 아름다운 희정이 입꼬리를 늘어트리곤 그녀를 보며 웃고 있었다.

"아까 나설 걸 그랬나. 이 결혼에 이의가 있습니다 하고 말이야."

"엄마는…… 입어 본 적 없어요? 웨딩드레스."

"없지. 네 외할머니한테 들었는지는 모르겠지만 너와 나의 시작이 그렇게 행복한 건 아니었거든."

"생물학적 아빠 얘기는 들어 본 적 없어요. 묻지도 않았고요."

"궁금했니?"

"아뇨. 어렸을 땐 엄마가 슬퍼할까 봐 묻지 못했고, 이제는 실망할 것 같아서요."

그녀의 말에 서린 가시를 읽은 희정의 얼굴에 씁쓸함이 어렸다.

"그래. 알아도 좋을 게 없어. 나 역시 죽었는지 살았는지조차 모르니까."

"……웨딩드레스, 입어 보고 싶지 않았어요?"

짐작할 수 있었다. 희정은 어린 나이에 그녀를 가졌고, 그 대가를 톡톡히 치렀다.

외할머니가 언젠가 지나가듯이 말씀하셨다.

'여자 친구가 임신했다니까 그놈이 어쨌는지 알아? 대번에 의심
했어. 자기 애가 맞냐고. 그런 썩을 놈은 책임진다고 데리고 와도
내가 엉덩이를 발로 차 버렸을 거야.'

술에 거나하게 취한 할머니는 주먹을 불끈 쥐고 이야기를 꺼
내 놓았다.

'네 엄마가 그 순간엔 처음으로 옳은 짓을 하더라. 뒤늦게 돌아
온 그놈을 말 그대로 발로 차 버렸지.'

당시 엄마의 장례를 치른 이후로 희정의 이야기는 잘 안 했
었는데 그날은 신나셨었다. 그리고 해성은 생각했다. 모르는
게 약이 되겠다고.

"웨딩드레스? 내 인생엔 없는 거야. 무슨 영화를 누리겠다고
그걸 입니?"

희정이 낮게 소리 내 웃다가 문득 얼굴을 쓸어내렸다.

"하지만 넌 무척이나 예뻐. 그리고 이렇게 와도 모른 척하지
않아 줘서 고마워, 해성아."

희정은 혼주석에도 앉지 못하고, 누구보다도 멀리서 박수를
쳐 줬다.

가족이란 게 뭘까.

할머니, 원봉 그리고 희정 마지막으로 이제 그녀의 가족이 된 남자, 이수까지 눈앞을 스쳐 갔다. 손끝에 힘이 빠졌다.

"할머니는 사실, 엄마가 살아있다는 걸 늘 알고 있었죠?"

"뭐?"

"할머니가 몰랐다는 건, 말이 안 돼요. 돌아가시기 전에 미안하다고 하셨거든요. 미안할 일이 없는데도 미안하다고."

희정은 차마 대답하지 못하고 고개를 숙였다.

"원봉 오빠도 늘 절 속였죠. 다음은 없어. 이번이 마지막이야. 하지만 늘 사고를 쳤어요. 현이수는 또 어떻고요. 그런데 난 이 사람들, 다 용서하고 받아들였어요. 내가 좋아하니까 어떤 핑계를 대서라도 받아들이고 싶더라고요."

희정을 마주하고 처음으로 가슴이 차분하게 가라앉았다. 붉게 충혈된 희정의 눈이 그녀를 보았다.

"시간이 아주 많이, 지났어요. 어렸을 때, 얼굴을 잘 못 보는 엄마라도 많이 사랑했어요."

"해성아, 난."

"미워하는 이유는 분명한데, 다 날 위해서였다는 걸 보여 줬잖아요. 이수 씨를 사랑해도 되는 이유를 말해 줬잖아요. 엄마니까라는 이유로 모든 게 용서되는 건 아니지만, 아무 일 없었다는 듯이 받아들일 수는 없지만요. 노력해 준다면 달라질지도 모르겠어요."

"노력……?"

"나도 노력할 거예요. 예를 들면 일정한 주기로 같이 밥을 먹는다거나. 그러니까 노력해 주세요. 내가 주희정 씨 딸로 있길 바란다면, 더 이상 나쁜 짓은 하지 말고 바르게 살도록, 부끄럼 없이 살 수 있도록이요."

왜인지 목소리에 물기가 어렸다. 이건 어쩌면 그녀가 내내 희정에게 바라 왔던 속내일지도 몰랐다.

"……결혼식 와 줘서 고마워요. 엄마."

해성은 고개를 까닥여 보이곤 돌아섰다. 이수가 그녀를 위로하듯 웃으며 몇 걸음 뒤에 서 있었다.

"……많이 어려웠을 텐데, 잘했어."

"이제 당신 병원 동료들한테 인사해야 하는데 어떡해요. 얼굴이 엉망이야."

"예쁜데 뭘."

"잠깐 화장실 좀 다녀올게요."

해성이 화장실로 가고 이수는 그 자리에 서서 초라하게 눈물을 훔치고 있는 희정을 보았다.

"해성이가 그렇게 모진 애가 아니에요. 자기 엄마랑 다르더라고."

그가 씨익 웃으며 얄궂게 하는 말에 희정의 눈초리가 날카로워졌다.

"엄마, 해성이가 에둘러서 말한 거예요. 엄마가 엄마로 있어 줬으면 좋겠다고. 부디 진정성 있게 가 닿았으면 좋겠네. 주희정은 주희정이야, 타령하지 말고. 자기 자리는 자기가 만드는 거잖아요. 사기꾼이 아닌 주희정이 가치가 없다고, 누가 그래요?"

이수는 등을 돌렸다. 시간을 너무 많이 죽였다. 화장실 앞으로 가자 마침 나오던 해성이 그를 보고 미소 지었다.

"거울 보니까 눈화장 번졌던데 예쁘긴."

"난 네가 인중에 하얀 코를 질질 흘리고 있어도 예뻐."

그가 능청스럽게 대꾸하자 해성이 눈을 흘겼다.

"얼른 가서 인사해요."

"잠깐만."

"응?"

해성이 서둘러 걸음을 옮기려는데 주변을 둘러본 이수가 해성의 팔을 끌어 비상구로 빠졌다.

"왜요?"

"나 열심히 했으니까 상 좀 주라고."

"뭘요?"

"이 결혼식, 얼마나 열심히 준비했는데. 이따가 밤에는, 신혼여행 열심히 준비한 아내한테 선물 듬뿍 줄 테니까."

이수의 미소가 음흉해 보이는 건 해성의 기분 탓은 아니리라.

"아우, 내가 못 살아."

"못 살면 안 되지. 앞으로 나랑 쭉 살아야 하는데."

행동도 재빠르게 그녀에게로 얼굴을 내린 이수에 해성은 그의 두 볼을 감쌌다. 화를 내려다가도 이 남자의 능청스러움에 맥이 빠진 게 한두 번이 아니다.

덕분에 2년 전 그 일 이후로 그들은 크게 싸워 본 적이 없었다. 어딘가 칼럼에서 읽었다. 배우자가 유머러스할수록 그 커플은 오래 좋은 관계를 유지할 수 있다고.

"상은 이게 좋아."

그녀처럼 손으로 볼을 감싸 온 이수가 가볍게 입을 맞추곤 해사하게 웃었다. 눈가에 부서지는 미소가 고와서 아직도 문득문득 가슴이 떨리고 설렜다.

"이걸로 되겠어요?"

"아내가 허락한다면 조금 더 진하고 깊은 것도 환영인데. 내 욕심을 너무 물로 보는 거 아니야?"

해성은 소리 죽여 쿡쿡 웃었다. 그리곤 이번엔 조금 더 길게, 그의 입술에 자신의 입술을 쪽, 눌렀다. 이어 그의 볼, 코, 인중, 턱, 이마, 눈썹 할 것 없이 뽀뽀 세례를 퍼부었다.

"이거…… 너무 행복한 거 아니야?"

"나 때문에 행복해요?"

"응. 무서울 정도로 행복해."

이마를 맞댄 이수가 낮게 한숨을 쉬었다. 해성은 그의 귓불을 손끝으로 부드럽게 매만졌다.

"나도 무서울 정도로 행복해요. 인제 와서 하는 말이지만, 날 찾아 줘서 고마워요."

"인제 와서 하는 말이지만, 날 사랑해 줘서 고마워."

그 옛날, 이수를 만나지 않았더라면 어떻게 됐을까.

해성은 손안에 남자의 체온을 아로새겼다.

앞으로도 계속 쭉 함께할 테지만, 지금 이 순간 역시 무척이나 소중하게만 느껴졌다.

"앞으로 우리, 잘해 나갈 수 있을까요?"

"응. 어려운 일은 대화로 풀어 나가고, 힘든 일이 생기면 서로 위로가 되어 주고, 좋은 일은 배가되게 기쁘게 해 주고, 행복한 일엔 함께 웃다 보면 우린 아마 곱게 늙어 있을 거야."

그가 나직하게 말했다. 가슴이 뭉근하게 차올랐다. 행복해서 눈물이 날 것 같았다.

"곱게 늙는 게 뭐예요……."

"주해성이 늙으면 고운 거지."

"……진짜 고맙네요. 늘 예쁘다고 해 줘서."

"사실이니까. 넌 어렸을 때도 예뻤고, 다시 만났을 때도 예뻤고, 지금도 예쁘고, 앞으로도 예쁠 거야. 내 눈엔 늘 그럴 거야."

그가 습관처럼 잇는 말이 그녀를 얼마나 행복하게 해 주는지 이 남자는 알까.

해성은 그의 귀를 당겨 입을 다시 맞췄다. 이번엔 가볍지 않았다. 행복한 마음만큼 깊었다. 숨결이 얽히고 이 남자 안에 그녀를 낱낱이 새겼다. 결혼식보다 더 뜨거운 마음으로 서로를 전한 키스였다.

"진짜…… 사람들, 우리 인사 기다리다 다 집에 가겠어요."

뜨겁게 달아오른 입술을 떼어 내며 해성이 말하자 이수가 그녀를 따라 입술을 내밀다 절망적인 한숨을 뱉었다.

"밤은 길잖아요."

해성의 말에 이수의 눈에 불꽃이 튀었다. 아무래도 해성은 그의 욕구를 물로 보는 경향이 있는 것 같다.

오늘 밤, 잠은 다 잤다. 주해성.

이수와 해성은 손을 맞잡고 비상구 계단을 나와 식당으로 향했다.

"어이, 새신랑! 원장님은 이곳에 계셔!"

그와 그녀가 식당 안으로 들어서자 그때까지도 그들을 기다리던 하객들이 박수를 쳤다.

"윤희야, 밥은 맛 괜찮아?"

"어, 맛있어. 원봉 오빠는 벌써 다섯 접시째야. 고기에 웬수졌나 봐. 고기류만 먹는다."

윤희가 방긋 웃었다. 접시에 고개를 파묻고 있던 원봉도 입을 우물거리며 씨익 웃었다.

"배에 오래 있었더니 고기가 귀하단 말이야."

"알았어. 많이 먹어."

고등학교 친구들 얼굴도 보였고, 이수의 직장 동료로 몇 번 보았던 사람들 면면도 보였다.

"형수님, 행복하시겠어요! 우리 현 선생님이 빠지는 데가 없잖아요. 그런데 이제 보니까 이수 형님이 잘해야겠어요! 형수님, 너무 아름다우십니다!"

"감사합니다. 음식은 입에 맞으세요?"

해성은 그들을 향해 축복의 말을 건네며 인사하는 사람들에게 일일이 화답하며 미소 지었다.

"신혼여행은 어디로 가요? 현 선생이 자랑하던데! 재수 씨가 준비한 여행이라고!"

"아, 그랬어요? 저희 신혼여행은 크로아티아로 가요."

힘든 하루다. 새벽부터 쫓겨 화장을 하고 드레스를 입고 내내 자세를 곧추세우고 있다가 식을 치르고 바로 인사까지.

하지만 행복했다. 모두 그와 그녀의 행복을 빌어 주기 위해 함께해 준 사람들이었다.

늘 혼자인 줄만 알았다. 외롭다고 생각했고, 아무도 자신을 몰라준다고 생각했던 때도 있었다.

"와 주셔서 감사합니다. 정말로, 고마워요."

하지만 이렇게 많은 사람이 있었다. 자신이 바보 같았다.

"배 많이 고프지? 저 테이블이 마지막이니까 하고 얼른 우리도 밥 먹자."

이수가 그녀의 손을 꽉 잡아 왔다. 무엇보다 이 남자가 있었다.

사랑하는 사람.

나의 남편.

나의 가족.

영원한 나의 편.

"이수 씨도 배 많이 고프죠?"

"난 참을 만해. 고생했어, 해성아."

사랑하며 살겠습니다.

아끼며 살겠습니다.

진실되게 살겠습니다.

행복하게 살겠습니다.

거짓이 아니라 사랑이었습니다.

이토록 찬란했습니다.

"이수 씨도요."

까치발을 하고 이수의 귀에 마음을 가득 담아 귓가에 속삭였다.

"사랑해요."

"나도…… 사랑해."

이수가 눈부시게 웃었다.

끝

참고도서

세상을 놀라게 한 경매 작품 250, 크리스티 지음, 이호숙 옮김, 마로니에북스, 2018

발칙하고 기발한 사기와 위조의 행진, 브라이언 이니스 지음, 이경식 옮김, 휴먼앤
북스, 2006

행동 심리술, 시부야 쇼조 지음, 안희탁 옮김, 지식여행, 2013

성형하기 전에 알았더라면 좋았을 것들, 한지희 지음, 참돌, 2015

병원 장사, 김기태 지음, 씨네21북스, 2013

세상의 모든 사기꾼들, 이런 그레이엄 지음, 이은경 옮김, 시그마북스, 2015

잘 속는 사람의 심리 코드, 김영헌 지음, 웅진서가, 2014

악안면 성형 재건 외과학, 대한악안면성형재건외과학회, 군자출판사, 2016

성형외과의 박성우 님 블로그(https://blog.naver.com/shapres)